ATTRAPER LE LAPIN

Titre original :
Uhvati zeca
Éditeur original :
Edicions del Periscopi

ISBN 978-2-330-16953-4

Lana Bastašić

Attraper le lapin

•••

roman traduit du serbo-croate
par Aleksandar Grujičić

en collaboration avec Isabelle Liber

Gaïa

Je peux vous raconter les aventures qui me sont arrivées depuis ce matin, dit Alice assez timidement ; mais il est inutile que je remonte jusqu'à hier, car, hier, j'étais tout à fait différente de ce que je suis aujourd'hui…

— Explique-nous ça, demanda la Simili-Tortue.

— Non, non ! les aventures d'abord ! s'exclama le Griffon d'un ton impatient. Les explications prennent beaucoup trop de temps.

LEWIS CARROLL,
*Les Aventures d'Alice au pays des merveilles**.

*. Traduction de Jacques Papy, Pauvert, 1961.

I

qu'on commence par le début. On a quelqu'un, puis on ne l'a plus. Voilà à peu près toute l'histoire. Sauf que tu dirais, toi, qu'*avoir* quelqu'un, ce n'est pas possible. Ou devrais-je plutôt dire : *elle dirait* ? Il y a des chances que ce soit mieux, que ça te plaise davantage. D'être *elle* dans un livre. Bon, d'accord.

Elle dirait donc qu'*avoir* quelqu'un, ce n'est pas possible. Mais elle aurait tort. On peut posséder les gens pour honteusement peu. Seulement, elle préfère se voir comme l'immuable principe du bon fonctionnement de l'univers. La vérité, c'est qu'on *peut* avoir quelqu'un, mais pas l'avoir, elle. On ne peut pas avoir Lejla. À moins de la tuer, de l'encadrer, de l'accrocher au mur. D'ailleurs sommes-nous encore les mêmes une fois figés sur la pellicule ? Pour moi, c'est certain : s'arrêter et Lejla, ça a toujours fait deux. C'est pour ça qu'elle est floue sur tant de photos. Elle n'a jamais su s'arrêter.

Même maintenant, dans ce texte, je la sens presque gigoter. Elle se glisserait entre deux phrases si elle pouvait, comme une mite entre les lames d'un store, et elle grignoterait cette histoire de l'intérieur. Elle se réserverait les fringues à paillettes qui lui ont toujours tellement plu, elle se rallongerait les jambes, se gonflerait les seins, ajouterait quelques mèches à ses cheveux. Moi, elle me massacrerait, elle ne laisserait que quelques touffes pendouiller sur mon crâne, elle me collerait un défaut d'élocution, une patte folle, elle inventerait une difformité qui me ferait lâcher mon crayon. Elle serait peut-être même prête à aller plus loin (après tout, les vacheries, ça la connaît), à ne pas me mentionner du tout. Elle pourrait faire de moi un simple croquis jamais terminé. Tu en serais capable, pas vrai ? Pardon, *elle*. C'est ce qu'*elle* ferait à ma place. Sauf que c'est *moi* qui raconte l'histoire. Et je peux faire d'elle tout ce que je veux. Elle n'a aucun moyen de s'y opposer. *Elle*, c'est quatre frappes sur le clavier. Je pourrais dès ce soir jeter mon ordinateur portable dans les flots sombres du Danube, et elle disparaîtrait aussitôt, ses fragiles pixels engloutis par l'eau glaciale ; tout ce qu'elle représente finirait alors bien loin dans la mer Noire, même si, avant, elle aurait contourné la Bosnie comme une comtesse évite un mendiant sur son chemin vers l'Opéra. Je pourrais mettre fin à son existence au bout de cette phrase et elle s'effacerait pour de bon. Ou elle ne serait plus rien qu'un visage fané sur une photo du bal de fin d'année, une rumeur de l'époque du lycée, un monticule de terre que nous avons toutes deux laissé derrière sa maison, au pied d'un cerisier. Un simple point, et elle serait morte.

Si je choisis de continuer, c'est parce que je le peux. Ici au moins, je me sens en sécurité, loin de son agressivité subtile. Une décennie a passé, et je reviens à ma langue, à sa langue, à toutes les langues que j'ai délibérément quittées comme on quitte un mari violent, un après-midi à Dublin. Après tant d'années, je ne sais plus très bien de quelle langue il s'agit au fond – du serbe, du croate, du bosniaque… Et tout ça, pourquoi ? À cause d'une Lejla Begić tout ce qu'il y a de plus banale, avec ses baskets à scratch usées et son jean orné – bien sûr – des incontournables strass sur le cul. Que s'est-il vraiment passé entre nous ? Et est-ce si important ? Les bonnes histoires ne parlent jamais de ce qui se passe vraiment, on le sait. Ce qui reste, ce sont des images, comme des dessins à la craie sur le trottoir, les années déferlant sur elles comme la pluie. Nos débuts n'ont pas été qu'un esclave discret de la chronologie. Ils s'y sont repris à plusieurs fois, me tirant par la manche comme un chien affamé. *Allez. Allez, on reprend.* Tandis que notre amitié s'arrêtait et reprenait, Lejla pénétrait la membrane de mon quotidien comme un virus. Voilà Lejla qui entre, voilà Lejla qui sort. Je peux commencer mon récit n'importe où, vraiment. Par exemple dans le parc St Stephen's Green, à Dublin. Mon portable vibre dans la poche de mon manteau. Numéro inconnu. J'appuie sur le maudit bouton, et je dis "oui ?" dans une langue qui n'est pas la mienne.

"Salut, toi."

Douze ans de silence absolu, et maintenant sa voix. Elle parle vite, comme si on s'était quittées la veille, elle n'a apparemment aucun besoin de combler les trous qui criblent ce que nous savons l'une de l'autre, notre amitié, le fil du temps. Je n'arrive qu'à dire : "Lejla." Elle, comme à son habitude, parle trop. Elle évoque un restaurant, son boulot dans ce restaurant, un type dont j'entends le nom pour la première fois. Elle parle de Vienne. Je répète seulement : "Lejla." Son prénom semblait inoffensif – une tige fragile plantée dans une terre pauvre. Je l'ai arrachée de mes poumons en croyant que ça n'aurait pas de conséquence. Lej-la. Mais cette petite tige innocente a fait surgir de la vase de grosses racines très longues, toute une forêt de caractères, de mots et de phrases. Toute une langue enfouie profondément en moi, une langue qui attendait patiemment ce petit mot pour étirer ses membres sclérosés et se lever comme si jamais elle ne s'était endormie. Lejla.

"Comment t'as eu mon numéro ?" je lui demande. Je suis au milieu du parc, je me suis arrêtée devant un chêne et je ne bouge pas, comme si j'attendais que l'arbre fasse un pas de côté pour me laisser passer.

"Qu'est-ce que ça peut faire ? répond-elle, avant de reprendre son monologue : Écoute, tu dois venir me chercher… Allô, tu m'entends ? La ligne est mauvaise.

— Venir te chercher ? Comment ça ? Qu'est-ce que…

— C'est ça, viens me chercher. Je suis encore à Mostar."

Encore. Pendant toutes ces années qu'a duré notre amitié, elle n'a jamais mentionné Mostar, jamais nous n'y sommes allées, et voilà que, tout d'un coup, cette ville représente un fait incontestable, universellement connu.

"À Mostar ? Qu'est-ce que tu fous à Mostar ?" je lui demande. Je fixe toujours l'arbre devant moi et, dans ma tête, je compte les années. Quarante-huit saisons sans sa voix. Je sais que je suis sortie faire quelque chose, que ça a un rapport avec Michael, avec les rideaux, la pharmacie… Mais Lejla a dit *coupez*, et tout s'est arrêté. Les arbres, les tramways, les gens. Tels des acteurs épuisés.

"Écoute, Mostar, c'est une longue histoire… Tu conduis toujours, n'est-ce pas ?

— Oui, je conduis mais je ne vois pas ce que… Tu sais que je suis à Dublin, au moins ?" Les mots se précipitent hors de ma bouche et s'accrochent à mon manteau comme un tas de petits chardons. Quand ai-je parlé *cette langue* pour la dernière fois ?

"Ouais, t'es très importante, dit Lejla, déjà prête à déconsidérer tout ce que j'aurais pu vivre en son absence. Tu vis sur l'île, dit-elle, tu lis sans doute ce gros bouquin assommant à longueur de journée, et tu sors bruncher avec tes amis brillants, c'est ça ? Super. Mais bon, écoute… Tu dois venir me chercher le plus tôt possible. Il faut que j'aille à Vienne et ces idiots m'ont retiré mon permis de conduire, et personne ne veut piger que je dois…

— Lejla…" J'essaie de l'interrompre. Après toutes ces années, je comprends parfaitement ce qui est en train de se passer. C'est sa logique : si elle te pousse dans un escalier, c'est la faute de la gravité, et tous les arbres qui nous entourent ne sont là que pour lui permettre de se cacher et de pisser derrière, et tous les chemins, même longs et sinueux, n'ont qu'un point d'arrivée et un carrefour possible – elle-même. Comparée à Lejla, Rome est une blague.

"Écoute, je n'ai pas beaucoup de temps. Il n'y a vraiment personne d'autre à qui je puisse demander, tout le monde me sort des conneries du genre *je suis occupé*. Et puis, je n'ai pas non plus énormément d'amis ici, et Dino ne peut pas conduire à cause de ses genoux…

— C'est qui, Dino ?

— … alors je me dis que si tu prends un vol pour Zagreb ce week-end, et après un bus… Encore que Dubrovnik est sans doute une meilleure option.

— Lejla, je suis à Dublin. Je ne peux pas juste comme ça aller te chercher à Mostar et te conduire à Vienne. Tu débloques ou quoi ?"

Elle se tait un moment, son souffle jaillit de ses narines et vient percuter le téléphone. On dirait qu'elle se contrôle, comme une mère qui s'efforce de ne pas envoyer une taloche à son gamin. Après quelques instants qu'elle passe à respirer bruyamment, et moi à scruter le chêne qui ne bouge toujours pas, elle me dit seulement : "Tu dois."

Il n'y a rien de menaçant dans sa voix. On dirait plutôt un médecin qui intime à son patient d'arrêter de fumer. Ce "tu dois" ne me vexe pas, ni cet appel, douze ans après, sans un seul "comment tu vas ?", ni même qu'elle n'ait qu'un rire pour la vie que je me suis inventée entre-temps. Après tout, c'est du Lejla tout craché. En revanche, sa voix rauque qui dissimule plus ou moins bien la conviction absolue que je vais accepter, que je n'ai pas de choix, que mon destin était scellé avant même que je réponde à ce maudit coup de fil – ça, c'est humiliant.

Je raccroche et je remets mon portable dans la poche. Les dieux eux-mêmes, si primitifs et grossiers soient-ils, octroient le droit au libre arbitre. Je regarde l'arbre et je respire avec précaution, je me méfie désormais de l'air qui m'entoure. Je l'ai pollué avec *ma langue*. Je me raconte toute la scène telle que je vais la rapporter à Michael une fois à la maison. Imagine un peu, lui dirai-je, j'ai cette copine en Bosnie qui m'a appelée aujourd'hui pour me demander... Les mots choisis seront dans une langue étrangère et j'en ferai un ouvrage au crochet si serré qu'aucune lumière ne pourra le traverser. Alors même que j'ai l'impression de savoir comment raconter cette histoire, comment en minimiser l'importance, alors que j'entends de nouveau les voitures passer au loin en trombe, que je vois les gens bouger dans mon champ de vision et le vent s'agiter dans les branches du fameux chêne – voilà qu'elle me rappelle.

"Sara, s'il te plaît, écoute-moi", reprend-elle doucement. Elle ne dit pas Sara, mais Saro, à la forme vocative. Mon prénom déformé par une déclinaison oubliée résonne dans sa bouche comme l'écho dans un puits abandonné. Je la connais très bien. Elle est redevenue à présent cette petite tige innocente et ses mains sont si délicates qu'on leur confierait notre propre cerveau.

"Lejla, je suis à Dublin. Je vis avec quelqu'un. J'ai des responsabilités. Je ne peux pas venir à Mostar. C'est clair ?

— Mais tu dois.

— Tu disparais plus de dix ans. Tu ne réponds pas à mes mails. Tu n'appelles pas. Tu aurais pu être déjà enterrée dans je ne sais quel trou perdu. La dernière fois qu'on s'est vues, tu m'as envoyée me faire foutre.

— Je ne t'ai pas envoyée...

— D'accord. Peu importe. En tout cas, maintenant tu m'appelles et tu voudrais...

— Sara, Armin est à Vienne."

Au-dessus de moi, dans les branches, les oiseaux se sont figés. La terre m'avale, je pourrais rester plantée ici, et c'est le chêne, si le cœur lui en disait, qui prendrait ses jambes à son cou. Je sens deux corbeaux qui m'observent, dans un bouleau non loin de là. J'ai presque envie qu'ils fondent sur moi et me crèvent les yeux et m'arrachent les oreilles et la langue. Mais ce n'est pas possible – ils sont pétrifiés.

“Qu’est-ce que tu dis ?” je lui demande. Je parle plus bas cette fois-ci. Je crains que sa voix ne disparaisse, qu’elle ne fuie comme une blatte apeurée.

“Armin est à Vienne, répète-t-elle. Tu dois venir me chercher.”

Je vais au premier Starbucks, et j’achète en ligne un billet à destination de Zagreb, avec escale à Munich, pour 586 euros.

[Elle ne voulait jamais parler de son frère. Cette nuit-là pourtant, quelque chose avait changé, quelque chose s'était cassé en elle, à croire que les pieux d'une petite palissade avaient cédé. C'était le premier lundi après le diplôme, l'une de ces semaines où la vraie vie – du moins une nouvelle étape – est supposée démarrer. J'avais passé tout le week-end à attendre de me sentir différente. Rien ne s'était produit. Comme si on m'avait vendu de l'herbe d'une qualité douteuse.

Nous étions assises sur le canapé de sa chambre. Dans la rue, le miaulement plaintif des chats.

"Vingt marks tout rond, a-t-elle dit en passant la main sur le velours marron qui se tendait fièrement entre nous. Le mec est venu et il l'a direct retapissé.

— Il était de quelle couleur avant ?" ai-je demandé. Je m'étais trouvée dans sa chambre au moins une centaine de fois, mais je n'associais pas à ce canapé d'autre couleur que le marron.

"Beige, voyons, a-t-elle répondu. Tu ne t'en souviens pas ?"

Elle et la couleur beige, ça me paraissait inacceptable. Elle n'avait jamais été de ceux qui s'assortissent à cette couleur. Les gens beiges sont taciturnes et communs. Je n'ai pas osé l'interroger sur la couleur des taches qui, c'est sûr, avaient dû couvrir cet honorable canapé pendant les quelques années où je n'étais pas venue la voir. La plupart du temps, je me suis tue. J'étais tendue. Depuis cette journée sur l'île, elle ne m'avait plus parlé. Trois années à la faculté et pas un seul mot. À présent j'étais là, comme par enchantement, assise sur son canapé, accourue au premier coup de fil.

Je crois qu'on buvait du vin, même si je n'avais pas particulièrement envie d'alcool. Lejla a rempli mon verre à ras bord et m'a dit d'un ton ferme et tendre à la fois : "Bois." Alors j'ai bu. Du vin ou autre chose, je ne me souviens plus. Je sais seulement que sa tête noire pesait étonnamment lourd sur mon épaule. Je dis bien "noire" car, pour moi, elle restait ce corbeau échevelé du lycée, même si, ces années-là, elle ne lésinait pas sur le peroxyde pour camoufler sa vraie couleur. Je me souviens que dans ses yeux frissonnaient le reflet de la petite fenêtre et, derrière, la nuit épaisse. Je me souviens que son frère si charmant nous regardait depuis la seule photo dans la chambre. Le temps avait décoloré ses joues, le ciel, son maillot de bain. Et puis quoi ? Quoi encore ? Comment était le tapis ? Y avait-il un tapis ? Cette horrible lampe à fausses perles noires qu'elle avait achetée en Dalmatie était-elle accrochée au plafond ? Ou bien s'en était-elle débarrassée avant ? Aucune idée. Je ne peux pas m'expliquer Lejla en décrivant sa chambre. Ce serait comme tenter de décrire une pomme en langage mathématique. Je me souviens seulement de sa tête et de son gros orteil vernis qui avait percé son collant. Je me souviens de son frère. Sans cette photo, il n'y aurait pas eu de vie dans cette chambre.

Dans la cuisine dont nous n'étions séparées que par un pan de mur, sa mère remuait des casseroles. Je crois avoir dit quelque chose d'idiot, quelque chose qui, à ce moment-là, me semblait drôle : "Tu n'es pas déjà trop vieille pour avoir ta mère à la cuisine ?" ou quelque chose d'approchant qui a fait sourire Lejla. Moi aussi, j'avais une mère comme ça. À l'époque, cette ville était ainsi : remplie de grands enfants et de mères voûtées aux cheveux gris.

Pourquoi suis-je allée la voir ce soir-là ? J'avais dans l'idée de la snober, de ne pas sauter sur le premier os tendu. Mais dans la matinée, elle avait retrouvé son lapin blanc mort sur les carreaux froids de la salle de bains. Je dis bien *froids*, même si un jour quelqu'un voudra le contester. On objectera que je n'y étais pas, que je n'ai pas pu les toucher, alors comment aurais-je pu savoir qu'ils étaient froids ? Je sais pourtant des choses sur ce lapin, cette salle de bains et ses doigts à elle qui frôlaient toujours les 38 °C. Je sais aussi qu'elle portait sans doute ses chaussons couleur abricot et qu'elle s'est accroupie pour toucher la bête morte. Je sais même qu'elle a pensé en ces termes – *la bête morte*. Pas *le corps sans vie*. Je vois des bleus sur ses maigres genoux.

Il n'avait jamais eu de nom officiel. C'était Lièvre, Lapin ou Lapereau, selon l'humeur de Lejla. Je me souviens qu'on l'a enterré dans la cour derrière la maison, au pied du vieux cerisier qu'elle prétendait radioactif. C'était la première fois que j'enterrais un animal.

"N'importe quoi. Et tes tortues ?" a-t-elle demandé, presque désespérée. Je me souviens de ses mains supportant Lapin mort, telle une dot précieuse fourrée dans un sac-poubelle bleu.

"Les tortues ne comptent pas, ai-je dit. Tu te souviens bien de la taille qu'elles faisaient, cinq ou six centimètres tout au plus, on aurait dit des beignets. Difficile de faire figurer ça dans ma carrière de fossoyeuse.

— Alors, on fait comment ?"

Un voisin nous a prêté une pelle en croyant qu'on allait planter des fraises. Elle n'était pas grosse, juste un jouet pour adultes. Ça m'a pris une éternité pour creuser un trou suffisamment grand. J'avais envie de m'en prendre au mort et à ses mensurations, mais ce jour-là, j'ai gardé mes sermons pour moi-même. Je voyais Lejla petite et effrayée devant moi, comme si elle venait de tomber de son nid.

On a mis le sac qui contenait Lapin dans la petite fosse. Des racines filiformes surgies des parois du trou ont entouré le cadavre de leurs doigts fragiles et l'ont attiré plus bas, vers leurs entrailles froides. À la fin, j'ai posé deux pierres blanches sur la terre pour marquer la tombe, ce qui, bien sûr, lui a fait lever les yeux au ciel.

“Vas-y, dis quelque chose, a-t-elle ordonné.
— Quoi ?
— Peu importe. C’est toi qui lui as fait un tombeau, maintenant il faut dire quelque chose.
— Pourquoi moi ?
— C’est toi la poétesse.”

Quelle mesquinerie, me suis-je dit. Un assez minable recueil de poésie publié, et voilà que c’était à moi de prononcer les éloges funèbres des lapins empoisonnés. Mais devant son regard perdu et ses mains blanches si tristement dépouillées de son Lapereau, je me suis raclé la gorge et, les yeux bêtement fixés sur les deux pierres silencieuses, j’ai arraché à une vie antérieure ces honnêtes vers :

Parlez peu, doucement.
Que je n’entende pas, surtout pas avec la pensée.
Qu’ai-je donc voulu ? Mes mains sont vides,
Crispées fébrilement sur le lointain couvre-lit.
Qu’ai-je pensé ? J’ai les lèvres sèches, abstraites.
Qu’ai-je vécu ? Il serait si bon de dormir !*

C’est là, me semble-t-il, que Lejla s’est mise à pleurer, à moins que ce n’ait été moi, je ne sais plus. Il faisait sombre, un reflet furtif a scintillé dans ses yeux à la lumière de la rue. Si elle lit ces lignes, elle sera furax, elle dira que je suis une vache sentimentale, qu’elle, elle ne pleure jamais. Quoi qu’il en soit, les vers ont fait leur effet, ils ont fermé le vaste chapitre plus habilement qu’un simple diplôme universitaire.

J’avais mauvaise conscience parce que je lui avais fait croire que ces vers étaient de moi. Mais à ce moment-là, avec Lièvre enterré et Lejla au-dessus de lui, l’originalité ne me semblait

---

* Fernando Pessoa, *Œuvres poétiques d’Álvaro de Campos*, traduction de Michel Chandeigne et Pierre Léglise-Costa avec la participation de René Tavernier, Christian Bourgois éditeur, 1988.

pas être une priorité. Comme des fiancées en fuite, les vers s'étaient affranchis d'Álvaro de Campos – qui, tant qu'on y est, n'a jamais existé, pas plus que les fraises, qu'on n'a jamais plantées dans cette cour –, de Lejla et de moi, de ce petit amas de terre froide avec deux yeux de pierre, affranchis même de l'existence momentanée et de la disparition qui va avec.

Je n'arrive pas à me rappeler si on a rendu la pelle au voisin, si on a encore dit quelque chose. Je sais seulement que plus tard, ce soir-là, sa tête pesant lourd sur mon épaule mal adaptée à la situation, je maudissais dans mon for intérieur et cette épaule, et ce velours marron entre nous, plus dur que l'asphalte. Ensemble, on contemplait son frère pâlichon coincé entre les quatre rebords du cadre, tandis que sa mère faisait du boucan dans la cuisine.

Lejla a dit : "Elle a encore une photo de Tito. Dans la remise, derrière les bocaux de légumes fermentés. En regardant bien, on voit son œil entre deux morceaux de poivron."

J'ai ri mais je n'avais pas envie de rire. Depuis toujours, ces nostalgiques moroses et taciturnes me pesaient, eux qui vivent des vies meilleures et plus heureuses à l'abri de leur bulle increvable, dans un pays défunt où les fraises ne cessent pas de pousser et où les lapins ne meurent jamais. Un pays prétendument parfait, tout simplement parce qu'on ne nous a pas laissé la possibilité de le vérifier. La mère de Lejla, je l'entendais plus que je ne la voyais. Cette nuit-là aussi. Au bout d'un moment, les casseroles se sont tues, comme les cuivres posés aux pieds des musiciens.

Lejla a jeté un coup d'œil sur les livres couchés sur l'étagère à côté de la photo de son frère, puis elle a fermé ses paupières maquillées et dit tout bas : "Je l'ai regardé mourir."

Ça m'a laissée perplexe. Elle a ouvert les yeux et, devant mon expression perdue, elle a souri en disant : "Un point pour moi." Quand elle a vu que je ne comprenais toujours pas, elle a levé les yeux au ciel et ajouté froidement : "Maintenant, il est gonflé comme une charogne." Alors j'ai compris. C'était notre jeu :

l'une de nous crachait une citation oubliée, tirée d'un livre qui se trouvait dans notre champ de vision, et l'autre devait en deviner le titre. Ce que je ne comprenais pas, c'est pourquoi ce rituel presque disparu lui revenait à cet instant précis. On jouait au jeu des citations au début de nos études, quand on croyait suffisant de prononcer de grands mots pour que les autres s'imaginent qu'on les comprenait. Sauf que, là, on n'était plus les mêmes. L'université était sortie de nos vies – pour moi, comme un amant que j'avais surestimé pendant quatre ans, pour elle, comme un vaccin douloureux que les autres lui avaient imposé. "Les mots sont vides de toute façon", m'avait-elle dit un jour, avant notre examen de morphologie. Ce soir-là, pourtant, elle avait besoin des mots, quitte à ce qu'ils ne servent que de placebo, alors j'ai accepté les règles du jeu sans rechigner.

"Non, il n'a pas rapetissé, ai-je murmuré. Froid et vide, il a l'air bien plus grand qu'avant.

— Obscur, a dit Lejla.

— Quoi ?

— *Obscur* et vide.

— Oui… Obscur et vide. Crnjanski, *Carnets de voyage*."

J'avais donné une réponse satisfaisante, et elle avait hoché la tête en signe d'approbation, alors j'ai fermé les yeux et serré sa main chaude pour la sauver du velours marron et de son faux passé beige. Le fait qu'elle soit encore capable de jouer, de faire ressurgir des citations de livres qu'elle prétendait ne pas aimer, et de les partager avec moi comme si elle ne m'avait pas snobée tout au long de ces trois dernières années, a fini par me tranquilliser. Je n'étais pas fâchée. J'étais contente qu'elle arrive encore à croire en la beauté après avoir été témoin de la mort crucifiée sur le carrelage de sa salle de bains.

C'est là que, pour la première fois, elle m'a posé cette horrible question :

"Quand est-ce que tu vas écrire un poème sur moi ?"

J'ai ouvert les yeux et je me suis redressée sur le canapé. Je connaissais Lejla avant même d'avoir mes premières règles, et pourtant, elle m'a surprise.

"Je suis sûre que tu continues à en écrire. Après avoir pondu ce livre morbide. Pas vrai ? Avoue-le, a-t-elle dit, et je me suis sentie tout à coup honteuse, comme si écrire de la poésie revenait à cacher une bouteille de *rakija* dans un sac en papier et à passer la nuit sous un pont.

— J'écris", ai-je répondu. Il était vingt-deux heures passées. Les casseroles de la cuisine avaient disparu. Je savais qu'il aurait fallu rentrer immédiatement après l'enterrement. Rien de bon ne peut se produire après la mise en terre d'un animal domestique.

"Alors pourquoi ne pas écrire un poème sur moi ? Y a un truc qui te dérange chez moi ?

— Mais tu veux quoi ? ai-je demandé. Une ballade facile à la Balašević ?"

Plus tard, j'ai regretté ma réaction. J'aurais dû dire "Oui, bien sûr", et au bout de quelques jours, elle aurait de toute façon oublié la question qu'elle m'avait posée. Ou bien elle aurait ri d'une demande si bête et ajouté qu'elle préférerait crever plutôt que de jouer les muses. Sauf que je n'ai pas pu me retenir. Ma poésie était loin d'être bonne, mais l'absence de Lejla dans cette partie de ma vie – ou plus précisément, son mépris absolu de toute cette entreprise, y compris des lectures, des critiques et des prix – me dévorait, comme une tumeur envahissante. Aurait-elle enterré sa mère ce jour-là, je ne l'aurais pas laissée m'humilier de façon si banale. Et si un mendiant dans la rue m'avait posé cette question, je n'aurais eu aucune peine à croire en sa bonne foi. Mais pas avec elle. La vie pour Lejla était un renard farouche qui vient rôder la nuit dans le poulailler. Écrire sur la vie était pour elle comme observer au petit matin les poules massacrées, sachant qu'on ne pourra jamais prendre la bête sur le fait. Mais surtout, elle n'a jamais compris, me semble-t-il, pourquoi une personne saine d'esprit pourrait vouloir écrire des poèmes. Et encore moins pourquoi moi, dans cette situation et à cette époque, je pouvais avoir une envie pareille. Et maintenant, après tout ça, après toute cette politique de mépris vis-à-vis de la seule entreprise moyennement réussie dans ma vie médiocre, elle était assise sur son canapé en faux velours, avec ses faux cheveux blonds, à tenter de me faire mal. Non, non et non.

"Putain, Sara, a-t-elle dit en se levant. C'était juste une blague."

Elle n'était pas fâchée, seulement fatiguée. À l'écouter, la poésie ne valait même pas la peine qu'on se dispute. Elle s'est approchée de l'étagère, elle a pris la photo de son frère et nettoyé le verre avec un bout de sa manche.

"Lui non plus, il n'a jamais voulu me dessiner", a-t-elle dit en remettant le cadre à sa place. Elle m'a regardée, les yeux grands ouverts comme si elle venait de se souvenir de quelque chose.

"Je t'ai déjà raconté la fois où il a touché un Dürer ?"

Je restais silencieuse sur son canapé, soudain dénuée de toute signification – une pantoufle qui n'a plus sa raison d'être une fois son double perdu. De toute évidence, Lejla n'avait pas besoin d'un interlocuteur, mais juste d'une oreille pour vider son sac comme on vide un animal avant de l'empailler. Elle avait dit "il". Pour la première fois depuis cette horrible journée sur l'île.

"Je ne me souviens pas de ce qui s'est passé, a-t-elle continué, j'étais trop petite. Mais maman m'a raconté l'histoire mille fois. On était dans un musée, Armin avait sept ou huit ans, je dirais. Je ne sais pas. Bref, il s'est hissé sur la pointe des pieds et il a touché le tableau. Mais carrément… Il a mis un doigt sur la toile, t'imagines ? Et là, le cirque – l'alarme qui se déclenche, les gardiens qui rappliquent, nos vieux tétanisés…"

Je ne savais pas quoi dire. D'ailleurs, que pouvait-on dire à ce moment-là ? Le renard s'était déjà échappé de la basse-cour, je n'avais pas réussi à le capturer. Les mots, soudain, me semblaient faux, périmés ; on aurait cru du maquillage desséché sur le visage buriné d'une vieille.

"L'important, c'est que Lapereau ait eu son épilogue", a-t-elle dit, et elle a haussé les épaules comme pour clore cette histoire sur la mort, la poésie et les tableaux surveillés. Elle était redevenue une jeune fille simple – celle qui ne cherchait pas la meilleure note à l'examen, préférant boire sa bière et ne pas trop la ramener. Une jeune fille blonde en nu-pieds capable de blaguer sur son lapin mort, lui qu'elle avait un jour préféré de loin aux humains, je m'en souviens très bien. Une jeune fille qui ne sait pas que Vienne est *gonflée comme une charogne* et qui ne parle jamais de son frère. Une muse fragile et imbécile. Je ne pouvais plus la blairer.

J'ai dit qu'il se faisait tard et qu'il était grand temps que je rentre. Sa mère avait déjà dû se coucher. L'espace d'un instant, elle m'a fixée comme si ses yeux rampant sur mon visage allaient me faire changer d'avis à force de s'y attarder. Je resterais, je boirais son vin, j'écrirais un poème sur elle – il suffisait de tirer un peu sur la laisse. Quand elle a compris que ma décision de rentrer était prise, son regard s'est détaché de moi comme le voile tombe d'une statue qu'on découvre. Elle est allée jusqu'à la porte, elle l'a ouverte en grand et elle a dit, je crois – non, j'en suis presque certaine –, même si plus tard elle prétendrait le contraire : "C'est ça, va te faire foutre."

J'ai fini mon verre de vin et je suis sortie de la chambre de Lejla. Je suis arrivée bien trop vite devant chez moi, alors j'ai simplement continué à avancer dans la rue comme si je n'avais pas reconnu ma porte. J'ai erré longtemps tandis que les cigales chantaient dans les buissons délaissés, en me demandant où se cachaient les taupes cette nuit-là et si c'était vrai ce qu'on disait sur les grands serpents venimeux au bord de la rivière. J'ai marché jusqu'à entendre les églises annoncer cinq heures du matin et même longtemps après, je dirais. J'ai marché jusqu'à ce que, douze ans après, à St Stephen's Green à Dublin, je sorte mon portable de mon manteau et prononce son prénom. Oui, je pense à ton prénom. C'est là que je me suis arrêtée.]

2

Je suis retournée à l'appartement les mains vides. J'aurais dû acheter des rideaux. Et d'autres choses que j'avais oubliées. Dans le vestibule, ses chaussons gris étaient là pour m'accueillir. L'un d'eux avait la semelle décollée. À chaque pas, le chausson s'ouvrait et se refermait comme s'il avait quelque chose sur le bout de la langue, mais ne parvenait pas à se rappeler quoi. Ces chaussons, c'était mon cadeau à Michael pour son trente-cinquième anniversaire. Je lui avais aussi offert un 33 tours, je ne sais plus lequel. On avait acheté un gâteau rouge et on blaguait en disant qu'à tous les coups, on allait le faire tomber avant d'arriver à la maison. On s'est arrêtés devant la pharmacie qu'un personnage de fiction avait rendue célèbre en y achetant un savon au citron, il y a plus de cent ans.

"Et si on se mariait ? m'a demandé Michael.

— Ne sois pas ridicule", ai-je répondu. J'ai ouvert la boîte et enfoncé les doigts dans le corps froid et spongieux du gâteau rouge. Il était délicieux.

"Bon anniversaire", lui ai-je dit. Et on en est restés là, à cette idée de mariage mise au rebut devant la pharmacie comme un cachet sans effet. Au bout de quelques années, maman a arrêté de poser la question. Elle ne nous avait rendu visite qu'une seule fois. Elle avait dormi avec moi dans le grand lit, tandis que Michael se recroquevillait sur le canapé. Elle se levait à sept heures du matin et s'affairait ensuite dans la cuisine. Je savais ce qu'elle pensait : là, dans ce pays étranger, je lui faisais honte. L'Irlande tout entière allait se rendre compte que ma mère ne m'avait pas appris à tenir une maison. Je savais aussi ce que Michael pensait : il regardait l'énorme corps de ma mère et se demandait si c'était génétique. Elle avait toujours eu de l'embonpoint, mais après la mort de mon père, elle avait réussi à devenir complètement informe. Je me rappelais ses cheveux blonds qui effleuraient mon visage quand elle me bordait dans mon lit le soir. Il n'en restait que quelques petites mèches autour de ses joues qui faisaient bloc avec son cou. Je me souviens de ce que Michael m'avait dit : "Ta mère a vraiment de très jolis yeux." C'était tout ce qu'il pouvait encore complimenter chez ma mère. Je l'ai détesté pour ça. J'aurais voulu prendre ma mère dans mes bras et la protéger de son regard.

Quand elle est rentrée chez elle, j'ai été soulagée. Elle s'était acheté une énorme chope avec un trèfle dessus alors qu'elle n'avait jamais bu de bière, et un cendrier orné du drapeau irlandais alors qu'elle n'avait jamais fumé. Elle a pris l'avion et elle est retournée en Bosnie. Michael et moi avons retrouvé notre quotidien. Il écrivait ses codes, je faisais mes traductions. On n'a plus parlé ni du mariage ni de ma mère. Au bout d'un certain temps, elle n'a plus téléphoné.

Notre premier rapport sexuel avait duré à peu près cinq minutes. Il était ivre, moi, fatiguée, et son chien gémissait dans le couloir. Dehors, les Dublinois déchaînés n'arrêtaient pas de crier. Michael s'est endormi à l'instant même où il s'est débarrassé du préservatif. Je me suis levée pour aller me laver dans la salle de bains. C'était la première fois que j'étais dans son appartement. Plus tard, ce serait notre appartement, et même mon appartement, bien que ce ne soit au fond ni l'un ni l'autre : il appartenait à une Irlandaise trapue, la soixantaine, qui draguait Michael tout en me snobant. Cette nuit-là, en tout cas, après nos cinq minutes d'ébats sexuels, c'était son appartement à lui. Je n'en connaissais pas encore les angles, je n'arrêtais pas de me cogner les orteils. Dans la salle de bains, j'ai ouvert la petite armoire derrière le miroir, et j'y ai trouvé suffisamment d'antidouleurs pour endormir un cheval. Les migraines de Michael. J'en prendrais la mesure plus tard. Le médecin lui conseillerait de passer moins de temps devant son écran. Ce qui nous ferait rire aux éclats. Mais ce soir-là, ce n'était qu'un tas de cachets dans la salle de bains d'un type rencontré l'avant-veille au soir. Je viens de coucher avec un drogué, me suis-je dit. Je le lui avouerais plus tard, à notre quatrième ou cinquième rendez-vous. Et il trouverait ça à mourir de rire.

Combien de temps suis-je restée dans cette salle de bains ? Un petit canard en silicone collé sur un carreau. Le lavabo plein de poils roux. J'avais mal à l'entrejambe. J'ai pris deux cachets dans une des boîtes et une serviette de toilette. Je m'étais attendue à mieux pour cette nuit, tout portait à le croire. Un type intelligent. Bon lecteur. Spirituel. Un brin cinglé. Fan de Leonard Cohen. Sauf que ç'avait duré cinq minutes, et que l'intello s'était endormi sur-le-champ. Assise dans une salle de bains inconnue, sans savoir qu'un jour elle serait à moi, je pensais à tous les Dublinois avec lesquels j'avais couché depuis que je m'étais installée dans cette ville. Une ribambelle de préservatifs a traversé mon esprit. Toute une piscine de gènes irlandais dépensés pour rien. Comment m'étais-je finalement débarrassée de tous ces mecs ? Je vais faire pareil avec celui-ci, je me suis dit. Je vais sortir de cette salle de bains et appeler un taxi. Je ne lui avais pas donné mon numéro de téléphone, il ne pourrait pas me relancer.

Sur la machine à laver, un tas de linge sale. J'ai pris le t-shirt à l'effigie de Dark Vador et je l'ai serré contre moi. Il était gigantesque, il puait la beuh. Je l'ai remis sur le tas et je suis sortie de la salle de bains, bien décidée à me rhabiller et à appeler un taxi. Je n'ai trouvé que mon jean et une chaussette. Son chien me suivait, docile, comme si je n'étais pas la première à rôder dans cet appartement en quête de la sortie. J'ai cherché mon chemisier dans le séjour où trônait alors une autre table, pas celle qu'on monterait ensemble quelques années plus tard. À ce moment, je voulais juste récupérer mon chemisier, sortir de là et faire comme s'il ne s'était rien passé. Il ronflait déjà dans la pièce voisine, il ne remarquerait même pas que je n'étais plus là. Il pouvait bien garder mon autre chaussette en souvenir.

J'ai trouvé mon chemisier à côté du poste de télé et je l'ai enfilé sans défaire les boutons, tout en me demandant quel taxi appeler, contrariée de devoir encore payer pour faire tourner les roues d'un inconnu. Et puis j'ai levé les yeux vers les étagères fixées au mur et je me suis arrêtée. Au milieu d'un tas de livres d'informatique, j'ai aperçu un petit volume noir. Le dos était orné de caractères argentés. J'ai lu : *L'Île au trésor – R. L. Stevenson*. Debout, j'ai regardé les mots briller sous la lumière qui entrait par le balcon. Les caractères étaient bombés sous mes doigts, comme des plaies cicatrisées. Plus rien ne me faisait mal – l'antidouleur avait agi vite. Le chien léchait mon pied nu. Je fixais ce livre en pensant à Jim Hawkins qu'on exhorte à tout raconter de ce qui s'est passé, sans omettre le moindre détail. Au bout d'un moment, je me suis déshabillée et je suis retournée m'allonger auprès de Michael.

Combien d'années se sont écoulées depuis ? Entre notre premier rapport et le coup de fil de Lejla ? Des gens meurent tous les jours. Combien ont cessé d'exister depuis qu'on a enterré Lapin ? Des vies entières se sont arrêtées tandis qu'on ne se parlait plus. Où était-elle quand je faisais la connaissance de Michael, quand je couchais avec Michael, mangeais des gâteaux avec Michael, me disputais avec Michael ? Pourquoi ne m'a-t-elle pas téléphoné ce jour-là, ou le jour où on était devant la pharmacie, ou le lendemain, ou n'importe quel autre jour ? Pourquoi ne m'a-t-elle pas appelée avant que j'aie pu apercevoir ce livre sur l'étagère de Michael ? Comme si elle avait tout su de ma vie, tout ce qui allait m'arriver, avant que je le sache moi-même.

Sa voix rauque résonnait encore à mes oreilles. Lejla avait vieilli, elle était plus dure, mais sa voix n'avait pas changé, elle était toujours enjouée, éraillée. J'ai inspiré profondément et j'ai tourné la clé dans la serrure avec délicatesse, comme si j'espérais surprendre Michael dans une posture impardonnable. Ça m'aurait soulagée.

Je ne me suis pas déchaussée. Dans le séjour, il écrivait ses codes auxquels je n'ai jamais rien compris. Je me suis arrêtée sur le seuil et, plantée dans son dos, j'ai observé le déroulé régulier des chiffres, lettres et signes qui se succédaient, blancs sur le fond noir de l'écran. Michael disait toujours que le monde entier était codé. Que c'était difficile à imaginer, mais que derrière mon logiciel de traduction, mes revues préférées, mes playlists où défilait la musique d'une époque qui n'avait rien su de son travail, se cachait tout un langage qui m'était inaccessible. Debout derrière lui, je regardais ce tas de symboles en me demandant à qui était destiné le monde qu'il créait ce jour-là. Et s'il allait, sans le savoir, aider quelqu'un à terminer sa thèse, à tuer un monstre dans un jeu vidéo ou – qui pouvait le dire ? – à écrire un message à l'aide d'un nouveau logiciel de traitement de texte avant de se suicider… Cet homme voûté dans ce large pull à losanges – était-ce un dieu et pour qui ?

Ma main était encore dans la poche de mon manteau, elle serrait le portable d'où avait jailli une demi-heure plus tôt la phrase : "Armin est à Vienne." J'avais l'impression que je ne pourrais pas faire ma valise ni me rendre à l'aéroport si mes doigts lâchaient le portable. Cela reviendrait à lâcher Lejla, et Armin et Vienne disparaîtraient eux aussi. Quant au dieu voûté dans son pull à losanges, qu'adviendrait-il de lui ? Zagreb, Mostar, Vienne – rien de grave. Deux semaines, un mois, si je décidais de rester un peu plus. Le portable était chaud dans mon poing serré. La Bosnie, Lejla. Ce n'étaient pas deux semaines de vacances au bout desquelles on rentrait à la maison pour s'allonger auprès de Michael. C'était comme reprendre de l'héroïne. Il avait suffi que je parle ma langue maternelle pour replonger.

Je me suis approchée de lui par-derrière et je lui ai retiré son casque. Il a sursauté. J'ai posé mes mains sur ses épaules. Je sentais la simplicité de ce geste familier et l'évidence que, cette fois-ci, il était différent.

"Ce n'est que moi, ai-je dit.

— Tu as trouvé les rideaux ? m'a-t-il demandé sans quitter son écran des yeux.

— Non", ai-je répondu. L'anglais tombait dans mon estomac comme des briques, une à une.

"J'irai moi, demain…, a-t-il dit. Si ça ne te gêne pas de voir notre voisin se promener à poil un jour de plus."

Je me suis assise sur le canapé à côté du bureau et j'ai promené mon regard sur la pièce. Notre salon me paraissait soudain tout neuf, je le voyais avec ses yeux à elle. L'appel de Lejla avait transformé ma vie en musée. J'ai regardé le mur au-dessus de l'ordinateur de Michael, les étagères avec les figurines Lego, les petits cactus et les livres de programmation. Un autre mur se dressait en face, différent, tapissé de mes dictionnaires et encyclopédies, avec une photo en noir et blanc de Salinger, les cheveux blancs, l'air ahuri, son poing serré prêt à casser l'objectif qui lui répugnait. Entre nos mondes intraduisibles trônait la table ovale que nous avions montée ensemble un soir en nous disputant sur la notice. À côté du grand poste de télévision, il y avait une photo de son chien, Newton. On avait dû le faire piquer – diabète. Tandis que Newton s'enfonçait dans le sommeil, Michael avait tenu sa patte noire, et je lui avais tenu la main. Michael pleurait, se mouchant contre son épaule parce qu'il ne voulait ni lâcher Newton ni me lâcher moi, ni la patte ni la main. Entre le poste de télé et le bureau, il y avait encore ce maudit avocatier, une plante tenace qui avait survécu au-delà de mes attentes, chétive et sous-développée, sans l'ombre d'un fruit, mais toujours vivante, saison après saison. Un arbuste fragile, désespéré. C'était moi qui l'avais planté un jour, à moitié pour plaisanter, et n'importe comment. Plus tard, Michael avait vu sur YouTube qu'il fallait trouer le noyau avec des cure-dents et le placer dans un verre d'eau. Moi, je l'avais débarrassé de sa chair, j'avais gratté la peau et je l'avais profondément enfoncé dans la terre tel un petit pois magique. Ce gros noyau léché, enfoui dans un pot, je trouvais que ça avait des allures d'enterrement. Mais bien vite, il s'était avéré que la tombe était en réalité un berceau. Michael l'arrosait, le tournait vers le soleil, chassait les parasites de ses feuilles. L'avocatier zombi. Assise sur le canapé, je le regardais comme si je le voyais pour la première fois. Lejla aurait ri avec malice en voyant ma plante, elle m'aurait rappelé que je faisais partie des gens chez qui les plantes vont pour mourir, pas pour vivre.

Je la voyais sans peine, debout sur le parquet de Michael, embrassant d'un regard méprisant toute ma *période dublinoise.* Elle n'aurait pas un mot à dire, ses yeux suffiraient à me dépouiller de mon enveloppe européenne comme d'une fourrure de parvenue, à mettre à nu sans égard mes cicatrices balkaniques.

Cessant de tapoter sur son clavier, Michael s'est tourné et a regardé par la fenêtre derrière mon dos. Deux semaines plus tôt, un naturiste s'était installé dans l'immeuble d'en face. De notre salon, nous avions vue sur sa cuisine. C'était un homme entre deux âges, sans signes distinctifs, avec des casseroles en émail rouge à pois blancs et un porte-documents noir posé sur une chaise. De ceux qui, une fois perdus leurs cheveux, tentent de rétablir leur dignité par une barbe démesurée. Il avait accroché sur un mur un calendrier des années 1990. Il mangeait une fois par jour, à même la casserole. Il écoutait Chostakovitch. Michael s'agaçait de la musique du voisin et de son imposant entrejambe, qui le saluait tous les matins.

“Il est chez lui ? ai-je demandé.

— Non. Dieu merci.”

Ses yeux étaient toujours fixés sur la fenêtre. Des miettes de chips s'étaient figées dans sa barbe. S'il avait été le Michael d'avant, celui d'avant l'appel de Lejla, celui qui pleurait tandis qu'un inconnu exécutait son chien, celui qui mangeait du gâteau rouge avec les doigts, ce Michael qui me demandait une vis plus longue pour le pied de la table de salon…, peut-être aurais-je entrepris d'enlever les miettes de chips qu'il avait dans la barbe. Et je l'aurais fait si naturellement qu'il ne s'en serait même pas rendu compte. Mais là, ça n'avait plus de sens. Pourquoi toucher une sculpture dans un musée ? Alors je suis simplement restée assise sur le canapé, sur *notre* canapé qui était tout à coup redevenu *son* canapé et puis, assez vite, *un* canapé, me bornant à regarder ce grand dieu aux cheveux roux avec une tache de café sur son jean. Saurait-il trouver le produit contre les taches tenaces ? Ses pieds, énormes, m'ont paru minuscules par rapport à l'étendue du parquet abîmé, tout autour de lui. Qui lui achèterait de nouveaux chaussons ? Cela ne lui viendrait jamais à l'idée. Il marcherait pieds nus pour toujours sur ce parquet fatigué. Je regardais ses pieds comme des enfants que j'étais sur le point d'abandonner.

"Il faut que je rentre chez moi", ai-je fini par lui dire. *Home.* On vivait ensemble depuis six ans, il ne fallait pas le dire comme ça. *Home*, c'était notre appartement, nos livres, notre lit avec ses oreillers ergonomiques, notre douche en panne, le petit canard sur le carreau de la salle de bains, les entailles dans le parquet. Même ce type nu à notre fenêtre. *Home*, ce n'était pas la Bosnie. La Bosnie, c'était autre chose. Une ancre rouillée dans une mer de pisse. Même après des années, on se fait régulièrement vacciner contre le tétanos.

"Pourquoi il faut que tu rentres chez toi ?" *Home.*

J'avais préparé des réponses. Je lui ai servi une histoire tout à fait convaincante sur *une occasion idéale* pour voir ma mère, mettre à jour certains documents, récupérer mes derniers 33 tours, et puis aussi l'histoire d'une copine de classe et de son frère qui, apparemment, était à Vienne, et du coup, Vienne, c'était *aussi la ville idéale*, *parfaite*, puisqu'il s'y tenait précisément une conférence sur le discours et le pouvoir à laquelle je n'aurais pas pu assister autrement, ajoutée à cela l'histoire des billets d'avion bon marché, sans compter que je voulais voir Mostar depuis longtemps, le timing était parfait, bref : du grand n'importe quoi. À un moment, j'ai cru qu'il comprenait de quoi il retournait, qu'il détectait les failles de mon code maladroit, qu'il allait me dire que c'était hors de question. Pour dire la vérité, j'espérais que ça arrive. J'aurais appelé Lejla, et je lui aurais expliqué qu'il m'était impossible d'aller la chercher, que Michael avait raison. Comme les fois où, rentrant plus tôt du travail, j'ouvrais la porte avec l'idée que je pourrais surprendre Michael sur notre canapé en compagnie d'une autre femme. Peut-être pas en compagnie d'une femme, me disais-je en tournant lentement la poignée, mais simplement en train de mater un film porno à l'étrange fétiche – une dame obèse se soulageant sur un homme attaché ou un truc du genre –, et, moi, j'allais le surprendre au milieu de tout ça. Cette possibilité était toujours là – qu'il finirait malgré tout par me blesser, que j'avais raison d'être suspicieuse et que ce serait une grande consolation. Mais les années passaient, j'entrais dans l'appartement, et je le trouvais en train de coder sur un clavier couvert de miettes de biscuits. Ces possibilités allaient se dissipant. Et maintenant ? Il va dire quelque chose. Il fixe par la fenêtre l'endroit où habite l'homme nu. Il fait une moue. Ce moment, je m'en souviendrai longtemps, me suis-je dit. Et puis, un jour, je l'oublierai. Le moment où la possibilité, si minime soit-elle, existait encore que Michael m'interdise quelque chose. Mais il a seulement hoché la tête, fixant encore un point par la fenêtre, et il a dit : “Bien sûr, si tu as besoin d'y aller…”

Je n'ai pas besoin de Lejla, c'est elle qui a besoin de moi. C'est comme ça depuis toujours. Je voulais le lui dire. Raconter l'histoire d'Armin aussi. Et celle des chiens. Au lieu de quoi, j'ai dit : “Et toi, tu as besoin de nouveaux chaussons.” Il a souri avant de répondre : “Les rideaux d'abord”, et il s'est replongé dans ses codes. L'avocatier a continué de pousser, silencieux et immobile. Sa lutte pour survivre m'emplissait de honte.

[Tu as dix-sept ans. J'ai un an de plus. On chante *Gaudeamus igitur*. Tu chantes *humus* là où il faut chanter *sumus*. Je te pince. "D'abord, c'est *sumus* !" je murmure. Toi, tu brailles, fière de chanter comme une casserole, même si la prof de musique t'a sommée de seulement remuer les lèvres. Notre professeur principal tient le même discours que l'année dernière et l'année d'avant. Depuis que la paix a été déclarée, il s'est apparemment trouvé une nouvelle vocation – académicien marginalisé qui, s'il n'était pas tombé dans le piège de l'Histoire, aurait sans doute fini haut placé, bardé de récompenses. Tout ce qui lui reste à présent, à lui, un vrai génie, c'est de donner des conseils à la génération perdue que nous sommes.

"Devant vous, dit-il de sa voix tremblante, celle d'un homme n'ayant jamais pu faire entendre son potentiel, s'ouvre un océan de possibles." Un océan d'asphalte, l'aurait corrigé un toi plus âgé. Mais que pouvait-on en savoir alors ? Toi avec ton large bandeau sur la tête, ton blouson en jean trop grand, de la crème pailletée sur les joues, un échantillon gratuit distribué avec le numéro d'hiver de la revue *Teen*. Moi dans une de mes robes chemisiers usées, des baskets à plateforme aux pieds et de petites perles aux oreilles. On ne comprend pas ce qu'on chante. Nos voix s'échappent de nos poumons comme des chauves-souris innocentes. "La mort vient rapidement. Nous arrache atrocement. En n'épargnant personne", chantent les anciens Romains à travers nous. Quelqu'un aurait quand même dû nous traduire ce tas de poncifs à deux balles. Mais c'est peut-être mieux comme ça : on chante d'abord la mort dans une langue qu'on ne comprend pas. Et plus tard, quand on apprend la vraie nature des paroles qu'on a fièrement déclamées devant nos parents, il est trop tard pour changer d'avis. D'ailleurs, nos parents ne comprenaient pas non plus le latin. À ce moment-là, il fallait vivre, vivre et se réjouir, la mort pouvait attendre. Toutes les deux, on est debout et on chante la mort et la joie, on fixe un espace indéfini derrière nos parents et nos professeurs, quelque chose de lointain et d'immuable comme la langue latine, perdu dans les pans de peinture qui s'écaillent derrière l'auditoire, on regarde *l'océan de possibles*. Eux aussi nous regardent – fiers et présents, soudain – comme si notre braillement les avait réveillés d'un sommeil profond, tirés d'une obscurité qu'ils ont eux-mêmes fait naître, à peine quelques années plus tôt. On chante cet *océan* qu'ils nous ont volé, verre après verre, alors qu'on était occupé à collectionner des serviettes en papier, des billes et des affiches d'*Angela, quinze ans*. Ma mère, silencieuse, large comme un lac dans sa robe bleu clair réservée aux grandes occasions, se tient à côté de mon père. Devant toute ma classe, il a oublié d'enlever son béret fripé. Et à la fête de fin d'année, sa canne en chêne, telle une petite sœur que je n'ai jamais voulu avoir, est posée entre les chaises de mes parents. Papa approuve souvent de la tête, regarde autour de lui et murmure quelque chose à maman. Je ne l'entends pas de là où je suis, sur la scène, mais je peux deviner chaque mot. *Celui-là, là-bas, c'est Kostić, son fils est un crétin, c'est étonnant qu'il ait eu son bac. Et là-bas, voilà Lalić et sa femme. Leur fille est dans la même classe que Sara.* Maman confirme d'un clignement des paupières. Elle a enfilé son corset, ça se voit sur ses joues. Si tout ce cirque ne se termine pas bientôt, elle va virer au rouge cramoisi.

Non loin d'eux est assise ta mère, solitaire dans son deuil noir – un signe de ponctuation entre tous ces chemisiers bigarrés. Son col est rentré d'un côté, elle a oublié de le redresser. Plus tard, devant le photographe, tu rectifieras ce défaut sans un mot. Tu t'approcheras d'elle, tu l'enlaceras par la taille, appuyant ta tête sur son épaule immobile comme si tu te faisais photographier près d'un arbre. Le printemps qui touche à sa fin pèse encore dans les clochettes flétries de muguet et de tilleul. L'odeur sucrée se fraye un chemin entre la fumée de tabac et les parfums des mères qui débordent de fierté. Appuyée contre un poteau électrique, je regarde ta mère te donner de l'argent et te dire des choses que je n'entends pas. Comme s'il s'agissait d'acheter des pommes de terre. Tu ne supportes pas ses vêtements de deuil, mais c'est la fête de fin d'année, elle te donne de l'argent, et derrière vous l'église brille comme un moulin à café turc – il serait absurde de la critiquer.

Elle s'éloigne en direction de l'allée, et je te rejoins pour te montrer les billets de banque qui sont dans mon sac.

"Cinquante, tu dis.

— Parfait... Moi, vingt.

— Juste assez. T'as pris...

— Ouais. Parfum fraise.

— Tu ne les as quand même pas sniffés ?

— Mais non, idiote. C'est écrit sur l'emballage."

Notre refus de porter des tenues festives était aussi réfléchi que les couches de tulle froufroutant qui enrobaient nos copines de classe. Maman s'efforçait de ne pas me regarder : elle avait mis sa meilleure robe parmi celles qu'elle pouvait encore porter. Mes jambes de coq la contrariaient. La fille du chef de la police, en baskets et leggings au bal de fin d'année.

La veille, j'étais allée acheter un soutien-gorge avec elle. Je n'y tenais pas vraiment mais pour elle, c'était important, alors j'avais accepté. Elle y voyait probablement une façon de se rapprocher de moi, dans un espace-temps où papa ne pouvait pas prendre mon parti. Elle était prête à exécuter la sacro-sainte tâche maternelle – m'apprendre à essayer un soutien-gorge *comme il se doit.* Dans la cabine d'essayage, elle fixait mes côtes, ma poitrine sous-développée, le ventre creusé, et j'ai lu l'échec dans ses yeux. Elle a saisi ses seins lourds avec fierté, puis elle a dit : "Ceux-là, je les ai eus à l'école primaire. Il faut croire que, pour ça aussi, tu as hérité de ton père." Comme une adolescente vexée qui aurait besoin de cette victoire, ma mère tient ses seins devant mon corps à moitié nu.

Le matin du bal, papa m'a offert une chaîne en or avec un médaillon de la taille d'une boîte d'allumettes où étaient gravés mon prénom, mon nom et la date en italique. Il regardait par terre, comme toujours quand il était à deux doigts de pleurer. Il a dit : "Bravo, ma fille."

Cinq ou six ans plus tard, je poserais cette chaîne dans la paume poisseuse d'un prêteur sur gages de Dublin. L'argent suffirait tout juste à couvrir mes frais pendant un mois. J'appellerais ma mère depuis un cybercafé. Elle crierait, convaincue que la communication était meilleure si elle parlait plus fort, alors que papa garderait le silence et, au lieu de sa voix, j'entendrais celle d'un commentateur sportif à bout de nerfs.

Plus tard, je mettrais aussi en gage mes boucles d'oreilles en perle, l'anneau de ma grand-mère et deux sacs en cuir. J'ai échangé la Bosnie contre de l'argent, pour ne pas être obligée d'y retourner. Mais ce jour-là, avec mes baskets à grosses semelles et mes cheveux longs jusqu'au cul, je ne le savais pas. On a eu notre bac. Je suis à côté de toi et je chante, la chaînette sous ma chemise, dissimulée aux regards de mes copains de classe. Je ne savais pas non plus qu'un matin, mon premier salaire en poche, je retournerais à ce bureau de gages, mais qu'il serait trop tard. Je ne savais pas que ça me pèserait, même si je trouvais la chaînette vilaine et le médaillon démesuré – dans tous les sens du terme.

Et les deux garçons qu'on avait choisis pour accomplir la besogne ? C'était sans doute ton idée. Après Aleksandar, je m'en fichais. Je voulais juste que ce soit fait, aussi vite que possible. Je t'avais laissée planifier notre exploit comme si ma virginité était un compte en banque, et toi un habile expert boursier. Tu n'as jamais eu du mal à attirer l'attention des hommes. Ils voyaient en toi la même chose que moi : la promesse d'une tranquillité farouche, tapie derrière une souche humide au fond de la forêt. Tes yeux étaient plus noirs que jamais, encadrés par une épaisse couche de mascara que tu oubliais régulièrement d'enlever avant d'aller au lit. Tu arrivais aux cours décoiffée, dans tes grandes chemises froissées. Avant que le premier professeur n'entre dans la classe, je léchais mon index et nettoyais les traces noires sous tes yeux. Toi, tu me regardais comme si tu t'en foutais, taches ou pas taches. Je sortais de mon sac du talc liquide et j'en couvrais ton nez rougi. J'aurais dessiné le visage d'une geisha sur le tien, tu n'aurais pas réagi.

Ils sentaient ça, les garçons impatients, pareils à de lourdes cruches pleines de phéromones, surpris par cette métamorphose pénible qu'ils ne comprenaient pas. Ils sentaient ta négligence indomptable, qui vexait leurs rêves humides, encore inaccomplis. Je me rappelle le jour du test de maths, tu étais parmi les premiers élèves à avoir terminé – alors que tu devais faire le tien et le mien – et tu fixais quelque chose par la fenêtre, là où le portail de l'école s'ouvrait sur la rue. Je me rappelle ce moment parce que j'ai surpris le professeur en train de regarder ton visage tandis que le reste de la classe bataillait avec une arithmétique compliquée. Son regard était serein, assuré, comme s'il comprenait quelque chose à quoi nous, les gosses, n'aurions accès que quelques années plus tard. Son regard te transformait en un être mythique et compliqué que seul un adulte pouvait saisir. Je l'ai détesté pour ça. Toi, tu gardais les yeux rivés sur le portail où, si tu insistais suffisamment, pourrait paraître une silhouette aux cheveux noirs en manteau long.

Tu te souviens de nos cavaliers gringalets ? Après avoir accompli tous les rituels de cette soirée de fête, on les a amenés au bord de la rivière, là où se dressait le grand saule. Les cravates bariolées de leurs pères serraient leurs maigres cous. Ton mec (ou était-ce le mien ?) avait apporté de l'alcool de prune dans une grosse gourde en bois sculpté à l'effigie exaspérée de saint Basile d'Ostrog. On a acheté quatre morceaux de feuilleté au fromage et un litre de Fanta, sans doute pour faire passer la *rakija*. L'odeur métallique du printemps confiné montait depuis la rivière.

"Tu vas t'inscrire en quoi ? m'a questionnée le mien tandis qu'allongée dans l'herbe, je regardais le ciel se troubler, craignant que la pluie ne sape notre projet.

— Littérature, ai-je dit en prenant la gourde.

— Serbe ?

— Laquelle sinon ?" a demandé le tien.

Il s'est ensuite tourné vers toi – tu avais les bras et les jambes écartés, comme si on venait de te crucifier à même cette terre humide. Tu essayais de siffler. "Et toi, tu vas t'inscrire en quoi ?

— En rien, as-tu répondu, essayant en vain de produire plus de deux sons.

— Tu sais pas siffler", t'ai-je lancé pour changer de sujet.

Toute l'année scolaire j'avais essayé de te convaincre de t'inscrire à l'université, ce à quoi tu n'avais eu qu'une seule réponse : "J'ai besoin de pognon." Et pas une seule fois tu ne m'avais vraiment expliqué pourquoi tu avais besoin de cet argent. Tu as même fini par ne plus répondre du tout, tu te contentais de passer à autre chose ou de m'ignorer carrément.

"Tu vas quand même faire des études, non ? a repris le tien.

— Pourquoi ?

— Pourquoi quoi, tu préfères faire le ménage chez les autres ?" a-t-il lancé avec dégoût, comme si faire le ménage était aussi ignoble que salir. Tu t'es appuyée sur les coudes et tu l'as regardé comme s'il était le plus grand crétin jamais vu.

"Sara, elle va étudier quoi, déjà ?" lui as-tu demandé alors que tu savais pertinemment la réponse. Je ne disais rien, craignant que ton arrogance ne les détourne de notre objectif.

On n'était pas venues là pour parler de ton avenir raté. On ne va pas à la rivière pour ça. Ce n'était pas juste que tu fasses capoter le plan uniquement pour montrer à deux mecs à quel point tu étais extraordinaire, bien plus extraordinaire que moi, l'imbécile, qui aspirais à faire des études.

"Sara va étudier la littérature, voyons, ont-ils répondu à l'unisson.

— OK, as-tu dit. Alors, moi aussi, je vais faire des études de littérature. C'est bon maintenant ?" Tu as reposé ta tête décoiffée sur la terre humide, fermé les yeux et continué à siffloter. Ton mec a posé sa main sur ton genou, mais ça n'a pas fait varier la mélodie que tu sifflais. Le mien imitait fidèlement son copain, il était évident qu'il ignorait tout de la marche à suivre. Une main sur ton cou – une main sur mon cou. Les doigts dans tes cheveux – les doigts dans mes cheveux. Je pouvais ainsi ressentir tout ce que tu ressentais. Ma *nuit exceptionnelle* n'a été que la copie de la tienne.

Au bout d'un moment, on s'est séparés, chaque couple ayant à sa disposition l'un des côtés du gros arbre. Comme mon gars n'avait plus de modèle à imiter, il peinait à continuer. Je l'ai aidé avec le préservatif. Quand je l'ai senti pour la première fois dans ma main, j'ai eu l'impression d'avoir attrapé par le cou un petit oiseau craintif. J'ai écarté les jambes et j'ai regardé la lune immense, suspendue dans le ciel immobile comme une médaille usurpée, vieille et infirme. Sa bouche ridée me disait quelque chose, quelque chose d'important. Puis, soudain, sans crier gare, la lune s'est brusquement décrochée du ciel et elle est tombée dans la rivière glaciale. Des gouttes d'eau ont éclaboussé mes pieds nus. Un silence profond s'est installé, l'obscurité semblait absolue. Une douleur aiguë s'est brusquement frayé un chemin en moi, comme cherchant à se venger d'un autrefois où, au plus profond de mon corps, je l'avais chassée de son trône.

La veille au soir, on avait concocté une pâte épaisse de citron et de sucre qu'on avait tartinée sur nos entrejambes chatouilleux. Tu as arraché mes poils, et moi, les tiens. Je savais que ce serait douloureux mais je ne me plaignais pas. Je te faisais confiance. Plus tard, je t'ai entendue de l'autre côté du saule. Tu avais mal, alors j'ai essayé de surpasser ta douleur par mes propres cris.

Ensuite, on est restées allongées, chacune auprès de son homme en cravate bariolée, dans l'herbe qui sentait la fraise et le Fanta. L'un des deux a dit qu'il se faisait tard, que si on voulait arriver à temps pour le bal à l'hôtel, il fallait bouger. Toi, tu t'es mise à chanter *Gaudeamus igitur* de ton côté de l'arbre, et moi, j'ai commencé à rire et à brailler : "Pas *humus – sumus* !"

On s'est réveillées au petit matin, seules, pelotonnées l'une contre l'autre, comme rattachées à la rivière par un cordon ombilical. Je n'ai d'abord pas su où j'étais, j'ai entendu l'eau clapoter sur les pierres de la rive et j'ai eu l'impression qu'elle allait m'engloutir et m'emporter loin. Puis j'ai vu tes cheveux noirs dans ma main et je me suis rappelé que, quelques heures plus tôt, on avait perdu notre virginité. J'ai chassé une petite fourmi rouge de ton épaule. J'avais encore mal entre les jambes mais je ne voulais pas te l'avouer. Je ne t'ai pas dit non plus que j'aurais préféré me réveiller à côté de lui, et pas à côté de toi. Tu donnais l'impression cruelle de ne pas avoir changé, comme s'il n'y avait rien à regretter dans toute cette histoire. Tout s'était déroulé comme prévu. On a sorti de mon sac des culottes propres, une plaquette d'aspirine, et l'argent restant.

"Tu veux rentrer chez toi tout de suite ? as-tu demandé en comptant les billets et les pièces.

— Je ne sais pas… Il est quelle heure en fait ?"

Tu as regardé ta montre en plastique jaune et tu as dit : "Six heures… passées. Mais peu importe, c'est le bal de fin d'année, personne ne te dira rien.

— Où est-ce qu'on peut aller à cette heure-ci ? ai-je demandé en enfilant ma robe froissée, tachée d'herbe, de terre et de sang.

— On n'a qu'à aller au marché, as-tu répondu comme si c'était la proposition la plus normale au monde.

— Au marché ? Maintenant ?

— Ben oui, ils ouvrent dans une demi-heure."

Tu as été prête en moins d'une minute, ta queue de cheval à nouveau haut perchée, tes lacets bien serrés par des doubles nœuds. J'essayais de localiser mes leggings dans les buissons. Je suis descendue avec précaution jusqu'à la rivière où j'ai trouvé une de mes baskets au pied du saule. Tandis que j'enfilais mes chaussures, j'ai vu quelque chose de blanc par terre entre les feuilles. C'était un gant d'enfant, aux doigts souillés et déchirés. Quelqu'un l'avait sans doute laissé tomber du pont, pendant l'hiver.

"Regarde.

— Qu'est-ce que tu veux en faire ? C'est l'été", as-tu dit avec indifférence, en appliquant une nouvelle couche de gloss sur tes lèvres et tes joues. En un tournemain, tu avais fait de moi une gosse, petite et insignifiante, un pauvre individu dont les doigts misérables pourraient encore tenir dans un gant minuscule.

"Ce n'est pas encore l'été, mademoiselle Je-sais-tout", ai-je crié et tu as juste haussé les épaules, comme si la saison était une question de choix personnel et pas une convention scientifique. Il n'était pas encore sept heures du matin et tu me tapais déjà sur le système. Tu tenais à ma trouvaille à peu près autant qu'à l'hymen que tu avais fait rompre la veille – tu les rejetais tous deux comme des détails embêtants et futiles. *Qu'est-ce que tu veux en faire ? C'est l'été.* Je voulais te prouver que, moi non plus, je ne tenais pas à ce gant stupide, alors je l'ai lancé de toutes mes forces dans la rivière. Je croyais que l'eau allait l'imbiber et le faire couler mais il était trop léger pour ça. Il s'est juste posé à la surface comme une feuille, et le courant l'a emporté.

"Qu'est-ce que tu comptes faire au marché à cette heure-ci ? ai-je demandé en peinant pour remonter jusqu'à toi.

— Je vais, m'as-tu dit, acheter un lapin blanc."

Tu te tenais au-dessus de moi, ferme et droite comme une croix, parmi les herbes piétinées et des préservatifs usagés dont l'odeur de fraise s'était évaporée depuis longtemps. J'ai lu sur ton visage quelque chose d'impénétrable, quelque chose que je ne connaissais pas avant, et je me rappelle ce que j'ai pensé à ce moment-là – moi, maladroite et minuscule avec une seule chaussure. Je me suis dit que la veille, allongée sous ce gros bêta, tu avais découvert des choses qui m'avaient échappé. Je me suis dit avec inquiétude que, comparée à toi, j'aurais toujours un train de retard quand il s'agirait d'acquérir ces impalpables connaissances d'adulte, mais tu t'éloignais déjà. Je me suis dit que tu n'existais plus, que quelqu'un avait dû te remplir d'hélium pendant que je regardais ailleurs, et que tu allais t'échapper de mes mains comme un ballon s'envole vers le ciel immense.]

3

Le ciel au-dessus de Zagreb est dégagé. Il nous reste encore quelques minutes dans les airs. Par le hublot, je vois un étang, je ne connais pas son nom. Je vois aussi les rues anonymes et de petites maisons éparpillées çà et là comme des jouets délaissés. Encore loin sous nos pieds, des véhicules se déplacent lentement sur les routes comme des caillots menaçants dans de vieilles veines.

La petite fenêtre ovale me suffit à reconnaître entre tous les panoramas celui des Balkans. Je n'y connais pas grand-chose en géographie, j'ignore le nom des fleuves et des montagnes. C'est sans doute honteux. Mais pour moi, les Balkans, ce sont des couleurs, pas des toponymes. On oublie facilement les noms, il suffit de se gaver de cartes géographiques et de mots étrangers, et les lettres disparaissent comme du sucre sur la langue. Les couleurs, elles, persistent, comme des taches sous les paupières fermées, et la sentimentalité n'y est pour rien, je m'en suis débarrassée depuis longtemps, dans la maison de ma mère. Les kilomètres parcourus ne font pas pâlir les couleurs. Une lourde nuance de vert, comme des poivrons oubliés, secs et ridés, qui n'arrivent plus à nourrir qui que ce soit. Un marron fade qui continue à onduler comme une rivière sans eau après l'apocalypse. La couleur d'une momie dévorée de l'intérieur par les vers. On y distingue des empreintes de bottes, bien qu'il soit impossible de les voir de cette hauteur, ce n'est qu'une illusion. Des centaines de bottes sur la terre tassée. Et des buissons fatigués, tumeurs vert pâle sur les berges, mais encore sauvages, avec des points d'interrogation au-dessus. Quelqu'un y a-t-il trouvé la mort ? Quelqu'un y a-t-il commis un crime ?

À côté de moi, un garçon roux lit une bande dessinée en allemand. Sur la moitié de la page est dessinée une femme paniquée en robe moulante, les paupières fermées d'un mouvement de crayon. Il n'y a rien sous ces paupières. L'artiste n'est pas obligé de dessiner les yeux pour les fermer. La mère du garçon se penche vers moi et attrape la ceinture entre les deux sièges pour attacher son fils. L'avion est agité de secousses et le garçon saisit les mains de sa mère comme si elles étaient plus fortes que les turbulences, plus fortes même que la gravitation si l'on plongeait dans la mort.

"Les primates ne volent pas", me dit une Lejla d'autrefois, au début de nos études, trop fière pour avouer sa peur de voler. Elle n'avait jamais pris l'avion. Un jour, je lui ai demandé comment elle pensait voir l'Amérique ou l'Australie.

"L'Australie ? a-t-elle répété. Le pays des énormes araignées ? Qui sautent, en plus. Oui, oui, Sara, elles sautent. Des araignées. Des tarentules.

— Et les États-Unis alors ?

— Les États-Unis ? Tu plaisantes… Ils sont encore plus cinglés que nous."

Des bêtises, juste pour cacher sa peur de l'avion. Non pas que Lejla ait craint la mort, l'idée de mourir ne l'effrayait pas une seconde. Ce qu'elle craignait, c'était de ne plus sentir la terre ferme sous ses pieds.

À l'aéroport, on peut lire en grandes lettres *Bienvenue en Europe*, au cas où quelques-uns, même parmi ceux – comme nous – qui étaient à bord d'un vol en provenance d'Allemagne, l'auraient oublié. Tandis qu'on attend de voir apparaître nos valises sur le tapis roulant, les employés de l'aéroport Zagreb Pleso vont et viennent à pas pressés, se donnant l'air important dans leurs petites tâches du moment, droits et rigides dans leurs uniformes bien repassés, avisant ainsi les péquenots innocents que *ceci* n'est pas les Balkans. Je retrouve ma valise sans tarder et je monte dans un taxi.

"Votre hôtel, c'est où ? me demande le chauffeur.

— Il n'y a pas d'hôtel, je dis en souriant. On va à la gare routière."

Il hausse les épaules et presse le bouton du taximètre placé sous une Mère de Dieu défraîchie. J'aurais dû dire *kolodvor*, version croate, et non pas serbe, de "la gare routière", je m'en fais le reproche tout en bouclant ma ceinture.

"Derrière, la ceinture n'est pas obligatoire", dit le chauffeur sur un ton bienveillant. Il a raison. On n'est pas à Dublin ici.

"L'habitude", je dis.

Je vois dans le rétroviseur ses deux petits yeux bleus qui me fixent, ses joues plissées dans un grand sourire. Tandis qu'on continue notre échange – d'où je viens, ce que je fais, si je sais qu'il y a eu un accident sur l'autoroute vers Gradiška, un camion de poisson renversé –, je comprends où je suis et où je ne suis pas. Dublin, Michael, l'avocatier, notre voisin nu – tout ça me fait penser à une pièce de théâtre que j'aurais vue il y a longtemps. Je suis assise dans un taxi, un homme qui croit en l'Immaculée Conception me conduit à la gare routière de Zagreb où je prendrai le premier car pour Mostar – et voilà. Il peut encore y avoir un problème : on va peut-être m'annoncer que toutes les places sont prises, le car peut finir renversé comme ce camion de poisson, peut-être vais-je me perdre à Mostar malgré toutes les indications de Lejla et les applis de mon portable. Peut-être qu'après l'avoir retrouvée, je comprendrai qu'en fait, ce n'était pas elle mais une autre Lejla qui m'a appelée il y a cinq jours, que cette voix était celle de quelqu'un d'autre, d'une parfaite inconnue, qu'il s'agissait au fond d'une erreur. Quelle sera la surprise de cette inconnue quand j'entrerai dans le restaurant en étant moi-même une autre, quelqu'un qu'elle n'espérait pas ! Ces hasards de la vie nous feront probablement rire et puis chacune reprendra son chemin. Qui sait, on pourrait aussi se lier d'amitié, cette fausse Lejla et moi. La possibilité que tout cela ne soit qu'un malentendu existe encore. Un chiffre erroné dans le code affiché sur un écran d'ordinateur. Je serai de retour chez moi avant que mon avocatier ne meure.

"Voilà la gare", me dit le chauffeur en arrêtant son compteur. Je pense à tous ces chauffeurs de taxi qui, d'une façon ou d'une autre, ont influencé ma vie, inconscients de leur rôle immense. Tous ces personnages secondaires anonymes qui poussent l'histoire en avant à la force de leurs bras, comme deux mains habiles posées sur les aiguilles d'une horloge toujours en marche. J'ai lu le nom du chauffeur sur sa licence, j'aurais voulu m'en souvenir mais je savais que j'allais l'oublier dans la seconde. Je voulais attribuer de l'importance à l'homme qui m'avait conduite à la gare routière. Bien au chaud dans son ignorance, il m'avait rapprochée de Lejla. Et je l'avais même payé pour le faire.

Après quatre heures passées à la gare avec un litre de café, trois croissants et un tabloïd croate, je monte dans un car. Je demande au chauffeur à quelle heure on arrivera à Mostar. Cinq heures du matin. Elle dormira. Serveuse ou pas serveuse, je doute fort qu'elle se réveille avant dix heures. Que faire à Mostar à cinq heures du matin ? La réveiller ? J'ignore où elle habite, elle ne m'a donné que l'adresse du restaurant. J'aurais sept heures et demie pour imaginer ce que je vais lui dire. À moins qu'il n'y ait un problème avec les roues ou les freins. Dans ce cas, je serais libre.

Le car est à moitié vide, les voyageurs se sont éparpillés sur les sièges déchirés. Certains dorment déjà, emmitouflés dans leurs vestes trop épaisses pour le début du mois de mai. À leur visage, mais aussi à la façon qu'ils ont de se tourner et de chercher habilement des appuis sur leurs sièges, à peu près comme s'ils se trouvaient dans leur salon, je peux voir tous les kilomètres qu'ils ont parcourus dans ce même véhicule, leurs familles – fils, filles, petits-enfants – dispersées entre la

Bosnie et la Croatie. Quelques-uns ont posé de larges sacs en toile sur le siège voisin, le bras passé par les poignées. Un petit vieux a retiré ses chaussures et, avant de les glisser sous le siège, a jeté un coup d'œil furtif sur toutes les personnes présentes. Soit pour s'assurer qu'on ne l'a pas vu, soit pour repérer parmi nous un voleur potentiel. Quelque chose de familier flotte sur leur visage, dans leurs articulations enflées et rougies, sur leur front en sueur marqué à jamais par une ride soucieuse. Des dossiers miteux dépassent des têtes de femmes, cheveux coupés court et teints juste avant le départ pour la Croatie, sans doute pour les vacances de Pâques, les mèches désormais pendantes et graisseuses, prêtes à être négligées dès le retour en Bosnie. Une femme replète se penche sur le siège d'à côté et tape énergiquement sur l'épaule d'une autre dame qui, visiblement, dormait déjà.

"Hé... Tu sais qu'on doit sortir du car pour le contrôle des passeports. Il faut pas que tu t'endormes, dit la première femme.

— Mais laisse-la dormir, tonne une voix d'homme derrière moi. On n'arrive à Posušje que vers quatre heures."

À l'écoute de cet échange apparemment innocent, tous les voyageurs finissent par s'agiter. Les uns s'adressent directement aux deux femmes, tandis que d'autres, comme en aparté, se plaignent de la longueur du trajet qui nous attend. Dans l'obscurité des sièges indistincts, une multitude de voix jaillissent, certaines lourdes et fatiguées, d'autres criardes et enjouées, si bien qu'à un moment, il me semble que c'est le car lui-même qui se met à parler. Je ne parviens pas à m'endormir car le bavard le plus tenace, juste derrière moi, explique à tout le monde d'une petite voix haut perchée d'oie affamée qu'un jour, on a fait sortir tous les voyageurs pour vérifier les passeports alors qu'il y avait à l'intérieur une femme enceinte et un homme avec des enfants en bas âge. Aux premiers rangs, une dame rétorque alors dans un hululement que ça ne lui est jamais arrivé, même quand elle voyageait avec sa fille et ses trois petits-enfants, que depuis toujours on leur permettait de rester à l'intérieur, qu'on ne réveillait pas les enfants. Sur le siège devant moi, une petite créature piaille : "Maintenant, ils sont où, votre fille et vos petits-enfants ?"

Et là, j'ai su qu'une nuit blanche m'attendait. La femme du fond s'est mise à détailler les nombreuses branches de son arbre généalogique, avant de balayer les disgrâces de la géographie et les labyrinthes de l'Histoire d'un simple : "Qu'est-ce que vous voulez, c'est comme ça, faut y aller, pas moyen d'y échapper, ma foi." À ces propos, le monsieur déchaussé du milieu du car s'est réveillé et a lancé : "Eh bien, imaginez un peu mon cas – une fille avec son mari en Allemagne, l'autre partie pour ses études à Zagreb, un fils qui a son entreprise à Ljubljana, il fait ces… comment on les appelle déjà, ces systèmes PVC, les stores, tout ça…

— Moi, ma sœur est en Australie… a ajouté une voix féminine enrouée, quelque part dans l'obscurité.

— La mienne, je l'ai enterrée l'année dernière. Les reins", a répondu l'homme en chaussettes, pour couper court à toute velléité de compétition. La feuille bat la pierre. La pierre bat les ciseaux. La tombe bat l'Australie.

Sauf que la compétition s'est prolongée jusqu'à Korenica. Les uns étaient fiers de leurs parents enterrés, les autres de leurs maisons perdues. Certains avaient des enfants intelligents, des médecins et des ingénieurs qui ne trouvaient pas de travail, les autres répondaient qu'ils survivaient avec deux cents marks par mois après trente ans de travail consciencieux. À un moment donné, il a semblé qu'on avait trouvé le gagnant – la femme-hibou a dit qu'on lui avait enlevé deux tumeurs à l'estomac et, deux ans auparavant, l'utérus entier. Elle payait son loyer en vendant des tickets de loterie. Son gendre était parti, laissant sa fille seule. Échec et mat.

Je n'ai pas pris part au concours. Je n'avais rien à faire valoir. Je suis en bonne santé, je viens d'Irlande, j'ai Michael, et je vais à Mostar parce que j'ai visiblement assez d'argent pour financer les caprices de Lejla. Peu importe qu'elle m'ait littéralement arraché une côte avec son coup de fil. Comment rivaliser avec leurs morts, leurs ruines et leurs misérables pensions ? Lejla, elle, aurait pu. Elle aurait trouvé un moyen de les humilier tous, sans jamais s'apitoyer sur son sort. J'avais presque envie qu'elle soit à côté de moi.

Une fois, au début de nos études, on avait pris le car pour aller à la mer. C'était l'époque où tout allait encore bien entre nous. Lejla s'est adossée à la fenêtre et a allongé ses jambes par-dessus mes genoux. Elle a chuchoté : "J'écoutais pleurer les trains invisibles dans la nuit" et moi, je l'ai regardée, incrédule.

"Pas possible", ai-je dit, luttant contre le sommeil. Elle a seulement souri, imbue d'elle-même et de sa supériorité. On était censées respecter les règles du jeu, peu importe où et quand.

J'ai repoussé ses jambes et je me suis levée en silence, tentant, après plusieurs heures passées assise, de faire circuler le sang dans mes cuisses engourdies. Les autres voyageurs dormaient et, dehors, l'obscurité dévorait tout. Je suis passée entre les sièges sans bruit, comme la Faucheuse, mon regard cherchant à repérer un livre, n'importe lequel. Des mains endormies étaient posées sur des journaux ouverts, d'autres tenaient des sacs ou des éventails. J'ai trouvé ce que je cherchais à l'autre bout du car, dépassant du sac à dos d'un garçon boutonneux. Il dormait bien trop paisiblement pour quelqu'un qui venait de lire Danilo Kiš.

Je suis retournée m'asseoir, j'ai dit entre mes dents *La Mansarde*, puis j'ai fermé les yeux et je me suis endormie.

Mon père nous avait conseillé de nous asseoir au milieu du car, l'endroit le plus sûr. Nous avions donc pris les sièges du fond, pour le défier, même s'il n'en saurait jamais rien. Au moins, il y avait suffisamment de place pour les longues jambes de Lejla. C'était l'année où on était allées sur l'île. Je me suis souvenue de ce jour à la plage où j'avais cru qu'elle s'était noyée.

Dans ce car qui me conduisait à Mostar, vers une Lejla plus âgée, je la voyais presque à côté de moi. Je l'imaginais lancer un mensonge dramatique à ce groupe de voyageurs insipides. "Ma mère est aveugle. Elle m'a élevée mais elle ne m'a jamais vue." Elle était capable de dire une imbécillité pareille pour gagner cette compétition absurde. Pour devenir la reine sans couronne de la ligne Zagreb-Mostar. Moi, je me contentais de regarder les arbres noirs par la fenêtre. De temps en temps, une petite maison perçait l'obscurité de ses rideaux illuminés. À Dublin, je sentais que je pouvais courir jusqu'au bout de la ville, mais que, si loin que je m'éloigne, un élastique invisible me retiendrait toujours et, telle une fronde, me ramènerait inévitablement à Michael. À présent, à minuit passé, quelque part entre Korenica et Udbina, cet élastique, tendu trop longtemps, ne faisait plus effet. Il arriverait bientôt au maximum de son extension, la Bosnie était hors de portée.

Quand les premières gouttes de pluie ont commencé à tambouriner, je me suis dit, dans ma suffisance, que c'était à cause de moi, à cause de Michael et de Lejla, et que les roues allaient glisser maintenant et mettre fin à cette histoire. Et puis le car s'est arrêté, on nous a demandé de sortir et on nous a alignés devant une petite maison blanche où était assise une grosse femme aux lèvres orange, un agent de police. À présent, je pouvais voir les visages des hiboux et des oies qui, depuis des heures, échangeaient sans relâche des commentaires dans le car obscur ; leurs traits étaient figés dans une espèce de crispation supposée leur épargner un peu la pluie, leurs rides, creusées comme des lits de rivière où ruisselait leur maquillage dilué, leurs poings, profondément enfouis dans leurs poches. Un homme s'est couvert la tête avec un sac plastique. Un autre a essayé, sans succès, d'allumer une cigarette. Quand on est remontés dans le car, la conversation n'a pas repris. L'humiliation gorgée de pluie les avait tous fait taire. On n'entendait qu'un profond soupir de temps à autre, comme si un animal battu venait enfin de trouver un refuge.

Le chauffeur a mis la radio, le journal du soir rediffusé. Le président d'un gouvernement, de ce côté du fleuve ou de l'autre, annonçait la création de nouveaux emplois.

"Ça va nous sécher, pour sûr", a crié l'homme déchaussé, suscitant un petit ricanement discret chez les autres voyageurs trempés. Ensuite, tout s'est tu, comme si les entrailles du car étaient devenues stériles, inhumaines, à l'image de ces chaussures mouillées sous le siège à l'odeur âcre.

Dois-je dire à ces gens abattus que je viens de quitter mon dieu à la barbe pleine de miettes, qui marchait pieds nus sur un parquet bas de gamme dans un appartement sans rideaux ? Dois-je leur dire que je ne manquerai pas de le rejoindre, que bien sûr je le rejoindrai, d'où l'idée leur vient-elle que je puisse ne pas le faire ? Dois-je leur dire que parfois j'imagine comment j'arrache la peau de Lejla ? Elle est allongée sur son canapé redevenu beige, je suis assise sur elle et je déchire son visage, mais en vain. Une nouvelle peau remplace aussitôt la peau arrachée. Elle me fixe seulement, refuse de crier. Comme si ses yeux, un peu surpris, visiblement amusés par mon hostilité, me disaient : "Tu t'imaginais quoi ? Que, toi et moi, on était du même bois ?"

[La mort avance d'abord pas à pas, puis elle frappe d'un coup. Au début, les chiens sont morts les uns après les autres. Leurs corps sans vie, encore chaud dans les matins d'hiver, se succédaient implacablement, sans surprise, comme le mercredi suit inévitablement le mardi. On les retrouvait au petit matin, avant le premier JT, allongés sur le flanc. Leur langue immobile semblait s'échapper de leurs mâchoires innocentes en emportant toute leur misérable vie. Une vie animale, mais une vie néanmoins.

Ça a commencé avec le chien de Mme Ristović.

"Le chien courant tricolore serbe !" criait-elle par-dessus la clôture. Elle pointait du doigt la croix inclinée, enfoncée dans le petit talus de terre devant sa maison, puis elle se mettait à brailler : "Le chien courant tricolore serbe ! La race la plus rare ! Il n'y a que des abrutis jaloux pour avoir une idée pareille !"

À l'époque, croix et crucifix poussaient et se multipliaient comme de la mauvaise herbe : dans les cours privatives, sur les rétroviseurs, autour du cou épais de notre professeur de chimie, ou même sur le biceps du père de Mitar, que tout le monde, à la réunion de parents d'élèves, avait écouté comme s'il était président, tout ça à cause de son tatouage. Bien entendu, les chiens étaient eux aussi de confession orthodoxe, et le rite funéraire devait être strictement observé. "Le pope a refusé d'enterrer Luks, et alors ? disait entre ses dents Mme Ristović. Pour autant, est-ce que les honnêtes gens ne sont plus autorisés à ériger une croix là où ça leur chante ? C'est donc honteux d'être une Serbe ? J'aimerais bien savoir."

En rentrant de l'école, nous, on passait par sa rue et on riait sous cape chaque fois qu'elle s'emmêlait les pinceaux dans la grammaire. La mort de Luks nous peinait malgré tout, et il s'est avéré par la suite que c'était vraiment un chien de chasse tricolore, très rare, même si personne ne l'avait jamais vu chasser quoi que ce soit. M. Mićo, qui vivait avec ses deux filles muettes dans une maison dont la façade n'avait jamais été enduite, nous a expliqué que Luks était effectivement un chien courant tricolore, mais *yougoslave*, et Mme Ristović a répliqué qu'ils pouvaient aller se faire foutre, lui et sa Yougoslavie.

"Tu crois quoi, toi, que ces salauds l'ont tué parce qu'il était yougoslave ?" a-t-elle demandé en plissant les yeux, le sourire en coin, comme si, soudain, une grande Vérité s'était révélée à elle seule, inaccessible pour nous autres, simples mortels, qui n'avions ni chien crevé ni croix plantée dans notre cour.

"Allez, tu racontes n'importe quoi, a dit M. Mićo en giflant la neige de sa Lada.

— N'importe quoi, tu parles ! Tu crois que c'était un accident ? Cette racaille va tous nous empoisonner dans notre sommeil. D'abord les chiens courants serbes, et après les Serbes, direct. Tu verras !" a dit Mme Ristović tout en nous observant par-dessus sa clôture, surtout toi et tes nouvelles baskets aux lacets bicolores, comme si tu t'en étais servie pour étrangler son pauvre chien. M. Mićo nous a lancé un regard complice et il est retourné dans sa maison en frottant ses mains glacées.

Peu après, d'autres chiens ont connu le sort du pauvre Luks : le pékinois de Mme Talić, le bouledogue de la cour envahie de mauvaises herbes à côté de l'école, l'affreux lévrier de ma voisine. En moins d'une semaine, il n'y a plus eu de chien dans notre quartier – ils ont été remplacés par de petites tombes disgracieuses et le miaulement déchirant des chats errants.

Même M. Mićo a cessé de plaisanter sur le sujet. Quand on rentrait de l'école, il nous faisait signe de la main sans rien dire, aux petits soins avec sa Lada bien-aimée.

On tournait vers l'ancienne usine de jus de fruits désaffectée, traînant nos bottes en caoutchouc entre les talus de neige amassés sur les trottoirs. C'était cet hiver rude avant ton onzième anniversaire. Tu as eu tes règles et un nouveau nom, et moi, bien que de huit mois ton aînée, je n'ai eu ni l'un ni l'autre.

"Ça fait mal ?" ai-je demandé prudemment.

Tu as haussé les épaules, comme s'il n'y avait pas moyen de nous expliquer ça – à nous, les jeunes filles sans menstruation. Tu étais différente. Il y avait dans ton attitude une sagesse intangible, quelque chose qui disait que c'était à toi de guider et à moi de suivre, comme si nous faisions partie de deux espèces de primates différentes. Le sang perdu t'a donné le pouvoir de décider de tout – où aller, que faire, comment se comporter. J'essayais de te rappeler que c'était *moi* la plus âgée et que j'étais par conséquent responsable de nous deux, mais pour toi, le sang dépassait de loin la chronologie. Et quand je t'ai dit que ton nouveau nom ne comptait pas parce qu'il était faux, tu n'as pas bronché.

"Toi non plus, tu n'es pas née avec le tien, as-tu dit. Tu ne l'as eu que plus tard."

La veille encore, tu étais Lejla, sans règles, immaculée, comme moi. À présent, cette maudite *Lela* au prénom serbe s'était glissée dans notre amitié, une Lela qui avait ses règles et comptait bien garder les détails pour elle. Je la haïssais. Je te haïssais. Avec un couteau de cuisine, ta mère a enlevé le *g* bosniaque de votre nom de famille apposé sur la porte d'entrée, et elle l'a remplacé par un *r*. Begić est devenu Berić, pour ne pas attirer la colère des voisins serbes. La lettre en laiton brillait, toute neuve au milieu de ton vrai nom de famille, humiliant les autres lettres. Tu étais devenue Lela Berić, comme ça, sans aucune autorisation. De mon côté, j'ai essayé de convaincre mes parents de changer mon prénom en *Janet*. Je serais devenue populaire à l'école, comme Janet Jackson dans cette vidéo en noir et blanc, quand elle apparaît à la porte vitrée et que tout le monde autour d'elle reste bouche bée. Tu aurais été jalouse à mort. Ma mère m'a aussitôt conseillé d'arrêter ces idioties : Janet, ça se prononçait comme *djenet*, le paradis musulman – est-ce que j'avais perdu la tête, je voulais me faire rouer de coups ?

"Dis-moi, ai-je insisté. Ça fait très mal ?

— Bah, un peu… comme si un ballon gonflait dans ton ventre.

— Et il y en a beaucoup… Du sang, je veux dire ?

— Non.

— Combien ?

— Je sais pas, un verre.

— Un verre à jus ou un verre à *rakija* ?

— Putain, t'es chiante, Sara. Qu'est-ce que j'en sais, moi ? Tu veux voir ?"

J'ai vite fait non de la tête. La veille, lorsque Mitar s'était coupé le doigt et avait pleuré en plein cours de maths, tu lui avais dit qu'il était minable, que tu saignais dix fois plus sans pleurnicher. On t'a mise dehors. Encore une fois. Je savais que là, derrière l'usine de jus de fruits, tu étais tout à fait capable de baisser tes collants et ta culotte pour me montrer ton sang. J'ai changé de sujet.

"Qu'est-ce que t'a dit Armin ? ai-je demandé.

— Rien.

— Et tu lui as dit que je ne les avais pas encore ?

— Pourquoi je lui aurais parlé de ça ? Qu'est-ce qu'il en a à cirer de mes copines ?

— Je demandais juste… Mais ne lui dis pas.

— Pourquoi je lui dirais ?

— Aucune importance. Ne lui dis pas, c'est tout. D'accord ?

— OK, Sara… De toute façon, je ne comptais pas le faire."

Tu n'aurais pas compris. C'était ton frère. Pourtant, j'aurais voulu t'en parler. De ce qui s'était passé sous votre cerisier, le jour où le chien de chasse de M. Radman était mort. J'étais venue chercher mon cahier d'éducation religieuse que tu avais emprunté pour recopier les prières, puisqu'on ne t'avait jamais vue au catéchisme. Comme par magie, tu avais réussi à échapper aux cours, alors que nous autres, simples mortels, devions nous les coltiner deux fois par semaine. Et puis, de façon tout aussi mystérieuse et injuste, du jour au lendemain, tu as eu un nouveau prénom et le prof de religion a déclaré que tu pouvais rejoindre la classe, à condition de rattraper ce qu'on avait appris. À vrai dire, je ne voulais pas que tu assistes aux cours de religion. C'était ma seule matière sans toi, la seule qui ne soit vraiment qu'à moi. Et maintenant, tout cela devait prendre fin. Une demi-heure pour recopier mes prières, rien de plus. Tu allais venir aux cours et tu en saurais autant que moi. Pire, tu en saurais davantage, car certains détails et le sens caché m'échappaient parfois, alors que tu avais pour eux comme un sixième sens.

"*Entrailles*, ça veut dire quoi ? m'as-tu demandé pendant la récré, en déchiffrant une prière dans mon cahier.

— Aucune idée.

— Quoi, le prof de religion ne l'a pas expliqué ?

— Non, ai-je répondu. Il faut apprendre par cœur, c'est tout.

— Et ça… (tu as tourné quelques pages et lu) … *et de toutes les choses visibles et invisibles.* Qu'est-ce qui est invisible ? L'air ? Les organes ?

— Si tu comptes suivre les cours de religion, tu ferais mieux d'arrêter de poser des questions stupides, ai-je dit, et tu as levé les yeux au ciel. Et s'il te plaît, rapporte-moi mon cahier avant le week-end."

Ma demande, bien évidemment, a été royalement ignorée. Je n'avais pas vraiment besoin de ce cahier, tu pouvais aussi me le rendre à l'école. Mais je craignais, si tu passais trop de temps à lire les prières, que tu ne viennes faire ton intéressante aux cours d'éducation religieuse. Alors j'ai décidé de me pointer chez toi sans y être invitée et de demander mon cahier, avec le calme et la fierté d'une martyre, faisant fi de tout.

Votre cour avait une clôture commune avec le terrain du professeur de biologie, qui sentait l'alcool de poire et jouait volontiers avec tes tresses. En ouvrant votre portail – je connaissais assez le mécanisme rouillé pour l'ouvrir d'une seule main en pleine nuit –, j'ai observé sa petite fenêtre. Un jour, après m'avoir collé une mauvaise note, il m'avait dit, ce crapaud bourré, que je devrais essayer d'être un peu plus comme toi. Du portail jusqu'à votre porte d'entrée, il n'y avait qu'une dizaine de pas, assez cependant pour me rappeler toutes les raisons pour lesquelles j'étais furieuse contre toi : le prof de biologie, le cours d'éducation religieuse, mon cahier que tu devais me rendre, et aussi ce *r* moqueur et brûlant, collé au milieu de votre faux nom de famille, sur la porte d'entrée. Tout ça m'a poussée à frapper trois fois avec mon poing au lieu de toquer discrètement.

C'est Armin qui a ouvert, si vite que j'ai cru qu'il était derrière la porte pendant tout ce temps, à m'observer par le judas tandis que je prenais ma mine renfrognée. Dès que je l'ai vu, j'ai oublié ce qui m'avait mise en colère – sa présence m'a rappelé pourquoi être ton amie valait toujours la peine. Je pouvais venir quand je voulais, ouvrir le petit portail, faire une dizaine de pas dans la cour et toquer à la porte, comme maintenant, puisque, toi et moi, on était les meilleures copines. Et il serait là, lui, avec ses mains tachées de couleurs, la dernière phalange du majeur enflée et noircie par le gros crayon HB à esquisse. Pour moi, c'était quelque chose d'incroyable de m'imaginer avec un frère qui vive, marche, mange et dorme à mes côtés, quelqu'un qui n'était ni mes parents ni mes amis, et qui me connaissait mieux que quiconque, même s'il ne savait au fond rien de moi.

“Lejla est au club d’échecs, a-t-il dit.

— Elle a mon cahier d’éducation religieuse”, ai-je expliqué, aussi sérieuse que possible

La maison était silencieuse, votre mère était partie travailler. Armin et moi, on est entrés ensemble dans ta chambre. J’y étais déjà venue cent fois, mais sans toi, la pièce semblait différente. Avec ton frère à mes côtés, le désordre que je voyais me faisait honte, comme s’il avait quelque chose à voir avec moi, uniquement parce que j’étais ton amie et à peu près de ton âge.

Je me souviens de la grande affiche de Janet Jackson que tu remplacerais plus tard par un miroir, je me souviens du bas de pyjama retourné, étalé sur le drap froissé comme un mendiant dans la rue, je me souviens d’une pile de BD qui penchait dangereusement sous ton bureau et qu’il nous faudrait bazarder avant l’université pour ne pas nuire à la santé mentale de ta mère, je me souviens de la pièce d’échecs, un cavalier, sur ton étagère où, quelques années plus tard, serait posée la photo d’Armin à la plage, je me souviens aussi de deux chaussettes, l’une à carreaux, l’autre blanche, qui occupaient la chaise, défendant ton trône de possibles usurpateurs.

Je voulais sortir de là au plus vite. Armin a trouvé mon cahier usé dans le désordre de ton bureau et me l’a tendu. Avec cette chemise et ce pantalon, il ressemblait à votre père – du moins à la photo de votre père, exposée dans la vitrine du salon avec la porcelaine. Il promenait son regard sur ta chambre sans aucune réaction visible, s’arrêtant parfois sur ma queue de cheval haut perchée. Je voulais mémoriser cette image de lui – bien repassé et serein –, m’en servir comme d’une preuve irréfutable devant laquelle les propos de mon père se carapateraient, honteux.

Papa disait que c’étaient probablement Armin et *sa bande de racailles* qui avaient empoisonné les chiens du quartier. Il disait que ces petites frappes n’en faisaient qu’à leur tête, que l’un d’eux s’était déjà fait gauler parce qu’il taguait les façades, et qu'ils traînaient en ville comme des clebs enragés prêts à toutes les saloperies.

"Il s'appelle Mar-ko Be-rić, maintenant, et plus Armin, excusez-moi du peu, a bougonné ma mère, comme si elle n'avait jamais entendu ce nom de sa vie, et elle a passé le poulet bien grillé à mon père.

— Marko Berić", a répété mon père, l'air dégoûté, en saisissant dans la casserole un pilon graisseux qu'il a attaqué avec hargne. Moi, je n'osais pas le contredire ni demander en quoi Armin avait le profil d'un empoisonneur de chiens. Je n'ai pas réagi, Lejla. J'ai gardé le silence et j'ai mangé.

"C'est ça ?" m'a demandé Armin en regardant le cahier comme s'il n'avait jamais vu un objet pareil. C'est le bon moment pour partir, me suis-je dit. Sauf que je ne voulais pas. J'aimais sa façon de me regarder – comme si moi aussi j'avais seize ans. Et mes règles. Une boucle d'oreille en perle était posée sur ton bureau, à côté de la petite lampe violette sans ampoule. Je l'ai prise et glissée dans ma poche pendant qu'Armin ne regardait pas, de façon si naturelle et précise qu'on aurait cru que c'était là la seule raison de ma visite.

"Je peux aller dans la cour ? Je crois que j'ai perdu ma boucle d'oreille au pied du cerisier."

Dans ma tête, j'imaginais comment te raconter cette histoire et t'expliquer la disparition de ta boucle d'oreille, consciente que ce serait un échec complet, que tu comprendrais aussitôt, que je serais démasquée et que tu ne me permettrais plus de venir chez toi. Il faudrait pourtant bien que je te raconte quelque chose, n'est-ce pas ? Que je te fournisse un argument. Que se passerait-il si tu disais à ta mère et à Armin, au dîner, que tu ne retrouvais plus ta boucle d'oreille ? Et si ton frère apprenait que j'étais une menteuse qui n'avait même pas encore ses règles ?

Je l'ai suivi jusque derrière votre maison, la boucle d'oreille toute chaude dans ma main moite, persuadée que le prof de biologie nauséabond m'observait depuis sa petite fenêtre, en face. Il va tout voir, ai-je pensé. Il va me dénoncer, ce sale porc.

Armin marchait droit, comme un adulte, et je me sentais ridiculement petite dans son dos. Il gardait les mains dans ses poches. Il avait les mêmes cheveux que toi – noirs, en pagaille, comme laissés en friche. Quand on est arrivés devant le cerisier, il a pris son paquet de cigarettes et en a sorti une.

"C'est mauvais pour la santé !" ai-je lancé, et je m'en suis aussitôt mordu les doigts. Ma bêtise avait-elle des limites ?

"C'est aussi mauvais pour la santé des petites filles de porter une queue de cheval.

— C'est pas vrai. Ça, tu viens de l'inventer."

Il souriait, comme devant une blague parfaitement évidente qui m'échappait. J'ai essayé de comprendre ce qui se passait. J'avais raconté un mensonge, et maintenant, j'étais avec Armin. *Avec Armin.* Je suis dans sa cour, dans votre cour, et on est en train de se parler. On a *une conversation.*

"Et puis, je ne suis pas *une petite fille.*"

C'est là qu'il l'a fait, qu'il a fait ce que je ne t'ai jamais dit, même pas plusieurs années après, quand on enterrait Lapin et que plus personne ne se souvenait de cette boucle d'oreille. Je ne t'ai jamais avoué que ton frère m'avait défait les cheveux l'hiver où tu avais eu tes premières règles. Il s'est approché de moi, si près que je pouvais voir la cicatrice sur sa joue. Longtemps avant, tu m'avais expliqué que c'était arrivé à vélo, qu'il était revenu à la maison couvert de sang et que ta mère l'avait grondé, disant qu'il était irresponsable, qu'il était le seul homme de la maison et qu'il devait faire plus attention. À présent, je me trouvais indécemment près de cette cicatrice, j'aurais pu la lécher en me hissant sur la pointe des pieds. Jamais je n'avais été aussi près d'une chemise d'homme. Propre et empesée, elle sentait le citron. Mon père portait son uniforme de policier, mais ne nous laissait pas le toucher avant d'aller au travail pour ne pas qu'on le froisse. Alors que, là, je pouvais en observer de près le fil, observer le fil de cette *chemise d'homme*. Elle était douce, même si je ne pouvais pas la toucher. Douce au regard. Armin a plissé les paupières comme devant un problème d'échecs, sa cigarette aux lèvres (la fumée me piquait les yeux, mais je ne voulais pas les fermer), et il a avancé les deux mains vers mon élastique. Penché au-dessus de moi comme un arbre, il a tiré dessus et laissé ma queue de cheval se défaire. Il l'a fait avec douceur, comme si ce n'était pas la première fois. Mes cheveux sont tombés en cascade sur mon visage. Et il m'a semblé que je n'avais plus douze, mais cent douze ans, comme si j'avais passé un siècle entier à attendre qu'Armin Begić me détache les cheveux.

Il s'est éloigné de quelques pas et adossé à l'arbre pour mieux voir. À ce moment-là, il te ressemblait tellement que je me suis senti gênée.

"Tu vois. C'est mieux comme ça. Comme Vénus.

— Comme quoi ?" ai-je demandé. Mais il a seulement laissé tomber sa cigarette qu'il a écrasée du pied, et il a jeté un coup d'œil du côté de l'herbe.

"Alors, elle est où, cette boucle d'oreille ?"

Pendant qu'il cherchait mon mensonge entre les trèfles, j'ai vite lissé mes cheveux de mes mains moites. Dans toute cette confusion, j'avais oublié la boucle dans ma poche. J'allais la sortir et la jeter dans l'herbe quand j'ai entendu une voix dans mon dos :

"Tiens mais qui voilà !"

J'ai eu l'impression de me retrouver nue dans votre cour. Lentement, je me suis retournée, en essayant de coincer derrière mes oreilles mes cheveux en pagaille, et nos regards se sont croisés. Tu étais appuyée contre le mur de la maison, trois bananes dans la main, et tu nous fixais avec méfiance, les yeux plissés.

"Adam et Ève", as-tu dit.

Je t'ai tiré la langue. Vous avez souri tous les deux, vous saviez tout ce qu'il fallait savoir de ce monde, tout ce que je n'apprendrais jamais. Vous étiez pareils : sourire en coin, sourcils tombants, épaules de vautour, cheveux noirs en buisson. La même sagesse dans vos yeux noirs, le même savoir devant lequel je resterais éternellement petite. Vous étiez pareils et, pourtant, tu n'étais pas aussi douce. Tu tirais les cheveux, tu poussais et tu donnais des coups de pied. Tu saignais. Une petite version animale d'Armin. J'étais sur votre territoire, autant à ma place qu'un feu rouge en pleine forêt. J'ai levé les yeux, quelque chose s'est agité dans mon champ de vision. Le prof de biologie était sorti sur son balcon pour étendre ses ignobles sous-vêtements. Il me regardait droit dans les yeux, comme s'il était au courant de tout.]

4

Impossible, même pour les besoins de cette histoire – son histoire –, de me rappeler comment j'ai réussi à trouver le petit restaurant typique où elle travaillait. Je me souviens seulement que Mostar brillait comme un *cezve* à café bien astiqué, même si le temps était inexplicablement couvert et la chaleur, insupportable. Je me souviens aussi des touristes et de leurs parasols, éparpillés le long du Vieux Pont, qui faisaient penser à une couronne de fleurs en plastique déposée sur le tombeau d'un notable.

Je l'ai vue avant de comprendre que c'était elle que je regardais. Devant la petite clôture en bois du restaurant, un couple de touristes à la peau rose photographiait les hôtesses en costumes traditionnels qui abordaient des clients. L'une d'elles, la bouche en cœur, a envoyé un baiser muet vers l'iPhone de la grosse Autrichienne. Une autre encore, arborant un sourire automatique spécial photo, fixait deux gros chats, tout près de ses sandales en bois, qui se régalaient d'une côtelette délaissée, relief d'un animal moins chanceux. On aurait dit qu'elle les enviait : les chats se vautraient par terre, les moustaches grasses, nus, alors qu'elle suffoquait de chaleur dans son rôle d'épouse de bey des siècles passés. Ses jambes maigres se dessinaient sous son pantalon bouffant bleu pastel où pendaient de petits fils dorés décousus. Son chemisier blanc en coton épais laissait deviner un Wonderbra rouge – elle avait oublié de fermer son gilet brodé pour couvrir cette entorse chronologique. Sa tresse blondie à l'eau oxygénée reposait sur le velours violet et s'enfonçait dans le fez rouge couvert d'un mouchoir froissé. Elle se tenait là, immobile, captivée par ces chats vulgaires, comme une version *Cosmopolitan* de l'Hana Pehlivana célébrée dans la musique *sevdah*, mais sans son niqab, sans son capitaine, sans les vers écrits en son honneur, et autour d'elle, des serveurs – tels les beys et les marchands de la chanson traditionnelle – allaient et venaient d'un pas sautillant, leurs plateaux en bois sculpté chargés de côtelettes panées et de frites. C'est alors que je l'ai reconnue. Les lèvres rouges, le sourire en coin prêt à être immortalisé par un appareil photo ou un autre, un petit grain de beauté tout près de l'œil trop maquillé, le coude soudain relevé pour gratter une aisselle humide de transpiration – c'était elle, c'était Lejla, toujours magnifique, bien sûr, malgré son accoutrement exagéré, fière, en sueur et bien de *ce* siècle, affranchie de tous les siècles passés qu'elle était forcée de porter sur ses épaules. C'était *elle*, comme autrefois, à la plage. Et en dépit de mon jean acheté à Dublin pour sept euros, de mon Michael dans son pull à losanges et de mon argent épargné sou à sou qui reposait dans une banque lointaine, en dépit de ma poésie et de ma prose, voilà que j'étais de nouveau prête à être pour elle la servante de la chanson, à me serrer dans un gilet traditionnel synthétique, à enrouler autour de ma taille de la soie rouge sans doute fabriquée en Chine, voire à me transformer en un gros chat devant ses sandales en bois, pourvu qu'elle m'adresse la parole, qu'elle emplisse mes oreilles de nous et de ce que nous avions été autrefois, sous le cerisier ou au bord de la rivière puante, pourvu qu'elle me dise que c'était bon maintenant, qu'il fallait arrêter de faire semblant, sans quoi elle me dévorerait les côtes une à une au vu et au su de tous ces maudits touristes. J'ai imaginé les gouttes de mon sang sur son chemisier d'un autre temps. Mais la femme aux cheveux décolorés en pantalon bouffant n'avait d'yeux que pour les deux gros chats.

Je me suis installée dans un bistrot, en face du restaurant où elle travaillait, et j'ai commandé un café. Des grains de marc amer n'ont pas tardé à s'accumuler sur la surface de ma langue rebaptisée. J'avais oublié le goût du café d'ici, du café de Bosnie, du café turc, du café de terroir – peu importe le nom, le goût ne change jamais. À Dublin, je prenais un double expresso, et entre moi et la poudre de café une distance était établie, une machinerie entière veillait à éradiquer tout souvenir du pays où le café avait été récolté. Je connaissais des baristas, leurs élégants diplômes sépia affichés aux murs des établissements en vogue, tout cet apparat pour que mon palais prétendument fin puisse traduire le langage sauvage du café cru. Et maintenant, une minuscule cafetière en cuivre m'accueillait à Mostar comme la fière blanchisseuse accueille sa fille délurée au retour d'une soirée : elle me rappelait d'où je venais et où était ma place. Ça, c'était du café – pas une carte postale de Colombie au prix exorbitant.

Même parmi la masse de touristes qui déambulaient sur les pavés, palpant les souvenirs en céramique de leurs doigts pleins de crème solaire, je pouvais entendre notre langue : tantôt artificielle, désarticulée par l'accent adouci du coin, tantôt familière, honteusement, irrévocablement familière, avec ses voyelles avalées ou ses diphtongues étirées. Lors de mes *pèlerinages européens* (ainsi que Lejla les raillerait plus tard), il m'arrivait d'entendre dans l'allée d'un centre commercial ou près d'une bouche de métro un mot *de chez nous*. "Peut-être", disait un étranger en observant un plan déplié, "Tu es sûre ?" ou quelque chose comme ça. Dans ces moments gênants où l'autre était percé à jour, je me cachais généralement derrière mon énorme portable ou plongeais le nez dans un journal de peur que l'individu en question, *un homme de chez nous*, ne me reconnaisse. Un seul coup d'œil sur mon visage, et il aurait su que je le comprenais, il se serait senti libre de me parler et ainsi, devant tout le monde, de faire de moi *une femme de chez nous*. À présent, c'était différent : *la langue de chez nous* était omniprésente, et l'anglais, le français ou l'allemand ne faisaient que se frayer craintivement un passage entre deux consonnes palatales qui étaient les nôtres. J'étais entourée de mots dont je m'étais débarrassée, tel un ancien fumeur qui, ayant renoncé à grand-peine au tabac, se retrouve coincé dans un fumoir.

Deux morceaux de sucre étaient posés sur la petite assiette métallique, à côté de la tasse de café amer. Cette nature morte m'a rappelé ma mère, si massive et silencieuse, qui plaçait de ses doigts dodus un morceau de sucre sur la langue avant d'avaler une gorgée de café. Ce geste prenait parfois pas mal de temps – sa bouche restait ouverte tandis que la main gélatineuse entreprenait de retourner vers la tasse, et je voyais le sucre se diluer au contact de sa langue sombre tout en observant mon père qui la regardait – encore un morceau de sucre, vraiment ? Elle aurait mieux fait de surveiller son poids, elle était gonflée comme une tente de mariage dans l'orage. Je n'ai jamais mangé de sucreries en présence de mon père. Je craignais qu'il ne puisse un jour poser sur moi le même regard.

Lejla ne m'a pas vue. Elle se tenait à l'entrée du restaurant, sur le trottoir d'en face, saluant les touristes pendant des heures sans doute et leur proposant un long menu alléchant. Ses lèvres formulaient tout l'éventail de soupes et d'escalopes panées. À un moment, elle a disparu de mon champ de vision – j'étais à deux doigts de traverser la rue en courant pour m'assurer qu'elle ne s'était pas enfuie –, mais elle a fini par revenir, son maquillage rafraîchi et sans le mouchoir qui ornait son fez. Son service terminé, elle est retournée à l'intérieur pour se changer, et j'en ai profité pour régler le litre de café et les trois bouts de pita aux pommes de terre que j'avais commandés, plus pour justifier ma trop longue présence là que pour satisfaire une véritable faim.

Elle a reparu vêtue d'un jean délavé déchiré aux genoux et d'une chemise trop grande à rayures blanches et bleues. La tresse et le maquillage étaient encore là, les sabots du XIXe siècle, remplacés par des baskets roses à scratch. Une créature menue aux cheveux rouges et aux dents irrégulières s'était glissée dans son pantalon bouffant. Dévoilant ses vilaines gencives, elle riait de ce que Lejla lui disait. De ce que *ma* Lejla lui disait. Elle avait gardé cette habitude de tordre un peu le pied quand elle parlait avec quelqu'un dans la rue – j'ai vu sa cheville se bomber dangereusement dans une position étrange de danseuse blessée.

J'étais toujours de l'autre côté de la rue, incapable de traverser. Devant ses cheveux décolorés et ses longs ongles peints en bleu, j'avais l'air d'une vieille emmerdeuse avec mon jean noir et mon débardeur jaune délavé. Un jour, au début de nos études, elle m'avait dit que mes efforts pour me rendre invisible étaient extrêmement visibles. C'étaient ces souvenirs, absurdes et insignifiants, qui me traversaient alors l'esprit. La nuit que j'avais passée chez elle – on était au lycée – après que papa avait giflé maman. Je me suis rappelé la fois où elle m'avait léché l'œil dans une boîte de nuit parce qu'un grain de poussière menaçait de ruiner mon maquillage. Je me suis rappelé ses cheveux noirs flottant à la surface de la mer Adriatique.

J'ai tiré la poignée de ma valise à roulettes et j'ai fait un premier pas pour traverser la rue. À cet instant, un 4×4 noir rutilant avec une plaque étrangère a failli mettre un terme à tous mes ennuis. Le chauffeur a pilé et klaxonné avec une telle véhémence que tout s'est arrêté – les serveurs se sont figés, leurs plateaux en l'air, les souvenirs ont cessé leur tintamarre dans ma tête, et même les chats se sont retournés. C'est là qu'elle m'a vue. Elle a levé les yeux au ciel et dit : "Mais quelle folle", comme si on s'était séparées le matin même, après le petit-déjeuner, et pas douze ans plus tôt. Elle a fait signe au conducteur danois fulminant de dégager – "Reste pas planté là comme une statue" –, et la vie a repris son cours : serveurs, vendeuses de cartes postales, machine à café. Tout s'est remis à fonctionner sur un simple geste de Lejla Begić. Elle a traversé la rue, s'est arrêtée devant moi et m'a toisée de la tête aux pieds. Je me suis sentie comme un chauffeur envoyé par une agence, dont elle aurait jaugé les capacités.

“T’as ton permis de conduire sur toi ?” a-t-elle demandé. Après “va te faire foutre”. Après l’école primaire et le lycée, après les études, après l’enterrement de Lapin. Après la moitié d’une vie, voire toute une vie – est-ce que j’avais mon permis.

“Bonjour, comment tu vas, tu fais quoi, la forme, ta famille ça va…”, ai-je dit, agacée, même s’il était évident qu’échanger des banalités n’avait jamais été notre fort. Elle a levé les yeux au ciel. Et quand elle les a ensuite posés sur moi, j’ai vu qu’ils étaient bleu foncé. Elle portait des lentilles de couleur.

“C’est quoi, sur tes yeux ? lui ai-je demandé.

— Sara…

— Non, sérieux. Ça sert à quoi, cette merde ?”

En primaire, quand j’avais débarqué en cours avec des lunettes, c’était exactement ce qu’elle m’avait demandé. Je lui avais alors expliqué les lois de la myopie, mais elles n’avaient pas de sens pour elle, qui pouvait voir jusqu’à la surface de Jupiter. Si j’étais myope, c’était ma faute.

“Ce que je fais avec mes yeux, c’est pas ton problème, a-t-elle dit. T’as ton permis ?

— Oui.”

Fin du lycée – on avait beaucoup bu après que j’ai eu mon permis de conduire du premier coup. Je me suis rappelé ce qu’elle m’avait dit ce soir-là : “Il n’y a que la fille d’un policier pour l’avoir si vite ; nous autres, simples mortels, on doit le passer quatre ou cinq fois, histoire de raquer un max.”

“Il est valable pour l’étranger, ton permis ?

— Oui. Mademoiselle souhaite autre chose ? Mon bilan sanguin, peut-être ?”

Elle m’a offert son sourire en coin et humiliée une fois de plus.

“T’es maigre, a-t-elle dit.

— Toi aussi, t’es maigre, ai-je répondu. Et t’as les cheveux teints en blond platine et les yeux bleus.

— Et un mari”, a-t-elle ajouté, avant de se mettre en marche en monologuant sur l’immatriculation des voitures, l’argent épargné et que sais-je encore. Je la suivais en silence, traînant ma valise dans les rues qui, sans que je sache quand exactement, étaient devenues les rues de Lejla. Elle évitait les trous et les irrégularités des trottoirs avec l'assurance d'une femme de Mostar. Je lui emboîtais le pas, fatiguée par le trajet en car et par cette fausse journée de mai plongée dans un brouillard aussi épais qu'au début de l'hiver. De toutes mes forces, j'essayais de ne pas savourer le fait qu'on soit seules, à nouveau, et qu'on ait un projet devant nous.

Au bas d'un immeuble, qui était apparemment devenu *son* immeuble, un type attendait avec une valise rouge. Il était grand, trop grand pour être saisi d'un coup d'œil, avec des cœurs et des motifs tribaux tatoués sur ses biceps rebondis. Jeune, mais dégarni, il avait une ride paternelle prématurée entre ses sourcils ébouriffés. Le mari, ai-je supposé.

“Dino – Sara, Sara – Dino”, a dit Lejla comme si elle lisait les points de départ et d'arrivée d'une ligne ferroviaire, puis elle a pris les clés suspendues au gros pouce de Dino et appuyé sur le bouton de la télécommande pour déverrouiller la voiture. Parmi les véhicules garés devant l'immeuble se trouvait une Opel Astra blanche qui s'est alors manifestée.

Dino et moi gardions le silence, ne sachant pas comment nous comporter l'un envers l'autre. La seule chose qui nous liait dans la vie, c'était cette femme maigrichonne occupée à ouvrir le coffre – pas assez pour une conversation naturelle, mais assez pour partager la même inquiétude. Comme si nous avions occupé la même cellule de prison, mais à différentes époques. Il n'y avait dans les yeux de Dino aucune tendresse pour *la copine d'enfance de Lejla*, pas la moindre trace d'un *enfin-je-rencontre-Sara*. De toute évidence, je n'étais rien du tout pour cet homme. Pire, j'étais le rien du tout qui emmenait sa femme hors des frontières de ce pays.

Lejla, revenant bientôt vers nous, a pointé de son ongle bleu la valise posée devant les tongs de son mari. “Dino, tu pourrais…”

Elle n'avait pas terminé sa phrase que le géant soulevait la valise et l'emportait vers la voiture, pour la déposer ensuite avec douceur et fermeté dans le coffre, comme s'il mettait un cercueil en terre. J'ai eu une pensée pour Michael qui m'avait envoyé une photo de ses pieds ce matin-là. Il avait pris un coup de soleil dans ses sandales. Je lui avais répondu avec des signes :

(: <3 :*

Dino est revenu et, sans poser de questions, il a pris aussi ma valise et l'a portée jusqu'à l'Opel Astra.

"Plus de place", a-t-il constaté, essayant de résoudre le problème comme s'il s'agissait d'un obscur théorème mathématique. Il était à l'évidence un de ces hommes qui aiment ce genre de tâches – disposer des valises dans le coffre, réparer le robinet, changer le pneu d'un vélo –, et s'y consacrent avec un sérieux de scientifique, comme pour démontrer et justifier l'incontestable utilité de ce corps mégalomane.

De ses mains fluettes, Lejla, qui l'avait rejoint, a résolu en quelques gestes l'équation valises-coffre – l'horizontale devenant verticale, la couverture passant sur la banquette arrière, et le matelas de plage aux oubliettes. Elle a voulu se débarrasser d'une raquette de tennis mais s'est ravisée et, pour une raison ou une autre, l'a reposée sur la couverture. Lorsqu'elle a retourné ma valise, j'ai vu une alliance à sa main droite. Un anneau en or, épais et probablement trop grand. Sans les articulations proéminentes de Lejla, l'alliance aurait simplement glissé de son doigt.

Les adieux ont été longs et exagérés. Assise au volant, je les observais dans le rétroviseur. Elle s'accrochait à son cou en se hissant sur la pointe des pieds. Il lui caressait le dos, les fesses. Elle lui a dit quelque chose. Elle l'a embrassé. Il s'est essuyé les yeux – était-ce la sueur ou les larmes, je n'aurais pas su dire. Et puis voilà. Elle est montée dans la voiture et m'a dit de démarrer, sa voix sereine laissant percer une pointe de paranoïa, à croire que Dino, si on ne partait pas sur-le-champ, allait comprendre une horrible vérité et nous en empêcher. Mais je n'arrivais pas à tourner la clé. Quelque chose en moi se rebiffait, effrayé par le long chemin qui nous attendait. Je me suis tournée vers elle et j'ai chuchoté, bien qu'il n'y ait eu personne pour nous entendre : "Il est... Je veux dire... Il va bien ? Là-bas, à Vienne ?"

Lejla a pris mes joues entre ses mains brûlantes et elle a eu un sourire à peine perceptible. Pendant un instant, j'ai entrevu sous son maquillage agressif la petite fille avec laquelle j'avais autrefois fait mes devoirs. Visiblement incapable elle aussi de prononcer le prénom de son frère, elle a hoché la tête lentement, et j'ai tout de suite senti mon menton trembler et, au fond de moi, des pleurs enfler comme ceux d'un nouveau-né qui remplit pour la première fois ses poumons d'oxygène.

"C'est quand même bête que tu pleures alors qu'il nous attend", a-t-elle dit tendrement, et j'ai obéi en silence, opiné du chef et ravalé mes larmes. J'ai mis le contact et enclenché la première. J'étais prête.

Dix minutes plus tard, elle se contorsionnait sur la banquette arrière pour enfiler tant bien que mal un short et un minuscule t-shirt. Ses longues jambes cognaient contre mon siège, ses genoux donnaient des coups dans la portière, ses bras sortaient par la fenêtre et sa tête penchée se collait au plafond de la voiture. Son soutien-gorge a fini sur mes genoux.

"Tu n'aurais pas pu te changer chez toi ?" lui ai-je demandé, essayant tout à la fois de lire les panneaux pour sortir de Mostar et de me débarrasser de ses sous-vêtements.

"Dino ne m'aurait jamais laissée partir habillée comme ça.

— Est-ce qu'il sait au moins qu'on va à Vienne ?"

Elle a haussé les épaules sans que je sache comment interpréter sa réaction. Dans le rétroviseur, un vert terne est apparu brièvement – un énorme hématome sur ses côtes saillantes –, disparaissant aussitôt sous son t-shirt. J'avais aussi vu des traces de doigts couleur cerise sur le bras de Lejla. Et sa tempe droite ? N'était-elle pas légèrement plus sombre que l'autre, malgré toute la poudre qui la couvrait habilement ? Je ne lui ai pas demandé d'où venaient tous ces bleus. Dans notre amitié, le droit de ne pas répondre avait toujours été plus important que celui de poser des questions. Même douze ans après, même si rien ne garantissait qu'une amitié existe encore entre nous, je respectais ce droit.

Une fois changée, elle est passée par-dessus le levier de vitesse pour s'installer sur le siège passager, plus nue qu'habillée. Ensuite, elle a retiré l'alliance de sa main droite et l'a attachée au fil du désodorisant qui pendait au rétroviseur. J'ai éclaté de rire.

“Il faudrait que quelqu'un écrive un livre sur toi, ai-je dit en passant la quatrième.

— Toi, par exemple, a-t-elle répondu, avant d'ajouter : Quand tu auras grandi.”

[Je ne sais pas qui me l'a dit. À présent j'ai l'impression qu'il en a toujours été ainsi. Comme si rien n'avait jamais existé *avant* cette prise de conscience. Armin a disparu après la mort des chiens. Après m'avoir défait les cheveux. Après tes premières règles. Une personne en chair et en os s'est transformée en une image, une dernière image. Lui, toi et moi dans votre cour, au pied du cerisier, ta boucle d'oreille dans ma poche. Je ne savais pas que ça, l'herbe, la fumée de tabac, mes cheveux en désordre et moi au milieu, c'était déjà un souvenir futur. Je ne me rappelle pas ce que je portais, ni de quoi on a parlé, ou si je vous ai dit au revoir avant de rentrer chez moi. Je ne me rappelle pas parce que personne ne m'a dit de mémoriser tout ça. Chaque fois, je perds un petit bout de cette image : les trèfles disparaissent, les maisons en arrière-plan, le linge sur le balcon. Dans cette cour simplifiée, Armin reste le même – un jeune homme de seize ans qui cherche en vain une boucle d'oreille entre les trèfles. Soudain, tout souvenir de lui avant cet événement avait été contaminé par cette nouvelle prise de conscience. Toutes les versions antérieures d'Armin – celle de ton septième anniversaire, celle dans ta chambre, celle qui se tient sous le cerisier – étaient devenues cet Armin qui ne serait plus là.

Je ne sais pas comment je l'ai appris. Peu importe, au fond. Je me souviens seulement que la ville était différente, comme si quelqu'un l'avait vidée de son suc et mise à sécher sur l'herbe. L'obscurité était plus dévorante, les cours sautaient plus souvent, et les journaux publiaient plus de prières. Il y avait moins de magazines, moins de musique, moins de nourriture. L'ombre se répandait partout, comme déversée sur nous par un petit malin. Soudain, les visages de mes concitoyens ont changé. Certaines mines sont devenues renfrognées et le sont restées. D'autres visages se sont évanouis, ils ont disparu sans bruit. Plus tard, j'ai appris à mentir aux étrangers sur le sujet. J'étais petite, disais-je, je n'étais pas consciente de ce qui se passait. Mais ce n'était pas vrai. Toi et moi, on savait. On savait que *ça avait commencé*, que les adultes avaient fait en sorte que ça commence. On savait aussi que ça allait durer. Bientôt, c'est devenu une constante, un élément chimique supplémentaire dans la composition de l'air. Une formule facile à prononcer, comme un *bonjour* ou un *bonne nuit*. Et c'était partout : dans le tilleul derrière notre école, dans les dessins d'enfant sur le mur des sanitaires, dans la craie des profs qui, soudain, n'écrivaient plus qu'en alphabet cyrillique. C'était en toi, dans ton nouveau nom et dans ton expression absente. Et ça allait de pair avec la disparition d'Armin.

Tu passais toujours plus de temps chez toi, emmurée dans la peur de ta mère comme dans du ciment. Un matin, vous avez retrouvé des excréments devant votre porte. Des excréments humains, tout un tas. Tu m'as dit que tu n'avais jamais vu autant de merde à la fois. "Quelqu'un s'est vraiment donné du mal." Mais ça vous était égal. Armin avait emporté avec lui la peur, le malaise, la honte. Il les avait transformés en émotions de seconde zone.

J'inventais des excuses pour aller en ville. Pendant toute cette année-là, j'ai erré dans les rues malgré l'interdiction de mon père. Chaque jour, derrière le grillage de l'usine de jus de fruits désaffectée, je voyais le fantôme du petit chien de chasse tricolore, Luks, errer à la recherche d'un os. Il ne me gênait pas, c'était réconfortant de tomber sur lui pendant mes recherches inutiles. Il me rappelait comment c'était avant, que cet *avant* existait encore.

J'étais persuadée que j'apercevrais Armin quelque part, que ce serait moi qui le croiserais et le ramènerais à la maison.

Comme s'il ne pouvait pas trouver seul le chemin du retour. À l'époque, je voyais notre ville comme une métropole où l'on pouvait se perdre. Je ne voulais pas reconnaître qu'elle était trop petite pour ça. On ne pouvait pas s'y perdre. Mais on pouvait y disparaître.

Encore un souvenir – le jour où j'ai décidé de te rendre ta boucle d'oreille. La dernière fois que j'étais venue chez toi, Armin avait défait ma queue de cheval sous votre cerisier. À présent, le néant. Votre portail était soudain devenu un autre portail, et le chemin jusqu'à votre porte donnait sur un vide insondable. Tu m'as ouvert et tu m'as dit d'enlever mes chaussures. Comme d'habitude, la neige était sale, à moitié fondue. J'ai obéi sans un mot et je suis entrée dans le couloir obscur. L'absence d'Armin emplissait l'espace bien plus que sa présence autrefois. Comme si quelqu'un, la veille, avait abaissé le plafond de cinq centimètres et rapproché les cloisons.

J'ai remarqué qu'il y avait bien moins d'objets dans votre couloir et votre salon : la grande tapisserie avec les deux cerfs s'était volatilisée, tout comme la longue horloge en bois au-dessus du poste de télé, qui, lui aussi, disparaîtrait plus tard. Vous aviez vendu presque tout ce que vous aviez, y compris ces assiettes à petits carreaux multicolores dans lesquelles j'avais mangé autrefois tes gâteaux d'anniversaire. Vous aviez aussi vendu la plupart de tes Barbie ; il n'en restait qu'une, la Barbie médecin aux cheveux noirs. Mais tu t'en fichais : les Barbie, comme les émotions, étaient devenues des insultes.

Pour aller en ville, ta mère portait une robe noire, à la maison elle était en survêtement noir. C'était un noir délavé, comme crayonné. Toi, tu portais tes pantalons de survêtement criards et des sweats rouges, telle une version miniature et colorée de ta mère. "Le noir, c'est quand quelqu'un de ta famille est mort", as-tu dit. J'ai confirmé en silence. Armin n'était pas mort, il était seulement ailleurs. Loin de cette obscurité.

Tu ne portais pas de noir, mais tu rangeais ta chambre. Le lit était fait à la perfection, les rebords bien définis. Un ours en peluche reposait sur ton oreiller. Pour la première fois, j'ai vu ton tapis et la couleur de ton bureau. Dans le lecteur, une cassette. Nirvana. C'est la musique d'Armin, ai-je voulu dire, mais je me suis tue. Elle était à toi désormais, je l'ai vu sur ton visage. Janet Jackson a disparu du mur. Un grand miroir carré l'a remplacée pour toujours, du moins pour le *toujours* auquel j'aurais accès – jusqu'à la mort de Lièvre. Qui n'existait même pas à cette époque. Il naîtra plus tard dans ton histoire, engendré par une lapine dépravée, avant de se retrouver dans le cageot de M. Kraljević où on l'apercevra pour la première fois, au petit matin après la défloration du bal de fin d'année, mais ça, on ne le savait pas encore. Là, je suis dans ta chambre et je ne sais pas qu'un jour, je nous verrai dans ce même miroir, assises sur ce canapé marron, à boire du vin après l'enterrement de Lapereau. Pour l'heure, nous sommes toutes petites, scintillantes, moi sans mes règles, toi sans ton frère. Notre histoire semble toucher à sa fin alors qu'elle ne fait que commencer.

Sur l'étagère, il n'y avait pas encore de livres, pas de Crnjanski : ça ne viendrait que plus tard. Pour l'instant, il n'y avait qu'une nouvelle photo. Je me suis approchée pour mieux la voir. Armin, dans son maillot de bain, appuyé à une rampe. La photo manquait de contraste. À moins qu'elle ne soit ternie par le temps ? Je ne sais pas. J'ai senti ta boucle d'oreille dans ma poche et je me suis rappelé la raison de ma visite. Il fallait te la rendre, je regrettais tellement de l'avoir emportée. Je n'avais pas eu l'intention de la voler, j'avais juste voulu gagner quelques minutes de plus avec Armin. À présent, il n'était plus là. Je ne savais pas comment rendre un bijou volé à quelqu'un dont le frère avait disparu. L'insignifiance de mon crime me faisait honte.

J'avais passé l'année à marcher dans les rues boueuses, la boucle d'oreille dans ma main, attendant d'avoir mes premières règles. J'étais persuadée que dès que je retrouverais Armin, je saignerais. C'était comme ça que je raisonnais alors, de cette façon épique et définitive propre aux enfants de douze ans. Mais à ma grande déception, le sang est arrivé tout seul, gluant et douloureux, au milieu de l'été, alors que ma mère était trop accaparée par les coupures d'électricité pour me l'expliquer. Tu as dit : "C'est juste du sang", et tu as haussé les épaules. Les choses ne devenaient exceptionnelles que lorsqu'elles étaient réservées à l'une de nous deux. Alors l'autre pouvait imaginer ce qui lui faisait défaut. À présent, il ne nous restait plus qu'à attendre une nouvelle différence, qui nous éloignerait tout en nous rapprochant. Mais tu as quand même pris soin de moi tandis que mon énorme mère était occupée à classer ses revues santé et bien-être. Tu m'as dit de mâcher du persil quand j'avais mal. De chauffer un chiffon et de me l'appliquer sur les reins, sous mon t-shirt. Le matin, sur les toilettes, de pousser pour faire sortir *ça* le plus possible. Tu m'as dit que la douleur, c'était pratique – le problème, c'était quand on ne sentait rien et que le sang arrivait sans crier gare.

"C'est pas juste du sang, t'ai-je dit avec dégoût dans la cour de l'école. C'est pas tout à fait liquide. Il y a autre chose qui sort, un truc gélatineux…

— Ben oui.

— Ben oui quoi ?

— C'est des bouts. De toi, de ton intérieur.

— Des bouts de quoi ?

— De là où il devrait y avoir un bébé."

Je t'ai regardée, surprise. Ta mère et toi, vous aviez déjà eu *la conversation*. Elle t'avait parlé des bébés alors que ma mère ajoutait en silence de grosses serviettes hygiéniques dans le petit meuble sous l'évier, là où papa ne regardait jamais.

Ma mère – la plus grosse à la réunion parents-profs, ses chevilles enflées sciées par la fine lanière turquoise de ses sandales. Elle ne s'était pas assise à côté de ta mère, personne ne l'avait fait. À croire qu'on attrapait les tragédies comme on attrape des poux. Plus tard, elle préparerait un feuilleté aux épinards pour que je l'apporte à *la pauvre Mme Berić*, comme elle disait, sachant très bien que ce nom était faux. J'avais trop honte. J'ai jeté le feuilleté dans le fossé qui longeait la clôture de la mosquée démolie, à mi-chemin entre ma maison et la tienne. Des chats ont surgi des buissons, une flopée de chats maigres, traînant la patte, borgnes, venus dévorer la générosité de ma mère. L'un d'eux, le plus massif, un œil crevé et la moitié de la queue en moins, s'est tourné, avide de sang, vers mon corps sans défense. Il voulait me tuer, je l'ai vu dans son œil valide, mais au dernier moment, il s'est ravisé pour se consacrer à nouveau aux bouts de feuilleté étalés par terre. J'ai hoché la tête avec gratitude et rangé en silence le récipient dans mon sac à dos. Je me suis dirigée vers la rivière, retenant vaillamment mes larmes. Cette histoire de chats et de feuilleté, je ne te l'ai jamais racontée. J'ai gardé ce secret et tant d'autres, chaque fois que j'avais l'impression que cela pouvait te blesser. Je ne t'ai pas non plus dit que Milan Kasapić, pendant le cours d'éducation physique, avait raconté que les musulmans s'essuyaient le cul avec la main. Je ne t'ai pas dit qu'on voyait ton collant filé à la fête de la Saint-Sava, j'ai juste proposé qu'on se mette au dernier rang dans le chœur. Je ne t'ai pas non plus dit ce qu'avait raconté mon père au dîner, le jour où on mangeait du canard filandreux comme si la disparition d'Armin était la chose la plus normale du monde.

“Au fond, c'est pas étonnant non plus, il a toujours été difficile, ce gamin. Tôt ou tard, ça allait tourner mal.

— Le jeune Berić ? a demandé ma mère en finissant un pilon, le duvet de sa lèvre supérieure luisant de graisse.

— Berić, tu parles. Il est autant Berić que je suis Mustafa. La mère est encore passée au poste aujourd'hui.

— Et qu'est-ce qu'elle voulait ?

— Savoir s'il y avait des nouvelles… Comme si on était ces connards de l'agence de presse.

— Et tu lui as dit quoi ? a demandé ma mère en déchiquetant la chair de l'oiseau mort.

— Bordel, qu'est-ce que je pouvais dire ? Au bout de six mois, on clôt le dossier. Elle peut s'estimer heureuse qu'il n'ait pas terminé comme Habdić. Les temps sont durs, les gens disparaissent, qu'est-ce qu'elle croit, elle ? Que c'est notre premier disparu ? Et elle, genre : « Mais enfin, camarade, nos filles vont ensemble à l'école. » Tu imagines ? Comme si je manquais à ce point de professionnalisme et que j'allais tout laisser tomber pour aller chercher ce pauvre crétin. Et tout ça, juste parce que sa fille, par le plus grands des hasards, partage un banc d'école avec Sara.

— Mon Dieu, a glissé ma mère entre deux bouchées.

— Je lui ai bien dit tout ce que j'avais sur le cœur. L'histoire des chiens et le reste. Je lui ai tout balancé, devant tout le poste. Šušić était là, Tarabić aussi. Tout le monde a entendu ce que j'avais à lui dire.

— Tu plaisantes ?

— Pas du tout. Y en a marre à la fin. Je lui ai dit que toutes ces ordures qui avaient disparu, Habdić, le petit Šehić, toute la bande, c'étaient (mon père a levé sa cuisse de canard comme s'il tenait le marteau d'un juge) les principaux suspects des crimes commis contre nos chiens, et que ce n'était qu'une question de temps avant que quelqu'un perde les pédales. C'est ce que je lui ai dit, mot pour mot.

— Et elle ?

— Qu'est-ce qu'elle pouvait dire, cette dinde, *mon Marko ne ferait jamais de mal à un animal*, voilà pas qu'elle l'appelle Marko en plus, comme si j'étais né de la dernière pluie, genre je vais *l'aider* si elle lui donne un prénom serbe… À la fin, je lui ai dit qu'on allait encore faire quelques affiches, ce qui n'est ni facile ni bon marché ces derniers temps, mais bon, on va le faire et elle pourra aller les coller où bon lui semble. Quelle plaie, cette bonne femme…"

Ils déposaient leurs os rongés dans un grand bol rouge à fleurs que maman utilisait pour les occasions spéciales. Ce jour-là, c'était quoi ? Leur anniversaire de mariage ? La fin de l'année scolaire ? Je ne sais pas. Mais ce maudit bol était une offense à ma queue de cheval défaite.

"T'as rien mangé, a dit ma mère, le mépris aux lèvres.

— C'est tant mieux. Sara est un vrai top model, elle ne ressent pas le besoin de se goinfrer", a dit mon père en me faisant un clin d'œil complice. Maman a levé les yeux au ciel et s'est mise à débarrasser la table.

"Tu comptes m'aider, ou bien le top model est trop occupé ?"

Mon père a attrapé sa canne et boitillé jusqu'au canapé. *La feignasse*, c'est comme ça qu'il appelait sa jambe. Ou *la foutue feignasse* quand on lui demandait pourquoi il n'avait pas été mobilisé.

"S'il n'avait pas cette feignasse de jambe, ton papa t'aurait appris à pédaler, c'est bien pour garder la ligne", avait-il dit quand l'école avait organisé une course de vélos. Et aussi : "S'il n'avait pas cette feignasse de jambe, ton papa t'amènerait à la pêche." Et encore : "Si ton papa n'avait pas cette foutue feignasse de jambe, il les aurait tous rayés de la surface de la Terre." Cet autre père, avec ses deux jambes parfaites, existait sans doute quelque part, il m'apprenait à faire du vélo et à pêcher, il allait aux réunions de parents d'élèves et me raccompagnait en voiture après mes sorties, et il tuait *les méchants*. Peut-être que quelqu'un d'autre aurait alors été le chef de la police, quelqu'un à qui il manquait un œil, un doigt ou un rein. Quelqu'un qui aurait trouvé Armin. Le mien était là quand les pères des autres s'étaient enfoncés dans l'obscurité. Leurs filles recevaient des colis *d'assistance* avec des serviettes parfumées de Norvège et des images Panini de footballeurs. Mon père à moi était toujours ici, avachi sur notre canapé, une grande tasse de thé vert dans la main – parce que, le thé vert, c'est bon pour le métabolisme.

"Ton papa aurait détruit toute cette pègre, disait-il, mais il fait ce qu'il peut avec ce qu'il a, et là où il peut, ici, chez nous. Ton papa fait de son mieux."

Toi et moi, on pensait qu'Armin allait revenir, on savait que ce n'était pas lui qui avait empoisonné les chiens. On se disait que les autres allaient trouver le vrai responsable et qu'on nous rendrait ton frère aussitôt la vérité rétablie. On en était convaincues, même après ce matin où la rivière froide avait charrié le corps gonflé et violacé d'Ozren Habdić jusqu'aux saules, près de la clinique psychiatrique, en même temps que des emballages vides et des canettes de bière. Les journaux télévisés n'en ont rien dit alors qu'à l'école, on ne parlait que de ça. On l'a retrouvé nu, chuchotait-on à la récré, il n'avait plus son machin. Je n'osais pas aborder ce sujet avec toi, et l'histoire du corps sans vie d'Ozren grossissait entre nous comme une tumeur. Et puis un jour, comme ça, en cours de biologie, tu m'as écrit dans la marge, sur la page où l'on voyait l'illustration d'une grenouille massacrée : *Armin n'est pas dans la rivière, sinon son corps serait déjà remonté à la surface. Ozren était un imbécile.* J'ai hoché la tête et on en est restées là. Armin est intelligent. Il n'est pas dans la rivière.

Nous étions les deux dernières personnes à croire qu'il reviendrait. On rentrait de l'école en longeant les châtaigniers sur lesquels était épinglé le visage souriant de ton frère. *Avis de recherche : Marko Berić*, en lettres cyrilliques. Sur l'une des affiches, quelqu'un avait ajouté au feutre rouge : *sale Turc*. Nous, on s'en fichait. Ce n'était pas Marko Berić qui nous intéressait. Nous savions qu'Armin était vivant. Cette certitude nous unissait davantage qu'un banc d'école. Voilà pourquoi il était important de rester ensemble jusqu'à la fin, jusqu'à ce que ton frère réapparaisse. Si on se brouillait, si on se séparait, notre fragile conviction pourrait aussi se défaire. Comme si sa vie tout entière était tissée sur le métier de notre amitié. Il ne pouvait être retrouvé que là, et nulle part ailleurs.]

5

Et puis le silence. Ses jambes noueuses couvertes de bleus jaunâtres et de miettes de chips qu'elle avait dévorées en un rien de temps, sans m'en proposer une seule fois. Son alliance qui scintillait et dansait entre nos deux têtes. Je voulais faire quelque chose – freiner sec et la projeter à travers le pare-brise, ou au moins me garer quelque part, récupérer ma valise et marcher le long de la route. Je serais allée à pied jusqu'à Dubrovnik s'il le fallait, pour qu'elle ravale sa fierté et dise mon nom haut et fort, reconnaissant ainsi qu'elle avait besoin de moi. Mais je n'ai rien fait, je me suis contentée d'accélérer tout en roulant prudemment, guidée par la peur que quelque chose nous ralentisse et nous empêche d'atteindre Jablanica, sans parler de Vienne. Et que Michael reste à jamais pieds nus.

Je ne connais pas le nom des arbres, je me souviens seulement qu'ils nous regardaient en silence tandis qu'on taillait la route. Ils se tenaient, droits et mornes, comme s'ils étaient venus à notre enterrement. Je ne voulais pas m'arrêter, même si j'avais besoin d'aller aux toilettes. Je voulais dire quelque chose, mais je me trouvais coincée entre deux Lejla – celle que j'avais connue toute ma vie, que j'avais un jour autorisée à m'épiler le maillot, et cette étrangère aux cheveux décolorés en tenue d'allumeuse, qui faisait des bulles avec son chewing-gum et les laissait éclater sur son nez. Je n'arrive pas à me rappeler la moitié de mon enfance, alors que je me souviens des détails de la sienne avec une clarté exaspérante. Le chewing-gum bleu goût pastèque. Une éraflure sur son genou gauche. Ses lèvres gercées. Un jour, elle m'avait dit que si les écrivains écrivent, c'est parce qu'ils n'ont pas de souvenirs à eux et qu'ils doivent en inventer. C'était avant, du vivant de Lapin, quand on commençait à peine à lire des livres. Elle avait tort, cela dit, ou pas tout à fait raison. La mémoire est peut-être pour moi un lac gelé – opaque et glissant –, mais de temps en temps, une brèche fend la surface, et j'y plonge alors le bras, arrachant à l'eau glacée un détail, un souvenir. Seulement, les lacs gelés sont trompeurs. Parfois, on y pêche un poisson, d'autres fois, on passe à travers et on se noie. Je sais d'expérience que ceux de mes souvenirs qui sont liés à Lejla relèvent de cette seconde option. Voilà pourquoi, pendant douze ans, j'ai tout fait pour ne plus me rappeler. Et ça a marché. C'est dingue comme nos propres exigences d'humanité peuvent être limitées quand ça nous arrange. Et puis j'ai décroché et prononcé son nom. Le contact de l'eau glacée était familier. Dans ses profondeurs, je pouvais entrevoir des monstres à trois têtes.

On aurait dû être quelque part dans le Midwest, dans une Buick rutilante, ou bien tracer une diagonale à travers la Russie à bord du Transsibérien. Là, j'aurais pu nommer les arbres et les petites villes, je les aurais cherchés sur Google pour me donner l'air intelligent. J'aurais pu prétendre que notre histoire était en réalité un *road trip* super intense, qu'on écoutait les vieux maîtres du blues, qu'on mangeait des cheeseburgers épicés et qu'on tenait des conversations profondes truffées de virages symboliques. Mais le fait est qu'il n'y avait que nous trois – elle, la Bosnie et moi – et que je ne savais pas nommer un seul des arbres qui nous observaient de chaque côté de la route. Le fait est qu'on n'avait échangé que quelques phrases de rigueur jusqu'à Bugojno – sur la nourriture et le besoin de pisser –, sans jamais aller au-delà de la motivation biologique primaire. Enfin, le fait est qu'une histoire de *road trip* n'a de sens que si les voyageurs ont un but, si illusoire soit-il, un point d'arrivée où ils vont résoudre tous leurs problèmes et mettre fin à leur souffrance. Or, en Bosnie, il n'y a pas de point d'arrivée, toutes les routes semblent pareillement abandonnées et absurdes, et on tourne en rond même quand on a l'impression d'avancer. Conduire à travers la Bosnie repose sur une dimension différente : une spirale cosmique qui ne mène pas vers une destination extérieure et réelle, mais vers les profondeurs sinistres, à peine pénétrables, de notre propre être.

La chaleur s'était glissée dans la voiture comme une maladie incurable, alors que le soleil avait déjà disparu. Mes jambes gonflaient dans ce jean inconfortable. J'étais un beignet bien gras posé à côté d'elle qui, vêtue d'un rien, se rafraîchissait avec son éventail en plastique. Elle sentait le sucre, les grains de café torréfiés et le sang. À un moment donné, elle a essayé de trouver quelque chose à la radio, mais elle en a eu marre de chercher et elle a éteint le poste. Je n'osais pas lui demander si elle avait des cassettes dans la voiture. Je ne pouvais pas imaginer entamer la conversation. Comme si avec certaines personnes, après pas mal d'années et d'histoires partagées, il était impossible de parler de tout et de rien. Je brûlais d'envie de lui demander pourquoi Armin était à Vienne, où il avait passé toutes ces années, pourquoi il n'avait pas donné signe de vie. Avait-il vraiment empoisonné tous ces chiens ? Mais je ne me sentais pas en droit de poser ces questions, je craignais d'alarmer Lejla et de la faire fuir, qu'elle trouve quelqu'un d'autre pour la conduire chez son frère et que l'endroit où il se trouvait demeure alors à jamais un mystère pour moi. Pour obtenir les réponses, j'étais forcée d'observer ses règles à elle. Armin était vivant et j'allais le voir. Je lui ramenais Lejla, blonde décolorée et mariée, mais Lejla quand même. L'histoire pathétique de Lejla pourrait s'écrire au passé, comme quelque chose qui, au fond, n'avait jamais été vrai. Armin était vivant tout ce temps. Le matin après le bal de fin d'année où on avait acheté Lièvre, et le soir où on l'avait enterré. Dans l'intervalle, elle avait accumulé ma compassion comme sur un compte bancaire. Il fallait désormais corriger cette injustice.

Au bout d'un moment, nous avancions à peine, tellement j'avais ralenti, persuadée que je roulais vers ce but et qu'il me fallait retarder le moment d'arriver pour guérir plus efficacement les blessures, remédier mieux à toutes les fautes de Lejla et à tous mes silences. La route semblait aussi glissante que de la glace, les voitures nous dépassaient en klaxonnant, et moi, je me disais que c'était le dernier service qu'elle pouvait me demander du fait de son frère disparu. C'est ce que je voulais croire, en tout cas.

Puis l'obscurité. Au début, je n'ai rien remarqué. Le ciel a dû changer d'avis sans mot dire et se couvrir le visage avec un voile, comme une veuve épuisée dans une église pleine à craquer. Dans le noir absolu, l'horloge numérique au-dessus du volant indiquait 15:02, une heure aussi inappropriée que des couleurs vives à un enterrement. C'était donc ça, la vie qu'elle menait avec son géant tatoué ? Une vie délestée du temps ? Personne n'avait eu l'idée de régler l'horloge de la voiture ? J'étais agacée de la voir aussi irresponsable qu'avant, et agacée que ce trait de caractère produise encore chez moi le même effet. J'ai supposé que j'avais mal estimé le temps passé au restaurant à attendre la fin de son service. C'était sans doute déjà le début de la soirée, puisqu'il faisait noir à présent.

"Il est quelle heure ? ai-je demandé.

— Pourquoi, t'es pressée ?

— L'horloge de la bagnole ne marche pas."

Lejla s'est étirée et a regardé l'horloge avec l'expression d'une mère qui regarde sous le lit de son enfant pour l'assurer qu'aucun monstre ne s'y cache.

"Ça va. Quelques minutes en plus ou en moins, qu'est-ce que ça peut faire ? Sois pas obsessionnelle."

Obsessionnelle. Un mot bien à elle. À l'époque, juste avant les études, quand je m'étais crue enceinte. "Ne sois pas obsessionnelle, Sara." Assises dans les toilettes d'un café, on attendait le résultat du test. Non, même avant, avant le test de grossesse, quand on se préparait pour le contrôle de chimie. J'étais en colère parce qu'elle n'arrivait à pas se poser et à travailler. "Ne sois pas obsessionnelle", avait-elle dit. Ou peut-être même avant, bien avant ? Peut-être avais-je toujours été obsessionnelle pour elle. Plus tard, j'ai déménagé à Dublin, j'ai rencontré Michael et j'ai commencé à parler comme elle. "Ne sois pas obsessionnel", lui disais-je sans réfléchir et, en même temps, je me sentais comme une voleuse, m'emparant de quelque chose dont je croyais ne pas avoir besoin. J'avais apporté avec moi de petits bouts de Lejla, de minuscules insectes qui s'étaient glissés dans mon sac, au fond de mes poches et sous mes pantalons, cachant leur véritable nature devant Michael. Notre première sortie : un film islandais que nous prétendions tous les deux avoir compris. "Alors, t'es une espèce d'artiste ou quoi ?", lui avais-je demandé, la cheville bombée sur le trottoir, le regard méprisant. Et lui, il aimait ça, cette Lejla en moi, bien qu'il ne l'ait jamais rencontrée. Lui aussi, il était sous son charme.

"Lejla, ai-je dit en essayant de m'armer de patience et de ne pas oublier qu'on avait déjà passé la trentaine. Regarde par la fenêtre.

— Mon Dieu, tu es vraiment bizarre. Et moi qui croyais que ton Belfast t'avait un peu arrangée.

— Dublin, l'ai-je corrigée.

— Dublin. Peu importe... Je dois regarder quoi ? Tiens, une vache. Yo, la vache, ça gaze ?! a-t-elle crié, et j'ai dû me retenir pour ne pas piquer un fou rire.

— Laisse tomber la vache, regarde comme il fait sombre. Il peut pas être trois heures de l'après-midi. Il doit être au moins sept heures, ai-je dit, et elle a levé les yeux au ciel.

— Qu'est-ce que ça change, qu'il soit trois ou sept heures ?"

Elle aussi était agacée à présent, et ce n'était pas bon signe. J'aurais probablement dû rire pour la vache. Douze ans que je ne l'avais pas vue, et je craignais encore certaines de ses réactions. Comme si j'avais survécu enfant à un virus mortel, qui attaquait maintenant de plus belle. Je ne pouvais pas lutter contre cette peur déchirante qu'elle puisse m'abandonner, comprendre ma vraie nature et changer d'avis. La première semaine à l'école, je craignais de dire quelque chose de stupide et qu'elle n'aille s'asseoir à côté de quelqu'un d'autre. Toute la vie aurait alors été différente. J'avais encore peur. Même là, dans la voiture, alors qu'elle me tapait sur les nerfs comme toutes les Lejla d'autrefois et, en même temps, m'effrayait comme une parfaite étrangère avec qui je ne savais pas à quoi m'attendre. Qui était cette femme dans la voiture à côté de moi ? Qui étais-je, moi ? Si ça se trouve, nous étions nous, un nous authentique – si tant est que ça existe –, deux créatures taciturnes dans la nuit noire, et tout le reste n'était qu'un pauvre spectacle de marionnettes.

"C'est quand la dernière fois que tu es venue en Bosnie ?" m'a-t-elle demandé. Sa voix était plus profonde, comme si elle cherchait des mots suffisamment simples pour m'expliquer une grande vérité.

"Ça fait... Je ne sais pas. Je ne m'en souviens pas. C'était il y a longtemps", ai-je répondu. Je ne voulais pas lui avouer que j'avais compté les années.

"D'accord, mais à peu près...

— C'est quoi le rapport avec l'horloge ?"

Elle a sorti de son sac un Motorola minuscule. Évidemment, me suis-je dit, elle a toujours un vieux portable qui se plie avec de grandes touches pour retraités. Parce que c'est cool. Et nous, on est tous des imbéciles avec nos écrans tactiles.

"Je ne sais pas quand j'ai vu un modèle comme ça pour la dernière fois", ai-je dit et j'ai souri. Elle a encore levé les yeux au ciel. Cette fois si ouvertement que, pour un moment, je me suis sentie comme le père ringard d'une ado branchée.

"T'as raison, l'horloge ne marche pas, a-t-elle dit avec une moue de mécontentement.

— Bien sûr que j'ai raison."

Elle a ouvert le clapet de son Motorola et m'a montré le petit écran vert.

"Il n'est pas encore trois heures – 14 h 58."

J'ai freiné si brusquement que le téléphone lui est tombé des mains.

Elle s'est mise à rire.

"Lejla, arrête de déconner. Il est quelle heure ?

— Putain, Sara ! Relax.

— Lejla, s'il te plaît. Il est quelle heure ?"

Elle a vérifié son maquillage dans le rétroviseur : "Je viens de me souvenir de cette prof de serbe, a-t-elle dit, celle qui nous forçait à utiliser le mot serbe pour dire *heure* plutôt que le mot croate. Tu te rappelles ?"

Elle a ri et entrepris de taper un message sur son vieux Motorola comme si tout allait on ne peut mieux. Je me suis dit qu'elle avait perdu la tête, que j'aurais dû m'en rendre compte déjà à Dublin, au téléphone. Lejla est mentalement perturbée. Et moi, je suis l'idiote qui la conduit dans l'obscurité absolue.

J'ai détaché ma ceinture et commencé à fouiller dans mon sac pour trouver mon téléphone. Lui, au moins, il était *smart*. La folie était peut-être partout autour de moi : Lejla, son portable antédiluvien, la voiture, les vaches… mais pas *mon* téléphone. Non, lui, il venait de Dublin. Je pouvais compter sur lui.

C'est du moins ce que je croyais avant de constater qu'elle avait raison. Il était trois heures de l'après-midi. Même sur mon téléphone si *smart*. Dehors, il faisait tout noir. De temps en temps, une voiture nous dépassait, les phares perçaient l'obscurité, quelqu'un klaxonnait ou nous criait des injures, avant de disparaître dans la nuit.

"Ouelcom bac", a dit Lejla tout doucement. Elle avait perçu ma terreur. Et là, malgré le faux bleu de ses lentilles, ses yeux m'étaient enfin familiers. Elle venait de m'offrir cette Lejla qui vivait dans ma tête, qui me manquait et qui, après tout ce cirque, comprenait que c'était assez, que j'avais besoin qu'elle agisse normalement, qu'elle soit attentive à mes peurs. Elle a sans doute réalisé que j'étais réellement perdue, que je ne faisais pas semblant. J'avais tout oublié : elle et Armin, la Bosnie. Cette obscurité.

"Mais à Mostar…", ai-je dit d'une voix implorante. Un véhicule nous a doublées, le chauffeur a klaxonné plusieurs fois. Il m'a fait un doigt.

"Plus on approche de la mer, mieux c'est, a dit Lejla. C'est pour ça que je suis partie là-bas. L'intérieur, c'est le pire. On ne voit pas plus loin que le bout de son nez."

L'intérieur. Ce mot m'a toujours fait penser à un corps humain. Je nous ai vues dans cette voiture, sorte de globule blanc en route vers *l'intérieur*, fendant l'obscurité la plus profonde, inconscient de la vie qui l'anime. J'étais complètement perdue, dans ce véhicule arrêté au beau milieu de la route, dans ce noir impénétrable, dans ce pays qui ressemblait autant au mien qu'un masque mortuaire à un visage vivant.

"Sara, a-t-elle dit avec sérieux. Il faut avancer, les gens klaxonnent.

— Une seconde."

Mais c'était une vie entière qu'il m'aurait fallu. Elle s'est penchée et elle a posé un baiser sur mon épaule nue. Dix minutes plus tôt, ça m'aurait fait paniquer, mais là, j'étais paralysée, comme si je devais trouver dans mon *intérieur* les interrupteurs à enclencher pour continuer. Après tant d'années, ils étaient grippés. Ressusciter la langue ne suffisait pas – il fallait que je puise en moi quelque chose de plus profond que les fonctions cognitives, quelque chose de charnel, de primitif, un instinct capable de m'aider à survivre à cette obscurité. Cet instinct, je l'avais autrefois, à cette époque où, petite fille, je déambulais dans notre ville à la recherche d'Armin. J'avais une peau adaptée à la Bosnie. À présent, il fallait la faire revivre, lui permettre en quelques secondes seulement de reparaître et de former une croûte par-dessus mes naïfs pores européens.

Soudain, Lejla s'est dressée comme si elle se rappelait quelque chose, et elle a ouvert la fermeture éclair de son short. Son dos repoussant le dossier du siège, elle a soulevé le bassin et enfoui une main entre ses jambes. Elle en a sorti un gros tampon sanguinolent.

"Putain, Lejla... C'est dégueu."

Elle a baissé la fenêtre et lancé le tampon dans le noir.

"Quoi ? Tu préfères que j'aie ce choc toxique à la noix, pour que tu sois obligée de t'occuper de mon enterrement ?

— C'est pas drôle, si tu dois aller aux toilettes, on va s'arrêter quelque part. Je suis quand même pas obligée d'avoir tes tampons usagés sous le nez.

— Où est-ce que tu veux qu'on s'arrête ici, tu vois pas que t'es au milieu de la route ? a-t-elle dit, avant d'ajouter, contrariée : Et d'ailleurs, qu'est-ce que ça peut faire que tu les aies sous le nez ou pas ? Ils sont là, avec ou sans toi. Allez, démarre, on y va.

— J'ai besoin d'une seconde.

— Elle a besoin d'une seconde... Mon Dieu, mais quelle folle. Tu vois pas que quelqu'un peut nous rentrer dedans à tout moment ?"

Quand elle a vu que je ne répondais pas, elle a continué plus doucement : "D'accord, on va faire comme ça : tu nous conduis à Jajce, OK ? C'est à deux pas. Là-bas, j'ai une copine. On peut passer la nuit chez elle si c'est trop. Et on continue demain. T'as l'air épuisée de toute façon. T'en dis quoi, c'est bon ?"

J'ai fait oui de la tête. Je n'avais le courage ni de lui poser des questions ni de discuter. Au contraire, je lui étais reconnaissante. L'image dégoûtante de son tampon ensanglanté m'a ramenée à la réalité. J'ai tourné la clé et enclenché la première. Dès que la voiture a glissé sur l'asphalte obscur, Lejla m'a paru de meilleure humeur. Elle a trouvé dans son sac un nouveau tampon qu'elle a enfoncé dans son entrejambe tandis que j'essayais de bloquer ma vision périphérique.

“On pourra aller faire un tour aux catacombes, a-t-elle dit joyeusement, comme si elle parlait de stands de citronnade.

— D’accord.”

Ça m’apprendra, me suis-je dit, c’est ce qui arrive quand on répond au téléphone à des inconnus. Tout ce que je pouvais faire à présent, c’était me taire et conduire là où Lejla Begić pointait son doigt. Son doigt taché de sang.

“Et visiter ce musée… comment ça s’appelait déjà ce machin… l’AVNOJ ! Le musée de la 2e Session de l’AVNOJ ! a-t-elle crié en me donnant une tape sur la jambe. Et les cascades !

— D’accord, ai-je concédé, fatiguée. D’accord avec tout.”

Sur mon jean, il y avait une trace de son sang.

[“Tu t’es coupée”, me dit quelqu’un. La pulpe de mon doigt me fait mal – c’est comme ça que le souvenir commence. Tout le reste est flou, comme après la pluie. Ton septième anniversaire. Je ne me souviens pas du mobilier. Dans ma mémoire, il y a le canapé, même si c’est impossible, puisque tu l’as eu vers la fin du lycée. Je ne me souviens pas de choses évidentes – armoires, enfants – mais j’ai retenu très clairement quelques détails. Je suis pour la première fois dans ta maison. Ça sent les chips et les boissons gazeuses. Je t’ai acheté une Barbie médecin, la seule à avoir les cheveux noirs, comme toi.

On doit tous enlever nos chaussures devant la porte d’entrée. Ta mère nous embrasse tous et distribue des gobelets en plastique avec nos prénoms écrits dessus au feutre bleu ou rose. Petites assiettes à carreaux multicolores. Parts généreuses de gâteau chocolat-cerise.

Qu’avons-nous fait pendant cette fête d’anniversaire ? Je me souviens d’avoir mal au doigt. Je ne voulais pas te le dire, passer pour une pleurnicharde. Tu ne savais pas encore que je pleurais pour un oui ou pour un non, et je préférais que ça reste mon secret. Je ne me souviens pas de ce que je portais, ni de quoi j’avais l’air. Mais je me souviens de l’obscurité. Quelqu’un me dit que je me suis coupée. Du papier – on jouait à un jeu, et je me suis coupée avec du papier. Je murmure que ça n’a pas d’importance, que ça ne fait pas mal. Mais je mens. Il fait noir. Pourquoi fait-il noir alors que c’est une fête d’anniversaire ? Pourquoi murmure-t-on ? Oui, je me souviens. On joue à invoquer les esprits. C’est ton jeu préféré. Tu tiens une bougie sous ton menton, tes yeux sont fermés et tu déclames un texte écrit à l'avance, comme si tu le connaissais depuis toujours : "Si tu es ici… montre-toi… Si tu es ici… montre-toi parmi nous…"

J'ai peur de toi. On se connaît depuis cinq mois, on est considérées comme les meilleures copines. Tout le monde a une meilleure copine, et toi, tu es la mienne. Mais là, on n'est pas côte à côte sur le même banc en classe : on est par terre dans ta chambre, avec d'autres enfants, dans une obscurité totale. Oui, je me souviens maintenant. Je te reconnais à peine, tes cheveux noirs te tombent devant les yeux. Tu as sept ans, mais dans ma mémoire tu es plus âgée, tu ressembles à toi aujourd'hui. La peau de tes lèvres est gercée, tu n'arrêtes pas de les mordiller. Et tes yeux changent de couleur ; de noirs, ils deviennent bleus, puis noirs à nouveau. Je n'arrive pas à te rajeunir dans mes souvenirs, tu y es toujours *toi*, toutes les Lejla en une seule.

On se tait tous, c'est toi qui parles. Je ne me souviens pas de quoi exactement, mais je sais qu'à ce moment-là, tout le monde te croit. Personne n'oserait dire que tu n'as aucune idée de ce que tu fais. Tu es notre reine des ténèbres, la seule capable de communiquer avec les fantômes, prête à nous sacrifier.

Tu nous as dit qu'un esprit d'un siècle passé vivait dans ta maison. Que tu étais la seule à pouvoir lui parler. L'un des garçons a lâché un *ben voyons*, et tu lui as jeté un regard noir qui l'a fait taire aussitôt.

Je suis assise dans un coin, ma petite assiette posée à côté de moi, le gâteau dessus. Je craignais qu'on ne me la prenne. Maman ne savait pas faire de gâteaux et papa disait que manger trop de sucre n'était pas bon pour la santé. C'était pour moi l'occasion de m'empiffrer enfin de chocolat. J'enfonce la fourchette dans le gâteau moelleux et je prends la cerise avec les doigts. Il fait noir, personne ne me voit, je peux manger autant que je veux. Et puis quelqu'un me demande : "Ça fait mal ?"

J'avoue à mi-voix : “Ça brûle un peu.” Je ne vois pas son visage. Ton frère aîné. Il ne sort jamais à la récré, il reste toujours dans sa classe avec ses copains bizarres. Et ses yeux sont trop grands pour un garçon. Ses cheveux sont trop longs. Il lit des livres qui ne sont pas obligatoires, comme s'il n'avait rien de mieux à faire. Là, dans le noir, il te ressemble. Ou c'est toi qui lui ressembles ? Puis, comme si c'était la chose la plus naturelle au monde, il cherche ma main. J'abandonne la fourchette dans l'assiette vide et je le laisse voir ma coupure. Il examine mon doigt comme s'il s'agissait d'un jouet cassé. Sa main est plus grande que la mienne, sa peau, lisse et ferme, j'ai l'impression de toucher un ballon. Plus tard, adolescente, je me raconterai à moi-même cet événement, et la phrase *Armin a pris ma main* aura un sens qu'à ce moment-là, pour ton septième anniversaire, elle n'a pas. Là, ça me semblait juste étrange, rien de plus. Il était plus âgé, il s'y connaissait.

L'odeur de chocolat est partout, celle de cerise et de boissons gazeuses aussi. Il n'y a pas de musique, ta mère ne veut pas. Tu m'as expliqué que c'est parce que tu n'as plus ton papa. Il lui manquait quelque chose à l'intérieur, quelque chose d'important. Au lycée, tu finiras par m'en dire davantage. Ce n'était pas que quelque chose lui fît défaut : il avait dans la gorge une tumeur de la taille d'une balle de tennis. À ton septième anniversaire, je ne sais pas encore ce qu'est une tumeur, je sais seulement que tu n'as pas de père et que c'est pour ça qu'il n'y a pas de musique. Au salon, dans la vitrine où est rangée la vaisselle en porcelaine, il y a une photo de lui : ton père, en costume et nœud papillon, chantant au Banski Dvor. Sa bouche est ouverte mais la chanson est inaudible. Au mur, deux 33 tours encadrés : *Les Plus Belles Ballades* et *Best of*. J'avais entendu son nom pour la première fois pendant notre cours de musique. Après la minuscule gamme que tu avais chantée, l'institutrice t'avait jeté un regard résigné. “La fille d'Adnan Begić… Qui l'aurait cru, avait-elle commenté tristement, avant d'ajouter : Mais qu'à cela ne tienne.

Tout le monde a un talent, et nous sommes tous différents !" Il n'y a pas de musique à ton anniversaire. Comme si cette bouche béante sur la photo avait avalé toute mélodie, y compris celle qui aurait pu sortir de ta gorge.

Ton frère tient toujours mon doigt dans sa main, il a oublié de me le rendre. Il me demande comment je m'appelle. Il me demande quel âge j'ai. Sept ans, je dis, et j'ajoute aussitôt : "Huit dans quatre mois" pour qu'il sache que je suis la plus âgée des invités. À part lui, qui a douze ans. C'est ce que tu m'as dit à l'école. Il me demande quand je suis née. Je le lui dis.

"Tito est mort le même jour, chuchote-t-il.

— C'est qui, Tito ?

— Laisse tomber."

Mais je n'ai pas pu oublier ça, que quelqu'un était mort le jour où j'étais née, que certains cessent d'exister le jour même où commence l'existence des autres. J'avais pris conscience de la démocratie brutale de l'instant. Cette nuit-là, je n'ai pas pu m'endormir, je pleurais parce que les gens mouraient et qu'un jour, moi aussi, je cesserais d'exister, je ne serais plus. Ça a réveillé mes parents, et papa a été le premier à entrer dans ma chambre.

"Chérie, tu as encore beaucoup, beaucoup de temps devant toi."

Maman est apparue à la porte un peu plus tard, agacée qu'on l'ait réveillée.

"Voilà, ta mère peut le confirmer. Les gens meurent lorsqu'ils sont très, très âgés."

Maman a seulement dit : "On ne peut pas savoir. Mieux vaut être prudent." Elle s'est gratté le crâne entre deux bigoudis, sous le foulard dont elle s'était couvert les cheveux, puis elle est retournée se coucher.

Mais à ta fête d'anniversaire, tandis qu'Armin tient mon doigt, je n'ai pas peur de la mort. Peut-être à cause de la façon dont il dit : "Tito est mort le même jour." Comme si mourir était la chose la plus naturelle au monde.

Il me demande quelle est ma couleur préférée, de but en blanc. Je dis : le vert. Il me demande quelle est ma forme préférée. Je dois réfléchir. Je sens le poids de la petite assiette sur mes genoux et je dis : le cercle.

“C’est une bonne forme”, me dit-il, et me voilà soudain toute fière. Ma forme est une bonne forme, pas une mauvaise. Je ne savais pas qu’il y en avait de mauvaises. D’ailleurs, quelques instants plus tôt, je ne savais même pas que j’avais *ma forme*.

Il me pose un tas de questions, bien plus que mon institutrice ne m’en a posé depuis le début de l’année scolaire. Mais ce ne sont pas des questions bêtes, des questions difficiles – non, il me pose des questions *sur moi*. Ma saison préférée, mon animal préféré, mon numéro préféré. J’essaie de mettre en mouvement mon cerveau comme si c’était un gros manège endormi.

“Le printemps, je dis. Et l’éléphant. Et le numéro cinq.”

Tu ouvres un œil et nous lances un regard réprobateur.

“Les esprits exigent un silence absolu”, dis-tu à haute voix, et tu refermes les yeux. Je sens ton frère rire à côté de moi. Rire de toi. Sans peur. Je te regarde, paniquée, je ne veux pas que tu te fâches. Mais tu es de nouveau en transe, tu communiques avec un esprit, tu as pris la main de Dejan et tu la secoues. Personne ne respire. De temps en temps, on entend le bruit des petites fourchettes sur les assiettes. Dejan semble à deux doigts de s’évanouir.

“Il est ici, nous dis-tu, l’esprit est parmi nous.” Puis tu ajoutes d’une voix profonde : “Qui… es… tu ?”

Ta tête s’affaisse comme si Lejla avait abandonné ton corps, comme si quelqu’un d’autre avait usurpé ton visage et nous observait à présent avec tes yeux. Kristina ne cille pas. Dejan est au bord des larmes. Mitar regarde les autres comme s’il ne comprenait plus rien à ce qui se passe. Mais pour moi, ça n’a plus d’intérêt, tu as perdu ton pouvoir. Armin me pose des questions. J’aimerais me montrer à la hauteur.

“C’est quoi ton livre préféré ?” me demande-t-il. J’ai honte, je n’ai pas de livre préféré. Je ne lis pas de livres.

“Et toi ?

— *L’Île au trésor*”, répond-il sans hésiter. À ce moment-là, c’est pour moi le meilleur livre au monde. Je peux voir l’île, et le trésor, et Armin qui découvre celui-ci.

“Ah, oui… C’est pas mal”, dis-je en feignant l’indifférence, et je remplis ma bouche de gâteau de peur qu’il ne puisse me demander des détails et découvrir que non seulement je n’ai pas lu le roman, mais qu’en plus je n’en ai jamais entendu parler.

Plus tard, je demanderais à mes parents de me l’acheter. Maman me dirait que je n’avais qu’à aller à la bibliothèque de mon école, sinon à quoi servaient les bibliothèques, enfin dans quel monde je vivais ? Et je l’y trouverais. *L’Île au trésor*, R. L. Stevenson. Un livre bleu avec un pirate dessiné sur la couverture. À l’intérieur, la carte répertoriant les noms pour chaque emprunt. J’y verrais *Armin Begić* quatre fois de suite, à côté de quatre dates différentes. Je le lirais tous les jours, comme il l’aurait fait, en l’imaginant tourner les pages, s’inquiéter, se réjouir, affronter les mêmes dangers que Jim et moi. Je le lirais vite, au cas où il me demanderait des détails. Je le lirais trois fois, ou quatre. Je le verrais par la suite à la bibliothèque universitaire en cherchant *Tristram Shandy*. Du bout du doigt, je caresserais le dos du livre, mais je ne le sortirais pas. Je le verrais parmi les livres de Michael, en anglais, entre les manuels d’informatique. Je le verrais mille fois, à mille endroits différents, mais je ne l’achèterais jamais, ce livre qui était le préféré d’Armin à l’époque de ses douze ans.

Il ne le sait pas à ce moment-là, tandis qu’on est assis par terre dans l’obscurité, avec mon doigt ensanglanté âgé de sept ans. Je ne le sais pas non plus. J’ai peur qu’il ne m’interroge sur le livre, mais il continue à poser ses questions au hasard. Ai-je un animal domestique ? Ai-je un frère ou une sœur ? Je n’en ai pas, je n’ai rien, je n’ai personne. Je ne dis rien des trois tortues mortes. Est-ce que j'aimerais en avoir, me demande-t-il. Oui : un chat, un chien, un canari, un frère et une sœur.

"Le chat mangerait le canari, murmure-t-il.

— Non, le canari serait haut perché, dans une cage.

— Et si le chat saute ?

— Il serait puni. Je ne lui donnerais plus à manger.

— Il serait affamé alors, et il finirait par manger ton canari, me dit-il, et j'éclate de rire.

— Les esprits exigent un silence absolu !" cries-tu dans l'obscurité, derrière un voile de cheveux noirs qui cachent ton visage.

Armin continue son questionnaire. Quelle est ma classe préférée – je n'en connais qu'une. Quel est mon arbre préféré. Quelle est ma fleur préférée. Je ne sais pas reconnaître les arbres, je ne connais que trois fleurs, tout au plus. Mais j'invente, je me creuse les méninges et je mens, il faut absolument que j'aie des préférences. Je dis le chêne. Je dis le pissenlit. Et après qui sait combien de questions, sur ma voiture préférée, ma chanson, ma maison, mon jeu, mon dessin animé, mon petit-déjeuner préféré, après toutes mes réponses, inventées, fausses, chuchotées, j'ai l'impression d'exister enfin. Je suis une personne. Quelqu'un qui a un livre préféré et un arbre préféré. Une forme préférée, qui est une bonne forme, pas une mauvaise. Toutes ces réponses m'ont remplie comme les couleurs remplissent une maison vide dans un album de coloriage.

Ta mère allume la lumière et rompt la magie. Les petites mains d'enfant se lâchent, brisant le cercle rituel. L'esprit sort furtivement de toi et disparaît par le plafond. Tu redeviens Lejla.

"Tu sais que je n'aime pas ce jeu, dit ta mère.

— C'est bon, on s'amuse juste…"

Tu as répondu comme ça, sur ce ton, à ta mère. La mienne m'aurait flanqué une taloche devant tout le monde si je lui avais parlé ainsi. Mais la tienne a seulement dit : "Laisse au moins les esprits en paix, puisque tu ne veux pas me laisser en paix, moi." Je n'ai jamais oublié cette phrase. Tu as levé les yeux au ciel et tu t'es redressée. C'est seulement alors que j'ai réalisé qu'Armin avait disparu, qu'il n'était plus à côté de moi. Il avait dû s'éclipser pendant que tu parlais avec ta mère et que je suivais votre discussion, pleine d'admiration. Je n'ai pas aimé qu'il soit parti comme ça, avec toutes mes réponses. Où allait-il les emporter, que ferait-il d'elles ? Je me suis rendu compte plus tard qu'il n'avait répondu qu'à une seule de mes questions : celle sur son livre préféré. Je me suis sentie trahie, c'était injuste. Même si j'avais voulu, je n'aurais pas eu le temps de demander quoi que ce soit – il m'avait interrogée si vite, comme un policier. Alors j'ai décidé de passer par toi pour en apprendre davantage sur lui, pour équilibrer les choses, pour accepter plus facilement de lui avoir confié toutes mes réponses.

"Quelle est ta couleur préférée ? t'ai-je demandé.

— Le rouge.

— Et celle de ta maman ?

— Le violet."

Puis j'ai osé et, feignant l'indifférence, j'ai ajouté : "Et celle de ton frère ?"

Tu ne t'es doutée de rien, tu as simplement répondu : "Le rouge aussi."

Et comme ça à l'infini, car j'aurais eu honte de ne poser que des questions sur lui. Je me souviens que tu avais la réponse à chaque question. Tu savais que ta fleur préférée était le pavot, ta maison préférée, celle de Mme Popović, ton jeu préféré, invoquer les esprits. Et tu ne mentais pas, tu savais tout sur toi sans hésiter, sans délai. Je me souviens que tes préférences et celles de ton frère étaient presque les mêmes, à tel point que je me disais que tu l'imitais. Je t'ai dit que Tito était mort le jour de ma naissance dans l'espoir de te convaincre que, moi aussi, j'étais spéciale, que, moi aussi, j'avais quelque chose d'unique. Tu as juste haussé les épaules, comme si cette information ne méritait pas ton attention.

“Tu sais au moins qui est Tito ? t’ai-je demandé fièrement, alors que, moi-même, je n’en avais pas la moindre idée.
— Oui, as-tu répondu. Maman a son portrait.”
J’ai passé la moitié du primaire à croire que vous aviez des liens de parenté avec lui.
À partir de là, j’ai assisté à tous tes anniversaires, mais je n’y ai plus jamais revu Armin. Il grandissait, il changeait, ses copains étaient pour lui nettement plus intéressants que le cercle réduit de sa petite sœur. Et chaque fois que je sonnais à votre porte, dans une tenue choisie avec soin, un cadeau habilement enveloppé entre les mains, je souhaitais qu’il soit là. Même plus tard, quand on serait ados, des années après sa disparition. J’avais mon groupe préféré, mes baskets préférées, ma langue étrangère préférée, ma revue préférée. J’étais préparée, au cas où il serait de retour. Et je me souviens que j’avais toujours envie de te poser mes questions assommantes – quelle est ta chanson préférée, ton vers préféré –, persuadée que la connexion entre vous perdurait et qu’à travers toi, j’allais apprendre des choses sur lui, même s’il n’était plus là.
Ensuite, je suis partie faire mes études et, sans doute par habitude, j’ai eu mon prof préféré, ma poétesse préférée, mon alcool préféré. Plus tard encore, bien des années après avoir quitté la Bosnie, je cherchais partout mes préférences. Je voulais être préparée, même si, toi et moi, on ne s’était plus parlé depuis belle lurette, et même s’il avait disparu sans laisser de trace. J’avais mon café préféré à Dublin, ma bibliothèque, ma boutique, mon parc, mon banc et mon arbre préférés. J’avais tout, j’étais complète et honteuse à la fois d’avoir persévéré dans cette habitude enfantine. J’avais à présent ma forme et ma couleur. Mais ça n’avait plus d’importance.
Même le matin où je me suis réveillée à côté de Michael et de sa gueule de bois après notre première nuit ensemble, son chien gémissant encore dans la chambre voisine. Je ne savais pas de quoi parler avec lui – le lit qui nous avait commodément réunis la veille matérialisait à présent le fait que

nous étions deux étrangers l'un pour l'autre. J'ai regardé un tas de 33 tours rangés au pied du mur, et la première chose qui m'est venue à l'esprit a été : "Quel est ton préféré ?"

Il s'est levé, maladroit et ébouriffé, et s'est traîné jusqu'à ses vinyles chéris. Il en a sorti un que je n'avais jamais vu avant : sur la pochette, une tête de mort avait la bouche d'une femme.

"Mon préféré ce mois-ci", a-t-il dit cérémonieusement, et il a posé la tête de lecture dessus. De sa platine se sont envolées des paroles que je connaîtrais un jour par cœur, mais à ce moment-là, elles m'étaient parfaitement inconnues et venaient se cogner contre mon corps nu, allongé dans un lit étranger :

Do you wanna be an angel, do you wanna be a star?
Do you wanna play some magic on my guitar?
Do you wanna be a poet, do you wanna be my string?
*You could be anything**.

Michael a grimpé sur le lit et s'est mis à jouer de l'*air guitar* au-dessus de moi, pinçant les poils de son pubis comme des cordes. Il chantait sans voix, avec une expression passionnée de musicien virtuose. Pendant que je riais, il s'est faufilé sous le drap et a commencé à me mordiller les cuisses. Il est resté là assez longtemps pour se faire pardonner les cinq minutes peu glorieuses de la veille. C'est là-dessus que j'ai créé toute notre relation – sur cette question idiote surgie de ton septième anniversaire.]

---

* Extrait de la chanson "Still… You Turn Me On", du groupe Emerson, Lake & Palmer, extraite de l'album *Brain Salad Surgery* (1973) © Leadchoice Ltd / Campbell Connelly Fra.

6

Tôt ou tard, les yeux s'habituent à l'obscurité. Ce qui n'était au début qu'un noir épais, une couche de laine compacte recouvrant tout – Lejla et moi, la voiture, la route, la Bosnie entière – a commencé à pâlir, à se diluer. Bientôt, j'ai pu distinguer des contours. Voilà une maison, voilà un arbre, ça, c'est un chien errant. Les choses avaient retrouvé leurs silhouettes fragiles, leurs formes, qui les rendaient uniques et les dissociaient du reste du monde. La ville de Jajce nous a saluées de son panneau en biais, jaune comme une planète lointaine au milieu de l'espace sombre, où les lettres de son nom, en alphabet cyrillique et en alphabet latin, avaient été barbouillées de minuscules organes génitaux.

Malgré l'obscurité, on a tout de suite trouvé la maison de Mme Knežević grâce à l'infaillible mémoire de Lejla. Là où je voyais des rues douteuses et des coins impénétrables, elle a reconnu le chemin qui menait à *son amie de Jajce*, comme elle l'appelait. "Là, à gauche, continue tout droit… maintenant encore à droite, là-bas, au niveau du kiosque…" J'ai compris à ce moment-là que la voiture et moi étions devenues un simple prolongement de la volonté de Lejla : elle nous déplaçait par la parole, et nous, nous suivions docilement.

Toute raide sur le pas de sa porte, sous une lampe ronde où dansait une mite, Mme Knežević était l'archétype d'une autre Bosnie, une Bosnie chaleureuse aux gros seins, toujours là pour vous serrer dans ses bras et vous remplir l'estomac, pour vous dire : "Tout va bien, mon petit, tout va bien." Elle était trop âgée pour qu'on la considère sérieusement comme une amie de Lejla et, en même temps, trop jeune pour être une simple grand-tante dont je n'aurais rien su. Tandis que je me garais dans la cour aux allures de cimetière botanique – là, un ficus mort, ici, des hortensias fanés –, Lejla prenait déjà *son amie* dans ses bras. Elles avaient dû se rencontrer une fois le contact rompu entre nous. Mais il y avait dans leur étreinte trop d'intimité récente, quelque chose qui datait d'à peine un an ou deux, trop de spectacle destiné à mes seuls yeux. Comme si, par ce geste, elle voulait me montrer qu'elle pouvait s'entendre avec d'autres femmes, qui l'appréciaient et la comprenaient comme je n'avais jamais su le faire.

Lorsque je me suis approchée de la maison, Mme Knežević a essuyé ses mains sur son tablier violet et crié : "Allez, les filles, le feuilleté est prêt… Faut pas le laisser refroidir." Avec le plus grand sérieux, Lejla lui a répondu : "Sara ne parle pas notre langue. Elle est de Dublin. Mais je vais traduire." Voilà comment elle m'a fait taire avant même que j'ouvre la bouche. Mme Knežević a posé un regard plein de sympathie sur la petite Irlandaise que j'étais, perdue dans ces régions obscures, qui allait finalement découvrir ce qu'étaient la vraie hospitalité et le vrai feuilleté au fromage. J'ai jeté un regard noir à Lejla, attendant qu'elle mette fin à la supercherie, incapable de prononcer moi-même un seul mot. Elle m'avait privée de ma langue maternelle en un tournemain, et voilà qu'elle se déchaussait déjà pour entrer dans la pièce illuminée d'où nous parvenait une forte odeur de fromage et de pâte fraîche. Je lui ai emboîté le pas, prête à lui tordre le cou dès que l'occasion s'en présenterait.

"Demande-lui si elle a déjà goûté au feuilleté au fromage", a crié Mme Knežević depuis sa cuisine. Lejla s'est tournée vers moi et, dans un anglais tout à fait correct, bien qu'avec un fort accent, elle a dit que Mme Knežević voulait savoir si j'étais vierge.

"Lejla, c'est pas drôle… T'es folle ou quoi ? lui ai-je soufflé.

— Chht, *speak English*", a-t-elle dit à mi-voix, puis, plus fort, pour que son amie l'entende : "Sara dit qu'elle adore le feuilleté au fromage !

— C'est vrai, j'avais oublié que tu n'étais qu'une enfant gâtée, lui ai-je dit en anglais. Pardon, vraiment." Je voulais lui faire honte avec mon accent impeccable, mais son regard froid m'a vite fait comprendre l'absurdité de ma fanfaronnade. On était en Bosnie – les accents immaculés sortent de la bouche de celles qui tapinent.

"Mais un feuilleté comme le mien, elle n'en a jamais goûté ! a crié notre hôtesse, tout excitée, et Lejla s'est empressée de traduire :

— Mme Knežević dit qu'elle adore recevoir des Irlandaises qui font le trottoir."

Elle s'amusait. La reine des ténèbres était descendue parmi les mortels pour se détendre un peu. À nous de faire des pirouettes jusqu'à ce qu'elle finisse par s'ennuyer et nous laisse en paix en regagnant son trône de glace. Comme le jour où elle avait caché la trousse de Dejan dans les toilettes de l'école. Il me faisait pitié, à pleurer et à crier devant tout le monde : "C'est mon oncle qui me l'a achetée en Allemagne !" Lejla, elle, riait de plus belle, feignant de n'y être pour rien, et dessinait Donald Duck en suivant les numéros : un, deux, trois, quatre – avec la précision d'un chirurgien –, cinq, six, et voilà déjà le bec. Elle avait le même petit sourire à présent, sauf que les années lui interdisaient de faire encore pareilles pitreries. Seule la méchanceté demeurait. Pourtant, ce soir-là chez Mme Knežević, je n'ai pas lutté, j'ai accepté d'être *Sara de Dublin*. J'ai tout accepté – j'allais chanter, danser et faire des pirouettes comme un petit singe obéissant, pourvu qu'on arrive à Vienne. Après, nous serions quittes. Après, elle serait obligée de se trouver une autre troupe de cirque.

Nous étions assises dans un petit salon où chaque surface avait son napperon en dentelle, comme si des rosettes de neige s'étaient posées partout dans l'appartement de Mme Knežević, incrustées à jamais sur le poste de télé, la petite table, le rebord de la fenêtre. Sur les photos de famille, un tas de visages souriants nous observaient, yeux et bouches tordus à travers le verre irrégulier de la vitrine. Mme Knežević avait toute une ribambelle de canards – en plastique, en céramique, en peluche –, leurs têtes immobiles toutes orientées vers le poste de télévision qui trônait dans le coin de la pièce. Une vieille couverture recouvrait le canapé. Je me sentais comme un petit morceau de tapisserie finement tissée, un morceau de laine rouge bien serré dans une tenture pendue au mur. Tout était chaleureux et multicolore, imprégné d'une odeur qui hésitait entre le renfermé et la vieille peau ridée.

"Et voilà !" a dit Mme Knežević, pas peu fière, en apportant un grand plateau en argent, visiblement le plus beau dont elle disposait. Elle nous a aussi servi un sirop de griotte maison avec très peu d'eau. Deux grands morceaux de feuilleté respiraient dans des assiettes ébréchées sur le rebord desquelles pâlissaient de petites fleurs et deux amants minuscules, un berger et une bergère, qui se tenaient par la main et se couvaient d'un œil amoureux.

Voyant que j'observais la dentelle qui couvrait presque la moitié de l'écran du poste de télévision, Mme Knežević s'est vantée devant Lejla : "Dis-lui que c'est moi qui les ai tous faits. C'est du travail à l'aiguille. Rien à voir avec le crochet."

Je me suis dit qu'elle devait avoir une pièce à part pour garder tous ses fils et sa laine, peut-être même un pauvre mouton au bout d'une chaîne. Lejla s'appliquait sur sa traduction en anglais, remplaçant *travail à l'aiguille* et *crochet* par un très approprié *broderie de merde*. Puis elle a annoncé qu'elle devait aller aux toilettes, et elle s'est levée en prenant son sac sur le canapé. Je lui ai crié gaiement, en anglais : "Tant que tu y es, profites-en pour boucher les toilettes de ta très chère amie avec tes tampons !", ce qu'elle a royalement ignoré, me laissant en tête à tête avec notre hôtesse zélée.

J'ai souri à Mme Knežević en signe de reconnaissance et j'ai pris mon assiette. Allez, me suis-je dit, au moins je n'aurais pas à engager l'une de ces conversations idiotes sur le temps et la cuisine. Je ne parle pas *notre langue*. Je peux manger tranquille.

Sauf que Mme Knežević, avant même que j'aie pris la première bouchée, s'est mise à me parler, lentement, comme à une enfant, engageant tous ses muscles faciaux pour me permettre de comprendre ses propos.

"Leeelaaa, a-t-elle dit tout en pointant le doigt vers la salle de bains, est une fiille aaadooorable." Puis elle a levé les pouces pour expliciter devant moi, la stupide Dublinoise, ce qu'elle voulait dire. Elle était persuadée que même les Irlandais pouvaient saisir la noble sémantique slave, tant qu'on leur parlait au ralenti, patiemment, en étirant les voyelles. J'approuvais de la tête sans cesser de manger. Une fille adorable, mon cul. La même qui jette ses tampons usagés par la fenêtre de la voiture. J'avais presque envie que Lejla lui bouche vraiment ses toilettes.

Très attentivement, le visage figé dans un sourire accueillant, Mme Knežević m'observait en train de manger : ses yeux suivaient de près ma mâchoire qui montait et descendait, comme si la seule raison de notre venue était pour moi de lui avouer que, jamais de ma vie, je n'avais mangé un feuilleté au fromage aussi bon. J'ai montré le feuilleté et levé le pouce pour mettre fin à ses souffrances.

"C'est bon, n'est-ce pas ? Ça se dit *dobro. Dooo-brooo.*"

Obéissante, j'ai répété *"Dooo-brooo"* comme si je prononçais ce mot pour la première fois.

"Une fille adorable, adorable...", a continué Mme Knežević, cette fois en regardant les visages dans la vitrine, plutôt pour elle-même, comme s'il importait peu que je la comprenne ou pas.

"Son père chantait si bien, mon Dieu... On aurait dit un rossignol. Ah, c'est terrible... la manière dont son frère a fini."

Elle ne sait pas qu'Armin est à Vienne, me suis-je dit. J'ai cessé de mâcher. Je voulais lui dire quelque chose mais comment faire ? Je me serais trahie. Je devais rester impassible, comme les canards sur l'étagère, privés de langage. Quelque chose, pourtant, a bondi en moi, au centre de ma cage thoracique, comme un lièvre effaré bondirait d'un buisson. Armin est à Vienne. C'est pour ça que je suis assise ici, pour ça que je mange le feuilleté au fromage de Mme Knežević. Parce qu'*il* est à Vienne. À force de répéter cette phrase, elle risquait de perdre son sens, de ne plus en avoir aucun. Et Armin disparaîtrait à nouveau.

"Cette histoire, on en connaît tous les détails... Elles ne veulent pas en parler. Mais on sait bien qui a enlevé ces pauvres garçons cet hiver-là", a continué Mme Knežević, plongée dans ses pensées, et j'avais l'impression d'assister à un rituel intime où l'on répète des mantras sans discontinuer, indépendamment de celui qui écoute. Chaque mot cognait comme si Mme Knežević m'avait lancé à la tête ses photos encadrées et ses canards en céramique.

"Me revoilà, a dit Lejla, et elle s'est rassise sur le canapé à côté de moi, coupant court aux jérémiades rituelles de Mme Knežević.

— T'as entendu ? ai-je chuchoté, en anglais. Elle ne sait pas que...

— Que quoi ?

— Que... qu'il est à Vienne.

— Elle va bien ? Je veux dire... dans sa tête ?" a soudain demandé Mme Knežević en me montrant du menton, la voix sourde et le sourcil froncé, plus parce qu'elle était gênée de poser une question pareille que parce qu'elle craignait que je ne la comprenne comme par magie. Je savais bien feindre la bêtise.

"De toute évidence, je ne vais pas bien dans ma tête, puisque je côtoie cette débile-ci, ce qui en dit long sur mon degré d'idiotie", ai-je répondu tout sourire, en anglais.

Lejla s'est mise à rire entre deux bouchées de feuilleté.

"Mais non, Sara va très bien. Elle n'est pas folle… Ou pas tout à fait. Si c'est ce que vous voulez dire.

— Elle doit être un peu folle quand même, puisqu'elle est venue jusqu'ici, a dit Mme Knežević en me prenant l'assiette vide des mains. Si j'avais un chez-moi à l'étranger, je ne remettrais plus jamais les pieds ici. Tu en veuuuux encooore un peuuu ? Un petit bout ? Un bouuut ?" m'a-t-elle demandé très fort, en montrant du doigt le feuilleté de Lejla. J'ai refusé de la tête. Je voulais seulement avoir un lit, m'allonger et dormir. Et envoyer un message à Michael pour lui dire que j'étais en vie.

"On va dormir ici ? ai-je demandé à Lejla en anglais.

— Il est trop tôt pour se coucher.

— Dehors, il fait nuit noire, ai-je dit.

— Parce qu'on est obligé de dormir chaque fois qu'il fait nuit ? T'as quel âge ?

— Je suis plus âgée que toi, en tout cas", ai-je répondu froidement.

Son anglais était bien meilleur qu'autrefois. Avait-elle pris des cours ? Voyagé ? Et cette raquette dans la voiture. Elle s'était mise à jouer au tennis et à apprendre l'anglais. Qui était cette femme, dans la voiture de qui, et pour retrouver le frère de qui ?

"D'ailleurs, a-t-elle ajouté, je veux voir les catacombes.

— À cette heure-ci ?

— Ne fais pas ta grand-mère, il n'est même pas cinq heures de l'après-midi…"

Les catacombes. Un nom sinistre pour un bâtiment sinistre qui donnait accès à un trou dans la roche. Et toute cette obscurité, à l'extérieur, à l'intérieur. À croire que tout le monde la trouvait normale, sauf moi, qui étais folle.

On a payé nos entrées à une fille. Elle ne nous a rien dit, elle s'est contentée d'empiler nos pièces de monnaie les unes sur les autres. Une petite tour métallique. Lejla allait devant, je lui emboîtais le pas. Des entrailles de la terre nous parvenait un rire d'enfant.

"On n'est pas seules", a-t-elle dit, en recourant enfin à notre langue, maintenant que son *amie*, restée à la maison, était à une distance sûre. Je lisais sur son visage une espèce d'excitation, du plaisir même, comme si elle entrait dans la maison de son enfance, malgré l'obscurité et le froid qui régnaient sous cette chape de pierre. On descendait lentement et à pas assurés, ses deux yeux comme le bout d'un endoscope profondément enfoui dans la terre.

"Allez, Mihajlo ! On s'en va !" a crié la voix d'une femme au-dessus de nous. Puis de nouveau un rire d'enfant, sincère mais déplacé. Il résonnait profondément entre les rochers, percutait les parois. Ça ne se fait pas dans une tombe, me suis-je dit. L'enfant qui criait a alors surgi d'en bas, une vraie hyène de gosse, qui nous a frôlées en courant avant de disparaître à la surface. On ne le voyait plus. On est restées seules.

"Autrefois, il y avait un passage secret, à ce qui se dit", m'a lancé Lejla, cette même Lejla qui, plus de vingt ans auparavant, avait invoqué les esprits à sa fête d'anniversaire. Je me suis dit qu'elle devait avoir froid dans son short de midinette. J'ai gardé ça pour moi. Ça l'avait toujours agacée, que les autres s'inquiètent pour elle d'une manière ou d'une autre ou la voient, ne serait-ce qu'un instant, comme une victime.

Elle allait de niche en niche, observant attentivement les cicatrices sur les parois.

"On dit que Tito s'est caché ici pendant la Seconde Guerre mondiale... Le passage menait aux cascades", a-t-elle continué. Je voulais lui dire que ce n'était qu'un tas de foutaises pour attirer les touristes. Il aurait fallu que je sorte de là. Mais rien à faire, la magie de Lejla agissait encore, après toutes ces années, même sous la terre. Par un cercle invisible qu'elle créait autour de nous, elle nous séparait du reste du monde. Nous étions seules sous la terre et je pouvais enfin me détendre. Il était inutile de faire semblant devant elle, de jouer la traductrice intello de Dublin ou la fille cool qui pige les films islandais et prépare des canapés véganes pour les amis de Michael. Plus besoin de tenir un rôle. Il n'y avait qu'elle, le sous-sol et moi. Je me suis souvenue de l'île, encore. De ce jour où j'avais cru qu'elle s'était noyée.

"T'aurais pas des enfants par hasard ? a-t-elle demandé tout à coup, essayant de déchiffrer un nom taillé dans la pierre.

— Non, je n'ai pas d'enfants… par hasard, ai-je répondu. Je me suis fait ligaturer les trompes."

Cela lui a paru suffisamment intéressant pour s'arrêter et me regarder. Elle a écarquillé les yeux pour me faire comprendre qu'elle ne s'attendait pas à ça, que j'aurais dû être selon elle de ces personnes ennuyeuses qui suivent le cycle biologique sans broncher. Ses lentilles allaient de mon visage à mon entrejambe, comme si elle pensait y trouver quelque chose, quelque chose qui manquait.

"Ah ouais… C'est une mode là-bas, en Europe ? a-t-elle demandé.

— Ce n'est pas du tout une mode. Je ne veux pas avoir d'enfants." J'avais envie d'ajouter : "T'avoir toi me suffit amplement", mais je n'ai rien dit. Elle a haussé les sourcils et fait la moue comme si elle regrettait de m'avoir posé cette question, puis elle a continué son chemin vers une autre niche. J'aurais pu lui expliquer, mais j'ai compris que ça n'aurait servi à rien. Certaines personnes cherchent à se perpétuer, à baigner dans les cellules de quelqu'un d'autre longtemps après leur mort. Moi, je voulais juste que ça s'arrête. Que rien d'autre n'existe de *moi* que mon être. Elle n'aurait pas compris. Elle, qui s'étendait à l'infini.

"C'est bon maintenant ? On peut y aller ?" ai-je demandé.

Elle est passée à côté de moi et m'a caressé la joue, sans raison apparente. Comme si elle venait de me reconnaître dans l'obscurité. Elle avait décidé que j'avais besoin d'un contact humain.

"On s'en va", a-t-elle dit.

Plus tard dans la soirée, alors que j'étais couchée dans le lit conjugal de Mme Knežević (hôtesse exemplaire qui dormait recroquevillée sur le canapé), je voulais prendre mon courage à deux mains et demander à Lejla pourquoi Armin était à Vienne et pourquoi il n'avait pas donné signe de vie plus tôt. Je la regardais peigner sa longue crinière décolorée, avec des gestes brusques, comme si elle voulait se libérer de l'obscurité poisseuse et d'invisibles insectes. Ensuite, elle a enlevé ces fripes minuscules, glissé ses jambes sous la mince couverture et m'a tourné le dos en bâillant un *bonne nuit*. J'ai seulement réussi à dire : "Lejla." Je l'ai dit si bas qu'elle ne m'a pas entendue. Au moment où je me croyais finalement prête à prononcer son prénom devant elle, elle s'était déjà endormie. Je pouvais voir ses côtes saillantes sous sa peau délicate, bronzée. Une ecchymose verte montait et descendait, comme un bout de mer à portée de la main. Elle dormait comme autrefois – on aurait pu la croire morte. Cet été-là, sur l'île, tandis que les branches de l'olivier giflaient la fenêtre basse, j'étais allongée près du corps inerte de Lejla et je savais que quelque chose avait pris fin. L'alcool, qui l'avait endormie, m'avait fait pleurer, moi. Ç'avait toujours été comme ça.

À présent, une autre Lejla dormait à côté de moi. Plus âgée et plus froide, mais dissimulant toujours quelque part entre ses côtes cette Lejla d'antan. Je n'arrivais pas à distinguer ses cheveux de la blancheur de la taie. Deux désirs également pressants bataillaient en moi : l'un, logique, adulte – sortir en cachette, regagner la route et faire du stop jusqu'à Zagreb –, et l'autre, absurde, inconséquent, venu du plus profond de mes entrailles froides – me serrer contre elle, la prendre dans mes bras et dormir, comme un chien repentant, dans ses cheveux blond platine. Finalement, j'ai fixé le plafond, attendant que, dans la cour morte, le chant des cigales m'endorme. Depuis le fauteuil du coin, un canard en peluche géant m'observait. C'est peut-être M. Knežević, me suis-je dit, avant de sombrer dans le sommeil.

[On devait alors avoir huit ans. Ou bien neuf. Peu importe, au fond. Ce que je sais, c'est qu'on avait le même âge, vu que ça n'était possible que dans ce laps de temps entre la toute fin de l'hiver et les premiers signes du printemps. Après, c'était le mois de mai, et je prenais de l'avance sur toi avec ces fêtes d'anniversaire à la con qu'organisait ma mère surexcitée. Gâteaux aux fruits insipides, robes sur mesure et jeux de société que personne ne trouvait amusants – comme si elle organisait des réceptions pour un futur dictateur. Mais un peu avant, pour un court moment, entre ton mois de janvier et mon mois de mai, nous avions le même âge, et moi, je me sentais apaisée, comme après être enfin parvenue à nager jusqu'à cette petite île où nous étions un peu plus égales que d'habitude. C'était pareil cet hiver-là où nous avions toutes les deux huit ans, peut-être neuf. Le monde, ou du moins le petit bout de monde que nous appelions ainsi, embaumait différemment. Une nourriture différente, un assouplissant différent. Il embaumait différemment, puis cette odeur a disparu. Mais ce souvenir ne parle pas de l'obscurité qui s'établira plus tard. Ce souvenir parle de l'hiver où j'ai tué le moineau.

Je ne l'ai jamais dit à personne. Même pas à la psychothérapeute la moins chère que j'aie pu trouver à Dublin. Je lui ai parlé de mes parents, de Michael, même de toi et d'Armin. Mais jamais du moineau que j'ai tué cet hiver-là, quand nous avions huit ans, peut-être neuf. Comment commence cette histoire ? Tu n'es pas là, tout dépend de moi. Il faut frapper la surface du lac avec le talon pour craqueler la glace. La voici, une toute petite craquelure. Tu ne peux pas dire que j'invente.

Le premier souvenir : le petit œil qui me regarde depuis la neige. Tout le reste naît de ce regard. Toi, sur le côté, immobile. Je me souviens de l'odeur de la neige, du contact des gros gants en laine et, comme disait ta maman, d'un *soleil mordant*. Je me souviens qu'on observait les yeux plissés toute cette blancheur, les traces de boue et les pas d'enfant çà et là.

À cette époque, on aimait s'habiller *sérieusement*. C'était ton idée. Tu t'es mise à porter des pantalons de *tailleur*, la chemise rentrée dedans et les cheveux tressés si serré que ton visage semblait tiré et tes yeux bridés. Au début, je me suis payé ta tête. “Tu t'habilles comme mon père, t'ai-je dit.

— Si tu préfères t'habiller comme une gamine, c'est ton problème.”

C'est tout ce que tu as répondu. Je ne l'ai jamais oublié. Et tu as continué à recopier les chiffres du tableau dans ton cahier à carreaux.

Je me suis rappelé cette *gamine* un matin à Dublin, avant mon premier entretien d'embauche. J'ai tressé mes cheveux et glissé ma chemise dans mon pantalon. Tous ces restes de toi, défigurés par le passage du temps et la mémoire paresseuse, réapparaissaient habilement dans ce quotidien éloigné au moment où je m'y attendais le moins. Parfois j'ouvrais la porte et laissais ces restes entrer. Parfois je me persuadais moi-même que je ne m'en souvenais pas clairement, que ça n'avait pas été comme ça, et j'essayais de discréditer tout ce que tu représentais à mes yeux. Je voulais trouver ce qui était véritablement *à moi*, ce qui était né et avait grandi en dehors de ton influence, et le laver de toi, le nettoyer comme un noyau d'avocat.

Ne change pas de sujet, me dirais-tu si tu pouvais. Ça, c'est important. Tu as raison. On parle de la journée où j'ai tué le moineau. C'est toi qui m'avais convaincue de m'habiller sérieusement, de ne pas être une *gamine*. Ce n'était pas difficile – maman était ravie de voir mis à l'honneur tous ces *costumes*, comme elle les appelait, que mes tantes m'offraient pour mes anniversaires. Les autres devaient nous trouver ridicules, mais ça nous était égal. On était convaincues qu'autour de nous, tout le monde était stupide. *Nous*, on était sérieuses. On portait des chaussures à lacets, plus de scratch. Cette phase a duré combien ? Probablement jusqu'à l'été, quand l'envie a été trop forte d'enfiler des shorts et de recommencer à s'égratigner les genoux sur la pente, derrière l'école.

Je ne sais plus à quoi ressemblait l'institutrice. Je ne me souviens pas non plus de notre classe, ni de la moitié de nos camarades. Mais je sais que tu avais un plumier métallique avec, sur le couvercle, l'image à moitié effacée d'une bouteille de Coca-Cola. Un petit taille-crayon tintait à l'intérieur. Et deux crayons, l'un pour dessiner, l'autre pour écrire. Personne d'autre n'avait de crayon pour dessiner.

“Armin dit qu'on ne peut pas dessiner avec un crayon ordinaire”, as-tu expliqué.

Et tant d'autres consignes. Armin dit ceci, Armin dit cela. J'ai demandé à maman de m'acheter un crayon pour dessiner. Elle m'a rapporté de son travail un crayon identique à celui que j'avais déjà.

Je me souviens qu'il faisait froid le jour où j'ai tué le moineau. Plus froid que d'habitude. Ou peut-être pas, peut-être n'est-ce qu'une illusion *a posteriori*. Je portais des gants en laine qui gratte et une écharpe orange par-dessus mon nez qui coulait. C'est papa qui m'avait apporté cette écharpe, disant que c'était la meilleure marque et que je devais en prendre soin. J'arrivais à l'école, je l'enlevais délicatement, comme si c'était un renard vivant, et je la pliais sur le bureau avant de la mettre dans mon cartable. Pendant la récréation, je la sortais avec précaution et la remettais autour de mon cou. C'était rassurant cette écharpe qui me cachait la moitié du visage. C'était facile de parler aux autres enfants avec cette épaisseur de laine entre nous.

Je la portais le jour où j'ai tué le moineau. Je sais que tu t'en souviens, même si on n'en a jamais parlé. On est allées dehors pour la récréation. On a partagé ton petit pain et mon chocolat. On a mordu dans la pomme comme d'habitude, une seule fois chacune, moi d'un côté, toi de l'autre, et on l'a jetée par-dessus le grillage. Dejan était là. Rade aussi. Et quelques autres garçons de notre classe. Ils nous regardaient, nous, les filles, d'un œil méprisant, prêts à assumer le pouvoir qui leur était injustement attribué, même s'ils n'avaient pas la moindre idée de ce qu'il fallait faire. Nous, ça nous paraissait injuste, comme si on avait donné à quelqu'un d'autre un jouet compliqué que nous aurions pu assembler en deux secondes.

Ils étaient les protagonistes d'aventures qui, dans nos esprits jaloux, semblaient bien plus spectaculaires qu'elles ne l'étaient. Ils nous racontaient comment ils allaient chasser avec leur grand-père le week-end, et nous imaginions les bêtes féroces tomber sous leurs balles précises. Ils expliquaient comment ils fabriquaient des nichoirs à oiseaux avec du bois, et nous voyions des aigles puissants dormir dans leurs logis bien poncés. Ils se vantaient que leur père les laisse tirer sur des canettes derrière la maison, canettes dont ils avaient été préalablement autorisés à goûter la bière, encouragés même par quelques tapes dans le dos. À l'époque, cette *bière* résonnait dans mes oreilles comme un inaccessible nectar des dieux, qui donnait aux garçons une importance que nous n'avions pas.

Ce jour-là, ils faisaient des blagues sur les jambes poilues de Jovana. Moi, j'ai ri, et toi, tu as levé les yeux au ciel. Je ne trouvais pas ça drôle, mais je voulais plaire aux garçons. Je voulais faire partie d'un groupe, et que tout le monde trouve parfaitement normal que je passe la récréation avec eux. Je creusais un raccourci pour accéder au monde *masculin*, avide de leur présence et de leur jugement favorable. Ce désir-là – appartenir à quelqu'un – faisait de l'ombre à tout le reste.

Tu m'avais dit que tu n'avais invité Dejan à ton anniversaire que parce que ta mère t'y avait obligée. Je ne comprenais pas qu'on puisse ne pas vouloir inviter Dejan à son anniversaire. Dejan ou n'importe qui d'autre. J'avais toujours aimé être entourée de camarades. Voir un autre enfant dans ma chambre. Quand ai-je compris que les enfants pouvaient être méchants ? Plus tard, sans doute, quand l'obscurité s'est installée. Quand, après les jambes de Jovana, ils s'en sont pris à toi. Dejan, Rade, Miroslav et Aljoša. Ils ont commencé à se moquer de toi dès l'instant où tu as changé de nom. Ils se mouchaient dans une page arrachée à un cahier, la froissaient et te la jetaient dessus. Au dos de ton manuel de serbe, ils avaient gravé une vilaine croix avec les quatre S cyrilliques aux quatre extrémités. ("Stupides Sagouins Sans Savoir", a dit Armin plus tard, expliquant le sens de ce signe mystérieux. "Je croyais que c'était autre chose", as-tu dit, agacée qu'une seule lettre puisse remplacer tant de mots. Moi, j'avais honte de demander ce que ça signifiait, "sagouins".) Mais tu n'étais pas Jovana – tu savais contre-attaquer. Tu jetais leurs cartables par la fenêtre, tu défaisais leurs lacets, tu cachais leurs trousses et leurs cahiers dans les toilettes souillées de notre école. À un moment, quand il a fallu choisir son camp, quelque chose m'a poussée à choisir le tien. Peut-être Armin, peut-être pas. Peut-être avais-je peur que tu n'emportes avec toi le secret du moineau que j'avais tué. Tant que je restais ton amie, tu ne l'utiliserais pas contre moi. Peut-être est-ce pour cette raison que j'ai choisi ton camp, ou peut-être pour d'autres, moins évidentes. Des raisons qui affleureraient à la surface en même temps que tes cheveux noirs des années plus tard, sur cette maudite île.

Et il était si petit, ce moineau, plus petit que ma main d'enfant de huit ans. D'ailleurs, il n'avait même pas l'air d'un moineau. On aurait dit que quelqu'un avait collé de petites peluches de laine grise sur sa peau rose. Ses yeux étaient troubles, comme cherchant encore à s'habituer au monde. Il y avait quelque chose de terrifiant dans ce monstre miniature et son bec suppliant. Avec son regard aveugle, il demandait un peu de nourriture, un peu de vie. Il avait dû tomber de son nid, il avait une aile cassée et une patte bizarrement tordue.

La neige s'était amassée au pied des grilles de l'école. L'institutrice nous a grondés parce que nous en mangions. "Quelle habitude dégoûtante. Je ne comprends vraiment pas", a-t-elle dit avec condescendance pendant la réunion de parents, comme si c'étaient nos mères qui nous préparaient cette neige à dîner. Mais on n'obéissait ni à l'institutrice ni aux parents. La neige, propre et froide, crissait au contact des dents et fondait sur la langue chaude en y laissant un goût métallique de ciel. Tu étais celle qui en mangeait le plus. Des poignées entières de neige disparaissaient dans ta bouche. Une fois, je t'ai fait tellement rire que tu m'en as craché plein la figure. Qu'est-ce qu'on s'est marrées après ! C'était la première année de notre amitié, mais à l'époque on ne s'en rendait pas compte. Personne ne se rend compte de ça quand les histoires commencent. On ne peut pas savoir qu'il s'agit du premier chapitre. À ce moment-là, c'est le temps tout entier, l'histoire tout entière, il n'y a pas d'avant ni d'après. Un bonnet rouge qui retenait tes cheveux noirs. Des gants à tes mains, parce que les moufles, c'était pour *les gamins*. Tes bottes bleues en caoutchouc que tu détestais, mais que ta mère te forçait à porter pour ne pas mouiller ton pantalon. Ton anniversaire et l'évocation des esprits. La confection des bonshommes en papier. C'est tout. Puis j'ai tué ce moineau.

Je ne sais pas qui a commencé. Ils le traînaient dans la neige, se lançaient son corps sans défense. Rade l'a jeté en l'air en criant : "Je vole, je vole", puis : "Oups, je suis tombé", ce qui a déclenché un rire hystérique chez Dejan. Ils le tenaient par sa patte tordue, comme s'ils craignaient d'être contaminés par la fragilité terrifiante de cette petite vie. Ils se jetaient le moineau les uns sur les autres et l'esquivaient au dernier moment. Puis ils en ont eu assez, et ils l'ont abandonné sur un tas de neige.

Tu te tenais en retrait, silencieuse. Tu voulais partir, mais moi, j'avais tellement envie de rester, de faire partie de *la bande*. Je ne voulais pas qu'on m'attribue ta froideur, je me forçais à rire, en évitant ton regard.

On croyait l'oiseau mort, mais il a ouvert un œil aveugle.

“Qui va mettre fin à son calvaire ?” a demandé Dejan. Tout le monde s'est tu. “Qu'est-ce qu'il y a, Rade ? T'es une mauviette ?”

Rade se contentait de fixer bêtement la neige, il ne trouvait plus ça drôle. Je ne voulais pas te regarder mais je sentais tes yeux posés sur moi. Comme si tu savais d'avance, avant les autres, avant moi, ce que j'allais faire. Comme si, dans ta tête, cela avait déjà eu lieu et qu'il était impossible de l'empêcher.

Je l'ai écrasé. Ma botte s'est enfoncée dans la neige tandis que le sang battait furieusement dans mon pied brûlant. Maman me forçait à porter deux paires de chaussettes. Mais j'ai senti que quelque chose craquait en dessous. J'ai senti les plumes douces et les os fragiles et le petit œil coller à ma semelle. J'ai dû ensuite nettoyer ma botte dans la neige. Une trace de sang et quelques plumes y étaient restées. Dejan m'a tapé dans le dos en disant : “Y a que Sara qu'est pas une mauviette.” Les autres étaient immobiles, fixant le trou dans la neige, ma botte, moi. J'avais peur sans savoir de quoi exactement. Il n'était écrit nulle part qu'on ne devait pas tuer les animaux blessés. Celui-ci était déjà à moitié mort, il était tombé de son nid, il n'avait aucune chance de survivre dans cette neige. Les garçons ne l'avaient-ils pas déjà achevé avec leur stupide jeu ? N'était-il pas déjà mort quand j'avais… ? N'avais-je pas mis fin à *son calvaire* ? L'approbation de Dejan, que je convoitais tant, n'était plus soudain que le balbutiement d'un morveux qui avait assisté à mon crime. Ça doit être écrit quelque part, me suis-je dit. Quelqu'un, quelque part, sait. Le petit bec qui s'ouvre et se referme, les petites ailes pas encore développées.

J'ai levé les yeux et j'ai vu ton visage. Je n'arrive pas à me souvenir de toi enfant, pour moi tu es toujours la même. Chaque fois que je pense à ce moment-là, je te vois plus âgée, la couleur de tes cheveux changée, tes yeux aussi. Tes tresses noires deviennent blondes, comme ce jour-là à l'université, puis blond platine, comme dans l'Opel Astra. Tes yeux noirs prennent un reflet bleuté, comme avec les lentilles que tu porteras plus tard. Tu regardais le trou dans la neige, où gisait le moineau écrasé, et ce trou semblait avoir aussi englouti le sens de tout ce qui nous entourait. À nous approcher trop près de cette petite tombe encore ouverte, nous risquions d'y être engloutis nous aussi. Tout paraissait soudain absurde : nos chemises sérieuses, nos bottes en caoutchouc, nos crayons à dessin, et l'école, l'institutrice, nos copines de classe. Tes yeux me disaient qu'après mon geste, plus rien n'avait de sens. C'est là que j'ai compris que j'avais mal agi. Et que ce que j'avais fait n'avait rien à voir avec le moineau, mais avec tous les animaux et toutes les bottes de ce monde.

Après, on est rentrées chacune chez nous, et le lendemain, on est retournées à l'école. La vie a repris son cours. On partageait le même banc et nos crayons de couleur, on riait ensemble aux dépens des garçons. Tu m'aidais en maths, je t'aidais pour la lecture. Tu n'as jamais fait allusion une seule fois à mon crime. Mais j'avais l'impression – ou bien est-ce une invention de ma part ? – que tu riais différemment. Dans un demi-sourire seulement, du bout des lèvres. Une pointe d'obscurité s'était glissée dans tes pupilles. Je t'ai dépossédée de quelque chose cet hiver-là, quelque chose qu'on ne peut prendre qu'une seule fois parce qu'après, ça n'existe plus.

Cette année-là, début mai, tu es venue à mon anniversaire. "Ça, c'est Lejla, ma meilleure copine", j'ai dit à maman toute fière, comme si je venais de te créer de mes mains. Et maman n'a rien dit, elle a seulement souri la bouche fermée. Le même week-end, elle m'a traînée chez Maša Čeković pour qu'on joue ensemble. Les amis de mes parents avaient tous des fils, et maman a dû feuilleter longtemps son petit carnet d'adresses en faux cuir avant de lancer joyeusement à mon père, en arrivant à la lettre Č : "Mais oui, le docteur Čeković ! Ils ont une fille, pas vrai ?"

J'étais prête à jouer le jeu. L'idée m'a traversé l'esprit que Maša et moi étions peut-être faites l'une pour l'autre, et que t'avoir rencontrée n'avait été qu'une malheureuse coïncidence. J'allais avoir une nouvelle copine. Elle ne savait pas que j'avais tué un moineau. Je pouvais *recommencer à zéro.*

Mais Maša a passé tout l'après-midi avec son album de coloriage dans un coin de sa chambre, sans prononcer un seul mot. Je jouais avec ses Barbie à l'autre bout de la grande pièce. Elle avait un tas de poupées : des blondes, des brunes, des rousses. De temps à autre, elle levait les yeux de son album pour vérifier ce que je faisais. Que j'enfile une robe moulante sur les hanches de Barbie ou peigne Ken avec une minuscule brosse, elle me regardait comme si j'avais perdu la tête, comme si ce que je faisais n'avait aucun sens pour elle. Mais qu'est-ce qu'elle fait de toutes ces poupées, me disais-je, si elle trouve si bizarre de les habiller et de les coiffer ? Je regardais souvent du côté de la porte en espérant que maman entre et m'annonce qu'il était temps de partir. Mais tout ce qui entrait dans la chambre, c'était le rire des adultes qui se supportaient pour le bien de leurs enfants. Après un trop long moment passé dans un silence insoutenable, Maša a enfin dit :

"J'ai un secret. Tu veux voir ?"

Je me suis dit que tout n'était peut-être pas perdu – on allait se rapprocher elle et moi, et je pourrais t'oublier et oublier le moineau mort.

Quand j'ai hoché la tête, Maša a sorti une boîte d'allumettes de dessous son lit. Je me suis approchée à quatre pattes sur le parquet, et elle a soulevé la boîte jusqu'à mon menton et l'a ouverte à moitié. J'ai poussé un cri. Il y avait une blatte vivante à l'intérieur. Devant l'expression de mon visage, Maša a aussitôt refermé la boîte et déclaré froidement : "Si tu le dis à ma mère, je te tue. Pas un mot."

Ce soir-là, maman m'a bordée dans mon lit et elle m'a demandé si j'étais contente de ma nouvelle copine. Dans l'obscurité de la chambre, je ne voyais qu'une rangée de dents blanches briller en un large sourire. Je voulais que cette image perdure le plus longtemps possible – le sourire sans maman, c'était mieux que maman sans sourire. Je lui ai dit que j'avais très bien joué avec Maša. La lumière de la rue se reflétait sur ses dents irrégulières. Elle a murmuré : "Bonne nuit", et elle a posé un baiser sur mon front, comme faisaient les mamans dans les films américains. Dès qu'elle est sortie de la chambre en refermant la porte derrière elle, j'ai vite murmuré tout bas dans le noir : "Lejla est ma meilleure copine." Comme si c'était important de le dire, comme si quelqu'un m'écoutait, quelqu'un qui savait que j'avais tué le moineau. L'un de ces esprits terrifiants qui traversaient le plafond en entendant tes invocations. Avec ce mantra absurde, je brandissais un bouclier invisible pour me mettre à l'abri et m'endormir. Cette phrase me protégeait des dents blanches de ma mère. Elle me protégeait de la blatte qui, cette nuit-là, gigotait encore dans la petite boîte, sous le lit de Maša Čeković.]

7

Cette nuit-là, dans le grand lit chaud des Knežević, j'ai rêvé d'une journée ensoleillée et d'un champ, une merveille botanique, comme sortie d'une publicité japonaise. Lejla et moi, assises à une grande table en bois au beau milieu de la vallée, nous découpions des robes dans des magazines de mode. Je faisais de mon mieux pour suivre les contours, mais les ciseaux m'échappaient régulièrement, mutilant les petites femmes bidimensionnelles. Le paysage s'étendait à l'infini, il n'y avait pas une colline, pas une construction à l'horizon, juste ce champ et notre table de travail. Dans mon rêve, j'acceptais sereinement que rien d'autre n'existe. Je n'avais besoin de rien d'autre.

Autour de nous s'étaient rassemblés tous les canards de Mme Knežević – en céramique, en peluche, en plastique –, complètement immobiles, mais les yeux vifs. Ils suivaient nos moindres mouvements. J'étais fâchée contre Lejla, mais je ne me rappelle pas exactement pourquoi. Je voulais hausser le ton dans notre langue, faire tomber le masque devant ces canards, mais je ne pouvais pas formuler un seul mot. Ses cheveux étaient noirs. Ses yeux aussi. Comme ce jour-là sur l'île. Elle a ouvert son sac en toile et elle en a sorti un petit corbeau. Il était menu, et il tremblotait comme si mon visage le terrifiait. Il s'est blotti dans les paumes de Lejla, épouvantée par ma présence. Elle m'a jeté un regard inquiet et elle a ouvert la bouche pour dire quelque chose. C'est là que je me suis réveillée.

J'étais seule dans le lit. L'idée m'a subitement effleurée qu'elle s'était enfuie, qu'elle était partie à pied pour Vienne. Dans les deux secondes qu'il m'a fallu pour sortir de la chambre en courant, je lui avais pardonné toutes ses bêtises, puis j'ai compris qu'elle était à la salle de bains. Ma propre peur m'a surprise. Une partie de moi voulait se débarrasser de Lejla, la jeter par la fenêtre de la voiture comme une canette vide qu'on abandonne sur un chemin de terre. Mais l'autre partie craignait son absence. Elle n'était plus seulement Lejla. Elle était Armin aussi, et Vienne, et la fin de cette histoire. Je n'étais pas prête à faire le deuil de tout ça.

Après avoir pris congé de Mme Knežević, qui s'est essuyé les mains sur son tablier violet pour me serrer dans ses bras, on s'est dirigées vers le musée de l'AVNOJ, le Conseil antifasciste pour la libération nationale de la Yougoslavie. Il faisait froid dans la salle, pendant cette absurde réunion muette aux chaises vides. Lejla passait ses doigts sur les bancs et les chaises en bois. Son vernis à ongles bleu était écaillé. Le chignon blond platine au sommet de sa tête ressemblait à un animal polaire endormi. Je la regardais, et elle regardait les drapeaux. La Russie. Les États-Unis. Sur sa nuque, un grain de beauté que j'avais presque oublié. La Grande-Bretagne. La France. Ce jour sur l'île. Elle, flottant à la surface de l'eau. La Yougoslavie. Autour de nous, quelques visiteurs, des nostalgiques silencieux aux sourires figés, leurs portables en l'air. Ils font des photos de l'Histoire. Ils font des photos de photos. Le camarade Marx, le camarade Staline. Moi aussi, j'ai sorti mon portable de ma poche. Une photo pour Michael. Mais la batterie était vide, et le téléphone s'est éteint sitôt déverrouillé. Je me suis dit que j'allais devoir mémoriser cet endroit de mon mieux, coûte que coûte. Sans l'aide de la technologie. Pas pour le géant en pierre installé dans un coin avec son air renfrogné, pas pour la déclaration antifasciste des peuples de l'ancienne Yougoslavie. Si je devais mémoriser tout ça, c'était pour Lejla. Que se passerait-il si elle aussi se désagrégeait, se changeait en vieux bouts de tissu fané, orné d'étoiles minuscules ?

Elle regardait tout ce vide, visiblement déçue. On aurait dû y trouver quelque chose. Elle était excitée avant même qu'on y mette les pieds. Elle a essayé de siffler *L'Internationale*. J'ai ri. La matinée était sombre, un peu moins que la veille, mais toujours sans soleil. À l'intérieur du modeste bâtiment, des globes blancs diffusaient un éclairage au néon surgi d'un autre temps. Les drapeaux pendaient, flasques, à l'abri du vent grossier. Elle a sorti de sa bouche un chewing-gum bleu de la taille d'un marron et elle l'a collé sur le dossier du fauteuil de Tito. Par-dessus son épaule, elle m'a regardée pour s'assurer que j'avais bien été témoin de son délit. Elle m'a offert son sourire en coin, fière de son petit crime, mais un détail s'est échappé de son visage souriant et l'a trahie. Cette Lejla – celle, parfaitement indifférente, qui confirmait sa suprématie en collant les chewing-gums sur des pièces historiques – se trouvait dans l'ombre d'une autre qui ne voulait pas avouer sa déception. Elle s'attendait à quelque chose et elle était venue pour s'en emparer. Mais il n'y avait rien, rien que des mots figés, sans vie, qui nous toisaient, moqueurs, depuis les murs. *Longue vie à nos alliés.* Juste elle, moi et le grand maréchal en pierre qui ne pouvait pas nous regarder dans les yeux. Aussi las l'un que l'autre, Lejla et Josip Broz. “En regardant bien, on voit son œil entre deux morceaux de poivron.”

Elle n'avait jamais été du côté de la nostalgie. Lejla tenait autant au passé qu'à un tampon abandonné dans l'herbe. S'il ne s'agissait pas de ce qui était devant elle ou qui devait avoir lieu, à quoi bon gaspiller son énergie ? Pourtant, il y avait là une histoire à laquelle elle s'était permis de croire, et elle ne pouvait pas le cacher. Dans cet espace absurde, elle avait l'air d'une enfant qui comprend que personne ne répondra à son invitation à goûter. Les chaises étaient vides. La peinture s'écaillait sur les murs. Un Disneyland en plastique, bien inférieur aux légendes qui l'avaient précédé. La Yougoslavie version Happy Meal.

“Je vais aux toilettes”, a-t-elle dit rapidement, et elle est sortie de la pièce.

Toute la raison d’être de cet endroit est sortie avec elle. Les chaises de bureau se sont changées en un tas de vieux bois. Les drapeaux sont devenus des lambeaux. Comme si elle avait emporté avec elle la Yougoslavie tout entière.

J’ai attendu dehors, dans ce crépuscule que je n’arrivais pas à comprendre mais que j’apprenais à accepter peu à peu. C’était notre obscurité, une obscurité familière qui brouillait les contours et masquait les routes. Après les lumières étrangères d’une autre époque, après une Atlantide asséchée, l’obscurité était une consolation pour mes yeux. Elle m’appartenait. Elle était inadéquate et repoussante, mais elle était à moi. Quelque chose de concret, libéré de son emballage plastique.

“On y va”, a-t-elle dit. Rien de plus. Sans nos camarades de la Résistance, sans nos alliés – rien que nous deux, toutes seules. Retour à l’Opel Astra, retour sur la route. Mais cette fois-ci avec une autre Lejla. Elle avait laissé là-bas, à la 2e Session de l’AVNOJ, sa version de serveuse enjouée, qui se faufilait entre les chaises, offrait du thé et draguait les esprits historiques. Le front appuyé contre la fenêtre, elle fixait l’obscurité, les silhouettes des arbres menaçants, les panneaux tagués de part et d’autre de la route et les pixels cristallins de la rivière. Les rochers perçaient le noir comme les seins froids d’une femme oubliée. Je n’osais pas rompre le silence. La femme à côté de moi était le reflet de celle que je connaissais, de cette fillette sérieuse qui partageait avec moi un banc d’école et tutoyait les formules mathématiques écrites au tableau. Ce n’était pas son allure, ni ses vêtements ou son comportement. C’était quelque chose qui lui était propre, une couleur. Je ne saurais dire laquelle, je ne peux la définir selon la numérotation conventionnelle d’une échelle spectrale. Elle y échappe. Devant elle, les mots sont de misérables daltoniens.

Je conduisais lentement, craignant les animaux prêts à jaillir de l’obscurité, les monstres qui auraient surgi de la rivière, les voitures qui filaient sur la route, habituées à ce noir impénétrable. Je n'avais pas besoin qu'elle me parle, ni qu'elle m'explique ce qui l'avait tellement déçue dans ce musée. Il suffisait que je fasse partie de quelque chose près d'elle, *avec* elle. Lejla et moi, on est dans la voiture, me disais-je, Lejla et moi, on va à Vienne chercher Armin. *Lejla et moi* s'était brisé sur l'île, après cette horrible journée. C'est moi qui l'avais détruit. À présent, il y avait un autre *Lejla et moi*. Différent, recollé tant bien que mal comme deux morceaux d'une céramique cassée, avec une fêlure au milieu qu'on ne pourrait jamais dissimuler. Ébréché, imparfait, mais quand même entier.

Elle a gardé le silence quasiment jusqu'à Krupa, et j'ai cru qu'elle s'était endormie, appuyée contre la fenêtre. Mais soudain elle a bondi, se rappelant apparemment quelque chose, et elle a ouvert la boîte à gants devant elle. Quelques cassettes en sont tombées. Elle les a examinées, aussi sérieuse que si elle faisait l'acquisition d'un bijou, puis elle a baissé la vitre et s'est mise à jeter toutes celles qu'elle trouvait sans intérêt.

“Tu es vraiment obligée de tout balancer par la fenêtre ? Tu sais combien de temps il faut pour que ce plastique se décompose dans la nature ? lui ai-je demandé.

— Il faut combien ? Allez, éclaire-moi, a-t-elle répondu tout en continuant de fouiller entre les cassettes.

— Bah, je sais pas... Des centaines d'années. Mille ans peut-être.

— Au moins, on aura laissé quelque chose derrière nous”, a-t-elle dit et, après s'être débarrassée de plusieurs cassettes, elle en a choisi une qu'elle a enfoncée dans le lecteur. Un gémissement s'est d'abord fait entendre, si pénible que j'ai cru que le lecteur ne marchait pas. Puis, du fin fond d'un dixième ou onzième anniversaire, depuis ce pays fantomatique à globes blancs, la voix d'une jeune femme s'est frayé un chemin jusqu'à nous :

Ce petit est dangereux mais adorable.
Il est têtu et badin, un vrai diable.
Une main puis l'autre sous ma jupe.
Ah petit, je suis tout sauf dupe.

“Lejla, tu te moques du monde, là.”

Tajči. Elle avait mis cette foutue Tajči. Et elle a commencé à chanter, la bouche arrondie : “Il porte une veste de motard et boit sa bière sans mousse…

— Non, franchement…”, ai-je dit.

Elle m'a donné des coups de coude : “Allez, Sara…

— Mais jamais de la vie”, ai-je répondu. J'avais devant moi tous les 33 tours de Michael. Dylan. Cohen. Pink Floyd. Je suis de Dublin, j'ai un avocatier et je suis cool. Je connais par cœur tout *Blonde on Blonde*. Je ne vais quand même pas chanter Tajči. Qui continuait : “Il a cette tristesse dans les yeux… Et il n'aime que moi…”, et ainsi de suite. Après cette chanson, il y en a eu une autre : “Mes yeux te font tourner la tête…”, avec ce léger accent croate que Lejla trouvait particulièrement amusant à imiter. Il n'y avait que Tajči sur la cassette. Je ne voulais pas avouer que je connaissais toutes les paroles.

“Quel âge elle a maintenant ? ai-je demandé pour qu'elle s'arrête de chanter.

— Qui ça ? Tajči ? Aucune idée…

— La cinquantaine, je dirais. Je crois qu'elle vit à l'étranger.

— Mais on s'en fout…”, a-t-elle répondu d'un ton sec avant de reprendre ses braillements.

Et on a continué notre voyage dans l'obscurité omnivore : l'Opel Astra se traînait le long de la rivière comme un clébard perdu, au son des premiers tubes de Tatjana Matejaš Tajči dans l'interprétation atonale de Lejla. Au bout d'un certain temps, comme un simple chant rituel, les mélodies sirupeuses ont commencé à m'emporter moi aussi. La route se prélassait devant nous telle une danseuse sensuelle. L'ombre s'épaississait, et midi venait à peine de sonner. J'étais obligée de ralentir et de me concentrer pour conduire. Je ne savais plus où nous allions. Nous avions quitté la 2e Session de l'AVNOJ et filions vers les forces de l'Axe en compagnie de mélodies suaves du début des années 1990. Notre destination n'avait plus d'importance. Pas plus que cette raquette derrière nous ou son alliance suspendue au désodorisant. Ni Michael ni Dino n'existaient plus. Il fallait avancer, continuer, trouver la sécurité dans l'aspect inaccompli du verbe. C'était peut-être pour ça qu'elle m'avait appelée. Personne d'autre n'aurait su se taire et conduire, ou écouter Tajči. À moins que ce ne soit seulement mon imagination. Si ça se trouve, je n'étais qu'un permis de conduire et un porte-monnaie bien rempli. Tant pis. J'aurais pu être n'importe quoi, et notre voyage continuerait quand même sans entrave vers ce que nous n'avions pu nommer à aucun moment, mais qui occupait toutes nos pensées. On avait dit *Mostar*, *Zagreb*, on avait dit *Vienne*. Lejla chantait, et moi je riais, comme si rien ne nous attendait nulle part. Pourtant, c'était là. L'obscurité au fond du tunnel, sans appel, incontournable. Le trou froid au milieu de notre trajectoire. L'abcès adroitement caché. La ville de Banja Luka.

Je voulais la dépasser comme si rien de spécial ne m'y était jamais arrivé. Et, ainsi, la transformer en l'une de ces villes dont le nom sur la carte ne signifiait rien pour moi. Qu'un cartographe décide de les omettre, et je ne m'en rendrais même pas compte. Mais Lejla a été plus rapide, elle a dit : "On peut s'arrêter à la maison ?"

À la maison. Trois mots, et une ville tout entière a surgi de la carte. Soudain, elle a eu ses rues et ses immeubles, son école, son lycée et sa faculté de philosophie. Une rivière a fendu sa peau et s'est ceinturée de ponts. Des vignes ont poussé sur ses tombes. Des fenêtres ont percé les murs et allumé des lampes derrière leurs vitres brouillées. Quelque part, on entendait un poste de télé. Tout ça parce que Lejla avait dit "à la maison". Là où les gens disparaissaient, où les lapins mouraient et où aucun avocatier ne poussait jamais. Ses trois mots ont suffi à déterrer Banja Luka. Il n'y avait plus de musique dans la voiture. Tajči avait épuisé ses tubes. Elle avait enlevé son maquillage, fait ses valises et déménagé aux États-Unis.

J'ai quitté la route principale pour prendre le chemin du lycée. Un feu rouge nous a arrêtées. Lejla a regardé les murs de briques et, avec une moue, elle a dit : "Tu te souviens du bal après le bac ?

— Oui, je m'en souviens." *Gaudeamus igitur*. Seules et déflorées au réveil. Le petit gant blanc qui flotte dans l'eau. On va au marché acheter un lapin blanc.

"Quelle nuit atroce, mon Dieu... Tu te rappelles ? Là-bas, au bord de la rivière ? a-t-elle demandé, la même moue sur le visage.

— Ne dis pas n'importe quoi, ça n'a pas été si terrible que ça. Si je me souviens bien, tu as même plutôt apprécié."

Elle m'a regardée comme si j'avais complètement perdu la tête. "Apprécié ?" Elle a frissonné, comme pour se débarrasser d'un mauvais sort, et ajouté d'un ton sec : "Beurk.

— Je ne savais pas que tu avais trouvé ça si nul.

— Il faut croire que tu ne sais pas tout, a-t-elle répondu, et elle s'est mise à farfouiller dans son sac à la recherche d'un autre chewing-gum.

— Tu te souviens de ces cravates ridicules qu'ils portaient ? ai-je demandé.

— C'est le tien qui portait une cravate. Et il t'a même offert des fleurs.

— Il ne m'a pas offert de fleurs... Attends... Il m'a vraiment offert des fleurs ?

— Mon Dieu, Sara, t'as aucune mémoire. Il t'a offert des roses. C'est pour toi qu'il portait une cravate. C'est dingue ce que tu lui plaisais. Le mien était un vrai désastre. Chaque fois que je vois ce stupide bâtiment, je me rappelle sa petite bite rouge."

Moi, le lycée me faisait penser à tout autre chose. Je me rappelais Aleksandar mettant sa langue dans ma bouche, près du portail. J'étais assise dans la niche du mur. Il avait une barbe et des moustaches, il sentait le tabac et l'eau de Cologne. Il avait glissé sa main sous ma jupe. Elle était chaude. J'avais quinze ans et je croyais tout savoir. Je portais des chemises à carreaux et des jupes cousues avec des jeans usés. Je faisais semblant de comprendre les paroles d'Ekatarina Velika. J'étais persuadée de savoir bien dessiner. Je levais les yeux au ciel. Là, devant ce bâtiment délabré en briques rouges, vide, qui se dressait désormais dans une obscurité différente.

Le feu était rouge depuis trop longtemps. Sur le trottoir, un vieil homme tirait derrière lui une brouette. À l'intérieur, il y avait quelque chose que je distinguais mal, quelque chose de blanc. Il marchait lentement, comme s'il devait arracher ses pieds au sol. C'était la seule silhouette humaine dans cette obscurité et, pourtant, il ne faisait pas penser à un humain. On avait l'impression qu'il ne faisait qu'un avec cette brouette et qu'une divinité cruelle les soumettait tous les deux à sa volonté invisible. Quand le feu est passé au vert, j'ai accéléré pour arriver à sa hauteur et voir ce qu'il traînait derrière lui. Il faisait très sombre, mais j'ai pu le voir clairement – il traînait un porc derrière lui. Crevé ou assommé, je n'aurais pas su le dire. Un porc énorme, gavé, avec des taches sombres. L'homme a levé la tête, mais j'ai foncé et pris la tangente avant qu'il puisse me voir. Je ne voulais pas qu'il pose son regard sur moi.

La rue de Lejla était la même que la nuit où on a enterré Lièvre. J'ai garé la voiture à deux maisons de chez elle. Je ne voulais pas voir leur entrée, la cour et son cerisier radioactif. Je ne voulais pas voir leur porte avec la lettre *r* en laiton. Et surtout, je ne voulais pas voir le balcon du prof de biologie ou, pire, le voir lui.

"Viens avec moi", a-t-elle dit. J'ai pensé à sa mère, probablement plus mince qu'autrefois, dans ses habits noirs délavés, ses mains comme des ailes déplumées.

“Non, vas-y, toi. On se retrouve plus tard.”

Lejla n’a pas cherché à me faire changer d’avis. Elle a défait ses cheveux et, rapidement, de ses doigts habiles comme des araignées, elle en a fait une tresse parfaite. Ensuite, elle est sortie de la voiture et elle a lissé son t-shirt. Elle a tiré un peu sur son short pour couvrir son cul.

“Chez Ranko ? m’a-t-elle demandé.

— D’accord, chez Ranko, ai-je dit, et j’ai souri. Dans combien ?

— Deux ou trois heures ?

— OK”, ai-je répondu, et elle m’a fait un signe, puis elle s’est dirigée vers la cour de sa maison. Je regardais son dos tandis qu’elle s’éloignait dans la rue. Ses cheveux blond platine s’estompaient dans l’ombre épaisse comme de la poudre de craie au creux de la main.

[Les chiffres au tableau du lycée t'étaient aussi familiers que des photos dans un album de famille. Pour moi, les suites de chiffres étaient impénétrables, je préférais les lettres, je pouvais en faire des mots, et avec les mots, faire des phrases. La prof de serbe m'avait demandé d'écrire un texte pour le journal de l'école. Sujet : *De quoi je rêve*. Papa a arraché cette page du journal plus tard, il l'a encadrée et accrochée au mur du salon. Pour toi, en revanche, les mots avaient perdu leur sens depuis longtemps. Ils suivaient les lois injustes des hommes, leur nature changeait à chaque renouvellement du vocabulaire. À côté de tes chiffres immuables, les paroles étaient des putes édentées devant des déesses grecques. Le pacte tombait donc sous le sens : tu faisais deux tests de maths, l'un à mon nom, l'autre au tien, et moi, j'écrivais deux devoirs de serbe. *L'automne dans ma ville*. On modifiait alors nos écritures : tu ajoutais des empattements et de gros ventres ronds à *mes* chiffres, moi, j'inclinais *tes* lettres, allongeais leurs extrémités et ajoutais des ornements dont les miennes étaient dépourvues. En écrivant les textes signés Lela Berić, j'imaginais que j'étais *toi*. C'étaient des moments rares, précieux, où ton histoire n'appartenait vraiment qu'à moi et à mon crayon.

"Bien. Voyons voir ce que nous avons là, dit le prof de maths. Vous remarquez quelque chose d'intéressant ici ?"

Assis sur le bureau, il observe le tableau. C'est l'un de ces jeunes profs qui s'efforcent de copiner. Il est assis sur son bureau parce qu'il croit que ça nous plaît. Il porte une casquette rouge en classe. Il nous fait des clins d'œil.

"Qu'est-ce qu'il peut y avoir d'intéressant là-dedans ? je chuchote.

— Après tu vas vouloir que je t'explique. Écoute plutôt ce qu'il dit...

— Non, sérieux, Lejla. Il y a quoi d'intéressant ? J'ai pas pigé.

— Le facteur commun est ($a - 1$). Tu vois ? Il se répète trois fois. Ce qui veut dire qu'on peut le mettre devant la parenthèse.

— Mais alors on n'en a plus qu'un alors qu'il y en avait trois, où est la logique ?" je dis, et tu lèves les yeux au ciel. J'ai dit une énormité, je le vois à ta tête. Mais une loi qui transforme trois lettres en une seule, je ne vois pas la logique. Sans que ça change quoi que ce soit, en plus.

Le prof se tourne vers nous et soupire. "Toujours les mêmes... Allez, laquelle des deux va au tableau ?"

J'en étais encore à balbutier ma défense que tu te levais déjà. Tu es allée au tableau, tu as regardé la dernière ligne de chiffres et tu as ajouté la réponse d'une écriture décidée.

"C'est... exact. Peut-on maintenant savoir comment tu y es arrivée ? Ça nous permettra d'apprendre quelque chose aujourd'hui.

— C'est évident, non ?" as-tu demandé en bombant la cheville. Deux filles du banc devant nous ont échangé des regards malicieux.

"D'accord, mais... on n'a pas vu tout le processus.

— Parce qu'il faut tout voir ?

— Fais-moi ce plaisir", a dit le prof, et tu as encore levé les yeux au ciel en essayant de ne pas pouffer. Tu as effacé le résultat et ajouté les quatre lignes dont tu avais voulu faire l'économie, déclenchant ainsi dans ton dos la course affolée de trente crayons.

Le prof t'a complimentée, et tu es revenue t'asseoir à côté de moi. Je recopie ton équation dans mon cahier à couverture rigide hors de prix. Je n'y comprends rien. J'ai mal aux tétons. Aleksandar les a pincés la veille au soir. Tu es peut-être forte en maths, mais moi, j'ai un petit ami. Je lui ai permis de me mettre la main entre les jambes, par-dessus les collants. Il m'a coincée contre le mur derrière le lycée et il s'est mis à haleter, pendant que je faisais pareil en pensant aux épisodes de notre étreinte que j'allais te raconter. Je lui ai dit de ne pas faire de bruit, que si un policier passait, mon père serait au courant tout de suite. Aleksandar a dit qu'il s'en foutait pas mal, mais il s'arrêtait régulièrement de m'embrasser pour vérifier que personne ne venait.

Je me disais qu'on n'avait plus que quelques années à attendre avant que je devienne adulte, qu'après, on pourrait s'enfuir. On irait en Italie, parce qu'il y avait là-bas des spaghettis pour pas cher, la mer et des bâtiments qu'Aleksandar avait étudiés à l'université. Je voulais être celle qui serait partie. Tu serais obligée de demander pour venir me voir. J'imaginais tes yeux grands ouverts devant mon appartement italien, mes chaussures et mes sacs de luxe, des cassettes de musique toutes récentes. Mon plan était de t'inviter à dîner, de régler l'addition dans un italien impeccable, et tu me demanderais de traduire. “Mon amie ne parle pas notre langue”, dirais-je au serveur charmant, et tu nous regarderais, confuse. Les mathématiques ne te serviraient à rien.

La semaine suivante, tu es venue à l'école boutonnée jusqu'au cou. Tes cheveux étaient soigneusement rassemblés en un chignon bien lisse. Tu t'es installée à ta place et tu as ouvert ton cartable si maladroitement que tous tes manuels sont tombés par terre.

“Qu'est-ce qui t'arrive ? je chuchote pendant que tu remets tes affaires dans ton sac.

— Rien, pourquoi ?

— T'as l'air d'une directrice de prison pour femmes… bourrée de coke.”

Tu jettes d'abord un coup d'œil sur le prof, puis sur moi.

“Sara, je peux te demander quelque chose. Toi et Aleks…

— Oui ?

— Ça t'est déjà arrivé, avec lui… Comment dire… De sentir ce truc entre tes jambes. Tu vois ?

— Il m'a mis la main, si c'est à ça que tu penses. C'est normal, tous les couples sérieux le font.

— Oui, mais… C'est pas ce que je veux dire."

Tu regardes de nouveau le prof. Je ne sais pas comment réagir à ton visage rougissant. Je n'ai jamais été en position de devoir t'expliquer quelque chose.

"J'ai fait un drôle de rêve, cette nuit, murmures-tu, et je me suis réveillée… tout en…

— T'as fait un cauchemar ?

— Non. C'était agréable. Chaud, pour ainsi dire… en bas, entre mes jambes, tu vois ? Un truc humide.

— Tu t'es pissée dessus ?

— Sara, arrête de dire n'importe quoi. Écoute ce que je te dis."

Le prof s'est levé pour noter des équations au tableau. Je m'attendais à ce que ça te change les idées, les chiffres t'avaient toujours intéressée plus que moi. Mais cette fois-ci, tu ne les as même pas remarqués, tu as seulement continué à voix basse : "C'était… chaud en bas, tu vois ? Comme si ça chatouillait, et que ça voulait sortir. Et tu veux que ça arrive… mais en même temps, t'as l'impression que ça va te couper en deux… si tu le laisses sortir.

— Lejla, je ne comprends rien à ce que tu racontes. C'est n'importe quoi.

— OK. Tu sais que les hommes… Quand ça sort chez eux… Je veux dire, le truc en bas, après le rapport.

— Le sperme ?" ai-je dit fièrement. La revue *Teen* en avait parlé l'été d'avant.

"Oui, ça.

— Oui, mais t'es pas un homme.

— D'accord, mais… je l'ai senti. Tu vois ? Je crois que c'était… ça.

— Lejla, *sorry*, mais tu sais pas de quoi tu parles. Les femmes n'ont pas ça. J'ai un petit ami depuis presque un an, alors j'ai un peu d'expérience.

— Tu ne me crois pas.

— C'est pas une question de croire ou de ne pas croire. Tu t'es réveillée en sueur, c'est tout. Ça arrive."

Le prof nous a regardées, alors on l'a fermé et on a recopié les exercices du tableau. On attendait qu'il se retourne. Tu as résolu toutes les équations, puis tu m'as passé le cahier pour que je recopie, et tu as repris d'une voix presque inaudible :

"Je vais te raconter ce que j'ai rêvé. Mais ça reste entre nous, OK ?

— Bon Dieu, Lejla, à qui tu veux que je le dise ?"

Tu t'es approchée et tu as chuchoté encore plus bas : "J'ai rêvé que je prenais une douche avec notre prof de maths. On était complètement nus dans une cabine. Il m'a lavé les cheveux... et le dos... et en bas, tu vois."

J'ai senti mes globes oculaires se dessécher tandis que la craie du prof gémissait sur le tableau. Tu as poursuivi : "Ensuite il s'est penché... et il m'a écarté les jambes lentement." Là, tu t'es arrêtée, la gorge nouée. Je te regardais comme si tu étais un film d'épouvante.

"Et alors ?

— Il m'a embrassée.

— En bas ?" ai-je demandé avec un haut-le-cœur.

Et tu as répondu, aussi sérieuse que si tu m'affirmais avoir vraiment vu des Martiens : "Voilà. En bas."

Plus tard, on rentre à la maison à pied. Tu m'accompagnes le long de l'allée, je t'ai persuadée de m'aider pour les devoirs. Tu veux encore parler de ton rêve et de ton entrejambe, alors que je m'escrime à changer de sujet. Je me sens trahie, comme si tu avais encore une fois réussi à me dépasser. Tu sais comment te débrouiller pour surpasser mon expérience réelle avec une expérience rêvée. C'était injuste. J'avais déjà quinze ans et j'avais permis à Aleksandar de me toucher par-dessus mes collants. Toi, les garçons se contentaient de te regarder comme si tu étais un dessert sophistiqué servi dans de la vaisselle inconnue. Cet été-là, tu m'as dépassée en taille, à quatorze ans, tirée vers le haut par une loi arbitraire qui t'a soudain placée plus près du ciel que moi. Tes cheveux avaient un autre parfum. Tu avais des seins. Je ne pouvais pas te permettre d'emporter une victoire de plus.

Je t'ai coupée : "Lejla, c'est des bêtises. Tu n'as encore jamais embrassé personne.

— Et alors ?

— Il y a un ordre dans tout ça. D'abord, on s'embrasse. Après, il peut te toucher le cul. Et puis les seins. D'abord par-dessus le t-shirt, ensuite dessous. Après, c'est toi qui touches son machin. Et puis lui en bas, par-dessus les collants. Un an après, il peut te mettre la main dans la culotte. Alors que, toi, tu n'as même pas encore embrassé un mec."

On passait à côté du monument aux héros de la Résistance. Les bustes des résistants morts, disposés en demicercle, nous observaient. Tu as enlevé ton sac à dos et tu l'as posé par terre, puis tu es allée vers le héros le plus proche et tu l'as embrassé sur la bouche. J'ai levé les yeux au ciel.

"C'est pas comme ça qu'on fait.

— Alors, montre-moi.

— Ici ? Maintenant ?

— Oui, ici. Embrasse… (Tu t'es arrêtée pour lire le nom.) Embrasse Ranko Šipka."

Ça me gênait d'embrasser un buste sans vie, mais je n'avais pas le choix. J'étais ravie de t'apprendre quelque chose, *à toi*. Je me suis approchée, j'ai touché son béret et j'ai posé doucement mes mains sur ses joues dures. J'ai dû me hisser sur la pointe des pieds pour être à sa hauteur. J'ai regardé dans ses yeux aveugles et j'ai touché avec ma langue sa bouche en pierre. Puis j'ai passé ma main autour de son cou et je me suis blottie tout contre son uniforme froid, en pressant mes lèvres sur les siennes. Tu nous observais attentivement, sans rien dire, comme si tu essayais de résoudre un problème d'algèbre.

Le traité de paix a été signé l'hiver de cette année-là. La *vraie petite amie* d'Aleksandar est tombée enceinte. Jusqu'alors, je m'étais sentie comme une figurante dans un film sans réalisateur. Je n'étais pas sûre du rôle que je devais tenir. Là, j'ai enfin eu un rôle facile, secondaire : celui de la pauvre Sara. Au moins, je savais le jouer, grâce à maman. Mais tu ne m'as pas permis de me vautrer dans mon malheur. Tu m'as dit que c'était stupide de pleurer dans un moment pareil.

“Quel moment ? ai-je demandé.

— Ben, c'est fini. C'est la paix. Tu regardes pas la télé ?

— Qu'est-ce que tu veux que ça me fasse ?”

Tu regardais au loin, vers les branches nues des peupliers filiformes, vers un bâtiment où on avait écrit *Dehors les moudjahidines*. Des drapeaux froissés pendaient aux petites fenêtres.

“Maman pense qu'Armin pourrait peut-être rentrer. Maintenant que c'est la paix.”

J'ai arrêté de pleurer. Plus rien n'avait importance, soudain, comme si un réalisateur avait crié *Coupez !* Je n'arrivais pas à ouvrir la bouche. Tu n'avais plus mentionné Armin depuis si longtemps. J'avais peur de dire une bêtise, quelque chose de trop pathétique ou d'inapproprié. Je me suis rappelé ses mains défaisant ma queue de cheval des années plus tôt. Sa tête penchée pour mieux me voir, exactement comme toi quand quelque chose t'intéressait. Le moment où il avait dit, sa main tenant mon doigt coupé : *L'Île au trésor*. Ses traits se perdaient dans mes souvenirs, se brouillaient, se mélangeaient aux tiens. Je les retrouvais chaque fois que j'étais dans ta chambre et que je voyais cette photo de la plage. Mais jamais on ne faisait allusion à lui, alors qu'il était ce lien inébranlable entre nous deux, notre vocation secrète, qui rendait tout le reste – Aleksandar, l'école, les notes et les premiers baisers – bien trivial.

“Si jamais ton père entend quelque chose…”, as-tu dit en regardant par terre.

Mon père. Qui tout d’un coup, du jour au lendemain, a décidé qu’on devait fêter notre *Slava*. Maman a cherché en cachette des articles de journaux où on expliquait comment célébrer le saint patron de la famille dans le respect de la tradition orthodoxe. Les manquements aux coutumes religieuses étaient alors impardonnables, on aurait dit que les invités s’asseyaient à notre table tel un jury de tribunal prêt à blâmer la moindre infraction. Maman a par exemple oublié de servir du *žito*, le pudding de blé. Dépité, papa lui lançait des regards noirs, les mâchoires serrées ; il serait obligé de la réprimander plus tard. Le soir où il l’a giflée, je me suis précipitée dans la rue, morte de peur, comme si la cuisine s’était soudain remplie de rats qui avaient vécu cachés pendant des années dans le noir, derrière le four, sans que j’aie eu le moindre soupçon. J’ai couru jusque chez toi, et j’ai lancé de petites pierres sur ta fenêtre pour te réveiller, pour que tu me laisses entrer. Tu m’as accueillie dans ton cercle, on était *nous deux*, aucun rongeur ne pouvait rien contre nous. Après ça, maman m’a fuie, elle était plus fâchée contre moi que contre papa. La scène que j’avais faite avait enlevé de l’importance à la sienne.

Mon père. Qui, au matin de mon treizième anniversaire, m’a amenée à l’église, toujours boitant, et a payé le pope pour qu’il me baptise. Maman voulait que je porte une robe blanche à dentelles, mais papa n’a pas voulu en entendre parler. “Trop voyant”, a-t-il dit. L’église était froide et vide – une catacombe. Le pope avait l’air fatigué, il voulait être ailleurs. Je me suis dit qu’il avait probablement dormi là, dans son habit en soie, comme un gros animal à sacrifier devant les yeux implorants d’un Jésus multicolore. J’étais trop grande pour les bras tremblants de ce pope et tous ces outils rituels. J’étais en faute, bien que je n’aie rien fait de mal. Il faisait la moue, cet homme que mon père avait payé pour me conduire sur un radeau vers le salut. Son gros ventre touchait mon coude. Sur le chemin du retour, j'avais les cheveux mouillés. J'avais froid. Papa, tout fier, me tenait par l'avant-bras et marchait dans l'allée principale comme si j'étais un trophée gagné lors d'une compétition.

Mon père. Qui a dit : "Au bout de six mois, on clôt le dossier", et pour la première fois de ma vie, j'ai pensé que je pourrais lui enfoncer cet os de canard dans la gorge. L'attaquer, lui, qui choisissait toujours mon camp plutôt que celui de maman. Il avait dit ça comme si de rien n'était, entre deux bouchées, faisant d'Armin et de tout ce qui s'était passé une affaire classée. Un dossier dans un tiroir du bas.

Mon père. Qui allait mourir une nuit dans son sommeil, mais à ce moment-là, je ne le savais pas. Il allait cesser d'exister, apaisé comme un chien repu, sans bruit, un sourire aux lèvres. Je serais alors à Dublin et je refuserais les appels de maman car, ce matin-là, on avait des amis à la maison pour jouer au Scrabble. Le lendemain, je l'appellerais et je prétendrais avoir laissé mon portable au travail. Elle me dirait entre les larmes que papa était mort. Elle paraîtrait surprise, s'attendant apparemment à ce que j'essaie de la convaincre du contraire. Ma première pensée, irrépressible : ce n'est pas juste. Ce n'est pas juste de partir sans souffrir du tout.

Je ne serais pas là pour l'enterrement, je raterais mon avion. Je me raconterais que ce n'était pas délibéré. Ma mère me mépriserait pour ça, pour toutes ces voisines et ces épouses de policiers qui demanderaient : "Elle est où, Sara ?" et l'obligeraient à mentir. Je me sentais coupable et, pour alléger ma faute, je me rappelais cette phrase : "Au bout de six mois, on clôt le dossier."

Mon père. Si mon père entend quelque chose. Tu l'avais dit avec appréhension, comme si tu m'en demandais trop. J'ai répondu : "Bien sûr."

Je ne lui ai jamais rien demandé. Je ne sais pas pourquoi. Les jours ont passé, les semaines. La paix n'était plus un scoop. Peu à peu, les coupures d'électricité ont cessé, je pouvais rester éveillée plus longtemps. Je ne pensais même plus à Aleksandar. J'arrivais chaque matin à l'école en espérant te voir changée, ce qui aurait voulu dire, nul besoin d'en parler, que ton frère était de retour. Mais ça ne s'est jamais produit. Armin est redevenu celui dont la présence était indiscutable mais jamais mentionnée. Comme l'air.

On a eu une nouvelle prof de maths, on n'a pas trop su pourquoi. J'espérais sans le dire que tu redeviendrais Lejla maintenant que le traité de paix avait été signé. Mais après tant d'années, tu as cédé le terrain à Lela Berić sans coup férir. La petite lettre *j* de ton prénom n'appartenait qu'à moi. Pour les autres, tu étais et tu resterais Lela, c'était trop compliqué de changer encore de nom et de prénom. Qui plus est, ça ne semblait pas avoir d'importance pour toi. Tu ne t'identifiais pas à quelques lettres. Quand on déménage souvent, on perd le sens de ce qu'est un foyer.

Je me souviens de ce papier qu'on avait collé sur la porte de la faculté de philosophie, avec la liste des étudiants admis. Je me souviens d'y avoir lu *Lela Berić* et de m'être dit que ce monstre chimérique avait changé toute ta vie, qu'il t'avait tout pris : le prof de maths, le premier rapport sexuel, ta place d'étudiante.]

8

J'ai laissé l'Opel Astra garée dans la rue de Lejla et j'ai décidé de marcher jusqu'au centre-ville. La batterie de mon portable était vide, je n'avais plus rien pour éclairer mes pas. Je marchais lentement, mes doigts sur la surface rugueuse des grillages, craignant de tomber dans un trou où personne ne pourrait me retrouver. L'obscurité était différente. Différente de ce pâle coucher de soleil à Mostar ou des ténèbres bleuâtres de Jajce. Il y avait une épaisseur dans l'air, comme si ce qui m'entourait n'était pas une absence de lumière, mais une substance palpable, vivante. J'avais l'impression de la respirer, et qu'elle s'était imprégnée de toutes les autres odeurs : celles de la fumée qui descendait des monts environnants, des mauvaises herbes qui poussaient entre les pavés disjoints, de la rivière puant au loin. J'appréhendais les dégâts que pouvaient causer ces particules d'obscurité sur mes poumons, sur mon sang. Mes veines étaient dans un état impeccable depuis trop longtemps, elles ne sauraient comment réagir.

Je marchais en plissant les yeux, essayant de voir où j'allais. Au loin, vers le centre-ville, j'entrevoyais quelques lueurs, des points flous éparpillés dans le noir, comme un négatif des grains de beauté sur le dos de Lejla. Je palpais les contours de ma ville : buissons vigoureux hérissés d'épines çà et là, clôtures en fil de fer percées de feuilles pointues, écorce d'arbre séchée, bennes à ordures au fond desquelles quelque chose s'agitait dans un bruissement. Une vie minuscule mieux équipée que moi pour ces ténèbres.

C'est ici que ça commence, me suis-je dit. Là, on touche le fond. J'étais persuadée qu'il existait quelque part une source d'où cette obscurité, comme un liquide épais, se déversait sur ce qui était autrefois ma ville et la sienne, et celle d'Armin. Comment retrouver Ranko le héros ? Des doigts, je chercherai sa froide bouche de pierre.

J'aurais mieux fait de rester dans la rue de Lejla et de l'attendre dans la voiture. Celle-ci nous appartenait désormais, c'était une chose vivante, mobile, au milieu de l'obscurité silencieuse. J'aurais pu l'utiliser comme l'un de ces vaisseaux transparents conçus pour les recherches dans les grands fonds marins, là où tout est vide, sourd, et où, avec un peu de chance, on tombe sur le squelette d'un navire infortuné. Mais là, je n'avais que mes deux jambes et mes deux mains pour palper ce désert, je n'avais qu'un nez et des oreilles pour repérer les monstres qui guettaient dans les cours délaissées, envahies de mauvaises herbes. Finalement, quand je suis arrivée au grand parc, mes yeux s'étaient habitués tant bien que mal à l'obscurité, et je distinguais des contours familiers. Ici et là, quelques lampadaires scintillaient faiblement, comme des filles timides dans une boîte de nuit. La lumière apeurée se reflétait sur une grande forme humaine – le monument à la mémoire de Petar Kočić, écrivain oublié condamné à porter pour toujours des livres en pierre dans ses mains lourdes. En m'approchant, j'ai vu qu'il avait perdu ses livres – on lui avait coupé les mains grossièrement, laissant deux moignons orphelins. Devant moi, la vibration métallique de la lumière m'a révélé l'horloge tordue qui s'était arrêtée au moment du grand tremblement de terre de 1969. En rentrant à la maison après une Nuit des musées déprimante, j'avais vu devant cette horloge un homme donner des coups de pied à sa femme qui gisait à terre. On était tous là à regarder, immobiles, attendant que les autres réagissent. Quand il en a eu fini, il a disparu de la place, et la pauvre femme s'est levée pour se diriger vers le marché. Mais avant, de ses mains salies, elle a lissé sa jupe froissée. L'horloge a gardé le silence. Les gens aussi.

À présent, il n'y avait personne sur la place, ou alors c'est moi qui ne voyais personne dans cette obscurité. Devant un hôtel resté inachevé dansaient tels des esprits épuisés des bâches couvertes de publicités. Quelqu'un est passé à côté de moi, une petite silhouette aux pas lents, si près que j'ai sursauté. Puis j'en ai aperçu une autre, et une troisième. Elles se déplaçaient furtivement, dans toutes les directions, comme des figurines d'échecs privées de leur plateau. Elles étaient déjà là tout ce temps, si lentes cependant que je ne les avais pas vues dans le noir. J'ai d'abord cru être entourée d'enfants : sans que je puisse discerner leurs visages, tous ces gens me semblaient étonnamment petits par rapport à moi. Pourtant, leurs mouvements n'avaient rien d'enfantin – ils se déplaçaient lourdement, d'un pas las, comme si leurs corps fragiles halaient derrière eux des bateaux à sec. Et puis j'ai compris qu'ils étaient vieux. Leur respiration lourde et le reflet à peine perceptible de leurs cheveux blancs les ont trahis. J'étais entourée par une armée de vieillards. Ils étaient courbés au point de toucher le sol. Certains s'arrêtaient en me voyant, apparemment plus habitués que moi à l'obscurité. Sous la lumière que diffusait en continu la seule lampe d'une galerie marchande, une vieille dame m'a souri, puis s'est signée, comme si elle venait de voir une parente décédée depuis belle lurette. Cette nuit-là, les visages les plus jeunes que j'ai croisés étaient ceux, en lambeaux, des affiches électorales d'un autre temps collées le long des façades de la rue principale.

Dans le centre-ville, les quelques rares fenêtres illuminées m'ont aidée à trouver la cour de ma maison. Ou plutôt ses vestiges infestés de mauvaises herbes, délabrés et oubliés. Le vieux chêne au pied duquel j'avais autrefois enterré mes trois tortues avait disparu. Elles étaient froides dans mes mains, leur cou bizarrement étiré, à découvert, complètement sorti de la carapace. Papa et maman ne savaient pas que je les avais enterrées là. Ils craignaient qu'un chien ne vienne les déterrer, ils m'avaient conseillé de les mettre dans un sac plastique et de les jeter dans une benne à ordures. Pour moi, c'était inimaginable. Mes tortues avaient mérité mieux. Même si c'était *ma faute*, m'avait expliqué ma mère. Je ne les avais pas nourries comme il fallait, je n'avais pas nettoyé régulièrement leur aquarium, c'était ma responsabilité, pas la sienne. Je me souviens encore de leur poids froid dans mes mains. Je m'étais dit que c'était ça, la mort, et que c'était *moi* qui l'avais causée. Je les avais enterrées profondément dans la terre, et après, mes genoux étaient tout sales, mes ongles aussi. Ce chêne était une consolation pour moi. Il avait été là pendant toute mon enfance, rassurant et immuable, témoin taciturne du secret de mes tortues. Il était censé perdurer bien après moi et se souvenir de mon péché. Le porter sur son dos solide, rugueux.

Du coin de la rue, je regardais à présent cet espace absurde autrefois rempli par les branches du chêne. Quand l'avait-elle fait couper ? Après la mort de papa, sans doute. Un parasite avait peut-être attaqué le tronc. Comment savoir, ma dernière conversation téléphonique avec maman remontait à des années. L'idée d'annoncer à sa fille qu'elle avait fait abattre notre chêne ne lui était probablement pas venue à l'esprit. S'il y avait une partie de moi qui voulait voir ma mère, elle s'est évanouie lorsque j'ai vu ce vide laissé par le chêne. Ce n'était plus ma cour. Ce n'était plus ma maison. Elle avait aussi fait changer la porte d'entrée – désormais plus large, avec deux grands battants en bois, qui semblaient mener à la demeure d'un chef spirituel. Soudain, la porte s'est ouverte, si brusquement que j'ai dû me cacher derrière le chêne du voisin et m'accroupir près du rosier pour ne pas être vue.

De cette maison qui avait été la mienne, où j'avais jadis fait mes devoirs de maths avec Lejla, a surgi une petite femme au long cou tordu que je ne connaissais pas. Dans la lumière qui provenait de l'intérieur, je la distinguais assez bien. Elle avait les cheveux noirs et courts et de grosses lunettes noires au bout de son nez épais. Je ne l'avais jamais vue auparavant. Elle est alors revenue sur ses pas, comme si elle avait oublié à l'intérieur quelque chose qui nécessitait de laisser la porte grande ouverte. L'instant d'après, elle est ressortie à reculons, tirant un lourd fauteuil roulant où trônait ma mère. J'ai d'abord vu ses jambes blanches et gonflées, sans vie, à croire qu'on avait collé sur elle la chair de quelqu'un d'autre. À l'endroit où auraient dû se trouver ses genoux pendait son ventre flasque. Ce n'était pas ma mère que je voyais, mais un tas de graisse amorphe au sommet duquel on devinait une fine touffe de cheveux blonds et deux petits yeux sous un front ridé. Elle était déformée, comme si un enfant géant l'avait prise dans ses mains maladroites pour la façonner à la manière d'un morceau de pâte à modeler. Dans l'obscurité, je scrutais son visage, cherchant une trace de celle qui tressait autrefois mes cheveux si serré que j'en gardais encore un souvenir douloureux au sommet du crâne. Je voulais me rappeler cette mère qui me coupait les ongles, me préparait pour l'école, mettait une pomme et une barre de chocolat dans mon sac, et me disait de rentrer par la rue principale et de ne pas sauter par-dessus la clôture en montrant ma culotte comme le ferait une petite débauchée, mais pas la fille du chef de la police. Je cherchais dans cette masse de graisse sans contours quelque chose qui ait un lien avec moi et ma vie, avec mes origines, comme les victimes d'un tremblement de terre qui reviennent dans leur maison détruite à la recherche d'affaires personnelles alors qu'il ne reste plus rien. Rien que de la poussière et du verre cassé.

La petite femme a garé le fauteuil roulant près de la table du jardin, et ma mère, passant son index sur la toile cirée, a crié : "Il ne peut pas y avoir une seule chose de propre dans cette maison ?!" Aussitôt, la petite femme a sorti un torchon de la poche de son tablier et s'est mise à nettoyer frénétiquement la table, sous le regard répugné de ma mère.

"Voulez-vous manger tout de suite ou…, a demandé la pauvre femme d'une voix tremblante.

— Et quand ça, sinon ? Demain, peut-être ?"

La table a bientôt été couverte de nourriture. Toujours cachée derrière le buisson, j'observais ma mère manger. Par rapport au reste de son corps, ses mains semblaient trop petites, ses doigts étaient trapus et gonflés, leurs extrémités, luisantes. Elle portait la nourriture à sa petite bouche charnue avec une application fatiguée, sans aucun plaisir visible. C'était une entreprise strictement nécessaire, éreintante, la besogne d'un rond-de-cuir – tout ce pain, cette viande, ces pommes de terre, ces feuilletés, et tant d'autres choses que je n'arrivais pas à identifier. J'ai vu le plat à fleurs qu'elle gardait *pour les occasions spéciales.* Après douze ans, il avait rapetissé. Sur le rebord ébréché, les fleurs avaient pâli.

"Peeeetka ! Peeeetka !" a crié ma mère entre deux bouchées. Petka a passé sa tête par la fenêtre d'où sortait le fumet du plat suivant.

"Oui, madame.

— Surveille le poisson. La dernière fois, tu l'as laissé brûler.

— Ne vous inquiétez pas, madame, je surveille pendant que je fais les baklavas.

— Et tu leur coupes la tête d'abord, pour la soupe, a ajouté ma mère, un gros bout de pomme de terre dans la bouche.

— Vous dites, madame ? a lancé Petka.

— Je dis COUPE-LEUR LA TÊTE ! Tu es sourde ?

— Oui, oui, tout de suite…"

Je ne vais pas mentir : quand Lejla m'a dit de m'arrêter *à la maison*, l'idée m'est venue que c'était peut-être le jour où j'irais voir ma mère, lui demander pardon d'avoir raté l'enterrement de papa, pardon de ne plus l'appeler. J'ai souvent imaginé la scène – on pleure toutes les deux, ou seulement moi, elle me prend dans ses bras, elle me dit des choses qu'elle n'a jamais dites auparavant, transformée par le temps et le deuil, elle porte ce parfum douceâtre qu'elle avait eu avec des produits coordonnés – crème pour le corps et huile pour les cheveux –, elle me prépare un café, elle s'enquiert de Michael.

Mon scénario pathétique me faisait honte, maintenant que j'étais cachée derrière le rosier du voisin à la regarder s'empiffrer. Et puis, au moment où j'ai voulu filer sans bruit, les épines m'ont piquée. J'ai sursauté, et ma mère a entendu du remue-ménage dans le buisson. Elle a cessé de manger et levé la tête dans ma direction. Sans lunettes, elle plissait les yeux.

"Peeeetka ! a-t-elle crié. Petka, quelqu'un se cache dans le rosier !"

J'ai détalé aussi vite que possible, même s'il était évident que Petka n'avait rien entendu et que, petite et rachitique comme elle était, elle ne pourrait jamais me rattraper. J'ai couru dans les rues obscures, loin de ce monstre en fauteuil roulant, qui me scrutait de ses petits yeux profondément enfoncés dans la pâte à modeler. J'ai couru jusqu'aux héros de la Résistance, imaginant des têtes de poisson coupées en train de flotter dans la grande casserole sur la cuisinière de ma mère. Je me suis cachée derrière le monument et, après m'être assurée que personne ne me suivait, je me suis assise sur une marche pour reprendre mon souffle.

J'aimerais être l'une de ces héroïnes, dans les romans contemporains, qui nous font savoir au début de l'histoire qu'elles ne pleurent jamais. On lit généralement qu'"elle était incapable de pleurer bien qu'elle fût au bord des larmes" ou que, "depuis l'âge de quatre ans, elle n'avait plus jamais pleuré". Ou quelque chose d'approchant. On croit alors que ça en dit long, que l'auteur a évité la sentimentalité, qu'il a créé un personnage féminin fort. Mais ce n'est pas un livre sur moi, et je ne sais pas m'imaginer ni me dépeindre en héroïne – la vérité, c'est que je pleure comme une enfant, assise au pied de ce monument ; mes yeux pleurent, mon nez, ma bouche et mes épaules pleurent, dans la certitude rassurante que j'aurai assez de temps pour sécher mes larmes et essuyer ma morve avant l'arrivée de Lejla. Je pleure comme si cela pouvait attester de quelque chose qui aurait existé autrefois, une sorte de foyer ou de famille, une histoire que je pourrais raconter aux copains de Michael en leur servant du vin et des canapés. J'espérais quelque chose, comme Lejla au musée de l'AVNOJ. Mais quoi ?

Sans pouvoir distinguer son visage, je savais lequel des bustes était celui du héros Ranko Šipka, là-bas, presque au bout de la rangée. Ils regardaient tous droit devant eux, sauf lui, dont la tête était légèrement de biais. Il me fallait cette ancienne capacité de lycéenne à dénicher un sujet pathétique, à imaginer un drame émouvant et à le mettre au centre de ma journée comme on cache une fève dans une galette. Je me suis couchée sur le monument, les deux mains jointes sous ma joue, et j'ai imaginé ce jeune soldat bougeant ses sourcils, de petits éclats de pierre jaillissant de son visage tandis qu'il ouvrait et fermait les yeux, une jambe puis l'autre forçant le passage dans le bloc de marbre froid, comme un enfant réapprend à marcher après qu'on lui a enlevé son attelle. Il vient vers moi, cet homme-monument, il époussette les débris et la poussière sur son uniforme, il est grand et droit, son béret dans les mains. Il s'approche et me demande : "Camarade, vous allez bien ?" Et je lui dirai tout du chêne et de mes tortues et de ma mère, aussi vaste désormais que ce pauvre État. Et lui, *Ranko Šipka, héros du peuple, 1917-1944*, me prendra dans ses bras, comme le faisaient autrefois les soldats dans les vieux films, quand le père de Lejla chantait ses ballades, et il m'emportera jusqu'au monument dont il est sorti quelques instants plus tôt. Il y entrera, une jambe puis l'autre redevenant marbre, et mon corps vivant, organique, s'offrira sans résistance à ce dernier rituel. Ses bras se figeront autour de moi, comme ma bouche et mes paupières, et tout ce qui est moi séchera, durcira et se transformera en pierre. On restera là, immobiles jusqu'à la fin des temps, et il me dira : "Chut, tout va bien maintenant." J'entendais au loin les cloches d'une église dont l'écho se répandait en cercles lents, comme si une main d'enfant négligente venait de jeter une petite pierre au fond d'une flaque d'eau sale. Ranko répétait : "Chut, chut, chut..."

Quand je me suis réveillée, j'ai vu les yeux de Lejla. Ils étaient de nouveau noirs. Elle était allongée à côté de moi et m'observait.

"T'as perdu la tête ou quoi ? a-t-elle murmuré. C'est quoi cette idée de s'endormir à côté d'un monument comme une idiote ?

— C'est la faute de Ranko", ai-je répondu. Elle savait que j'avais pleuré, elle avait des capteurs pour tout ce qui était humain en moi. "Et tes lentilles bleues ? ai-je demandé.

— Je les ai enlevées avant. À cause de maman.

— Comment elle va ?

— Comme toujours, a-t-elle répondu. Elle nous a emballé un feuilleté aux épinards."

Allongée sur le dos, j'ai regardé le ciel, même si je ne voyais pas la différence entre l'obscurité au-dessus de moi et celle qui nous entourait. Le ciel faisait un avec Banja Luka, tandis que, Lejla et moi flottions dans un espace intermédiaire, sur la pierre froide.

"Sara, a-t-elle fini par dire. Partons d'ici."

[Le car est silencieux. On est de nouveau assises au fond, chacune collée à la fenêtre de son côté. Entre nous, le gros manuel d'*Introduction à la linguistique générale* ; notre examen est dans une dizaine de jours, mais on n'a rien préparé. Quelque chose a pris fin ou, du moins, est en train de prendre fin. Je ne veux pas l'admettre. On a passé presque tout le mois d'août sur l'île à manger des olives et à nous dorer au soleil. Maintenant, on regarde sans le voir le paysage qui se transforme irrévocablement en quelque chose de sérieux, continental, bétonné. Il n'y a plus de sable, plus de mer. Le car tremble et tressaute sur la route abîmée, tel un animal effaré qui nous aurait avalées. Il fait encore chaud. Des sièges spongieux s'élèvent des particules de poussière et l'odeur des voyageurs passés. Tes jambes bronzées sont couvertes de piqûres que tes ongles ont transformées en cibles marquées d'une croix. Il n'y a rien derrière les vitres. Rien que de petites maisons et de petites vies dedans. À chaque nouveau pas de porte, un bout de l'été nous est retiré.

C'est la dernière fois que je vois tes cheveux noirs, même si je ne le sais pas encore. Je voudrais te parler, mais tout ce que je pourrais dire me semble faux, emprunté. Les mots m'ont trahie. Si je pouvais formuler des excuses en chiffres, je le ferais. Sauf que je ne sais pas me servir des mathématiques. C'est une autre forme de cognition, pour ceux qui voient le sens en dehors de la langue, pour des esprits directs et pénétrants comme le tien. Moi, comme toujours, je reviens à mes mots vains. Je gigote. Je te dis : "Car la mort nécessite d'avoir de l'imagination. De l'imagination créatrice." Tu me regardes, lasse, et je lis dans tes yeux un *c'est une blague ou quoi ?* Mais tu as toujours été de ceux qui respectent les règles du jeu, même quand ils méprisent les joueurs. Sans un mot, tu te lèves et parcours le couloir étroit en vérifiant chaque siège, à la recherche du livre que je viens de citer. Puis tu reviens à ta place en marmonnant *"Les Printemps d'Ivan Galeb"*, tu cales tes jambes en hauteur et tu fermes les yeux. Tu as écrasé quelque chose dans mon ventre. Je te regarde faire semblant de dormir et *je sais*. Cette formule indestructible, *Lejla et moi*, s'est brisée sur l'île. Et c'est moi qui l'ai brisée, au milieu de la mer, d'une seule phrase.

Tôt ou tard, les cars finissent par arriver à destination, c'est la règle. On est rentrées chez nous et on s'est inscrites en deuxième année. Je t'ai téléphoné avant le premier cours pour qu'on y aille ensemble. Ta maman m'a dit que tu n'étais pas là.

"Ça ne fait rien, ai-je répondu. Je la retrouverai là-bas."

Mais *là-bas*, tu n'y étais pas. Je suis entrée dans l'amphi et j'ai pris place au dernier rang. Les gens arrivaient, s'asseyaient, ouvraient leurs cahiers, taillaient leurs crayons. Puis la prof est entrée. Elle nous a dit de signer la feuille qu'elle faisait circuler. J'ai signé à côté de mon nom, puis j'ai vu le tien, presque en haut de la liste. *Lela Berić.* Et ta signature illisible, pointue, au stylo rouge. Tu étais là, tu assistais au cours. J'ai promené le regard sur la salle, passé chaque tête en revue, sans parvenir à te trouver. L'année passée, on avait été assises côte à côte tout le temps. Bon sang, on avait été assises côte à côte toute l'école primaire et tout le lycée. Et maintenant, tu étais assise ailleurs. À côté de quelqu'un qui ne savait rien d'Armin. À côté de quelqu'un qui ne savait rien du moineau. J'avais tout gâché.

"Mademoiselle, pourriez-vous m'apporter la liste si tout le monde a signé ?"

Toutes les têtes se tournent vers moi mais aucune, à cause de ma myopie, ne semble être la tienne. Je me lève et je descends les marches comme si j'avançais pas à pas vers ma propre exécution. Je donne la feuille à la prof, je me retourne et je me dirige vers ma place. Et là, je te vois. Tu es assise au deuxième rang. Tes cheveux sont blonds. Toute ta chevelure, depuis la racine jusqu'à ton nombril, est jaune et fausse. Une injure à notre amitié.

Un garçon te souffle quelques mots à l'oreille. Tu ris, tu ne me regardes pas tandis que je passe à côté de vous, de toi et de tes faux cheveux, tu ris comme quelqu'un d'autre, comme après une lobotomie bien réussie. Lela Berić.

Je remonte lentement vers ma place avec l'impression d'abandonner un peu de moi sur chaque marche. La prof parle de phonétique, un cahier est ouvert devant moi, il sent le neuf, mais ta tête, encadrée d'un jaune vulgaire, gêne mon champ de vision, irrite mes yeux comme un grain de sable. J'écoute le cours, immobile, vide et sans force. Plus tard, je me lève et je rentre à la maison, je dégringole dans la rue principale comme une boîte de conserve abandonnée. Il aurait été inutile de s'attarder ou de dire quoi que ce soit. Tes nouveaux cheveux et cet idiot qui murmurait à ton oreille, ses lèvres charnues touchant presque la petite boucle qui ornait ton lobe – tu m'avais tout expliqué.

À la maison, je vomis. Maman entre dans la salle de bains, ferme la porte derrière elle, contrariée, et siffle entre ses dents pour que papa ne l'entende pas : “T'es enceinte ? Je suis sûre que t'es enceinte.” De qui ? ai-je failli demander. De Lejla, morte sur cette île, et qui n'existe plus ? Des poissons et des crabes ? Des courants profonds et sournois ? J'ai simplement secoué la tête, lavé ma figure, et je suis allée dans ma chambre. C'est là que j'ai compris que je n'avais personne à qui parler et me plaindre de cette foutue Lela Berić. J'étais seule et banale, recroquevillée sur le lit comme un sous-produit de notre histoire. C'était fini. J'avais dénoué notre amitié.

Plus rien ne me liait à Armin. Le dossier était définitivement clos. Que font les prisonniers le jour de leur libération ? Ils ont peur. Une peur immense, monolithique, face à *un océan de possibles*. Je crois que c'est ce que j'ai compris alors, sur ce lit où j'étais seule, banale, et sans la lettre *j* de ton prénom.

Un jour a passé, puis une semaine, tout un mois. Le temps – celui que mesurent les aiguilles et les cloches – est devenu quelque chose dont j'avais pleinement conscience. J'avais conscience de la durée d'une minute et d'une heure, mon pouls allait au rythme des secondes. Un jour sans *nous deux*. Deux semaines sans *nous deux*. Un minuteur numérique s'était installé quelque part dans mon diaphragme. Ma vie était divisée en un avant et un après, comme si j'avais surmonté un grave accident de voiture ou rejoint une secte fanatique.

Une seule fois, j'ai essayé de te téléphoner. Ta mère m'a dit que tu n'étais pas là, d'une voix trop douce, comme pour s'excuser de devoir mentir. Et le soir où je vous ai croisés, toi et un type, tu te souviens, près de la tombe de Safikada ? Tu aimais déjà cet endroit quand on était petites. Tu connaissais son existence bien avant que les autorités municipales ne décident d'en faire un digne lieu de commémoration. Ce n'était ni le mythe de la jeune fille ni son histoire d'amour qui te fascinaient, encore moins toutes ces bougies que les habitants de Banja Luka allumaient sur la dalle, convaincus qu'en honorant l'histoire d'autrui, ils attribuaient plus de sens à la leur. Non, pour toi, tout ça, c'était n'importe quoi. Ce qui te fascinait, c'était la mort. La mort qui ne se cachait pas au cimetière, entre les fleurs et les pleureuses, mais s'exposait au centre-ville devant quiconque voulait la voir. Un endroit si simple qu'un voyageur mal informé serait passé à côté sans rien remarquer, sans savoir que, d'un pan de son manteau, il venait de frôler la mort. Ce soir-là, tu y étais par hasard, avec le type du mois. Vous aviez bu. Vous vous êtes soudain trouvés devant moi, si honteusement sobre pour un samedi soir, et vous avez éclaté de rire. Le type, je ne me souviens plus lequel exactement – il y en a eu tant ces années-là –, a dit : "Tiens, notre jolie petite camarade…" ou quelque chose dans le genre. Ça a provoqué chez toi ce rire moqueur que tu avais récemment adopté comme une gifle à toute notre histoire. Tu as tiré le type par la manche, et c'est tout. Je suis restée seule à côté de Safikada, à côté de la mort. Une bougie qui penchait gouttait par terre, nourrissant un petit pont de cire entre la mèche et la pierre. J'ai voulu la redresser, mais je n'ai réussi qu'à la casser. Je l'ai laissée ainsi, mutilée et éteinte, à côté de ses semblables. Qui étais-je d'ailleurs pour redresser les bougies des autres, réorganiser les lieux communs qui ne me concernaient pas ? Je me suis dit que tu avais peut-être raison – aucune personne sensée n'aurait dû me côtoyer.

À la faculté de philosophie, dans les toilettes du deuxième étage, il était écrit *Pour les gens bien avisés / C'est Lela la plus baisée.* J'ai sorti une clé de mon sac et gratté le mur pour effacer ton nom. Même là, je prenais soin de toi : dans des toilettes crasseuses, entre la pisse d'inconnus et les préservatifs usagés. Je veillais sur toi alors que tu ne m'adressais plus la parole, même si ces rimes improvisées taguées sur le mur disaient probablement vrai. Je n'avais pas besoin de ta gratitude. Je le faisais pour moi, pour avoir une utilité, si mince soit-elle, pour renforcer mon amour-propre – en étant juste. L'héroïne anonyme des toilettes du deuxième étage. Toi, pendant ce temps, tu écartais les jambes devant n'importe quel imbécile boutonneux de notre génération. Quand tu en as eu fait le tour, tu t'es tournée vers les plus âgés.

J'étais à la même table que trois autres filles, dont chacune portait une malédiction sur le visage : un gros nez pour l'une, un gros front pour l'autre, de grosses dents pour la troisième. Elles parlaient d'une seule voix détestable, médisaient tout bas, se coupant la parole, le regard fixé sur la victime, et la plupart du temps, c'était toi. "Regardez ça, la pauvre, elle a une bite dans le regard", disaient-elles. "Quand on voit les déchets qu'on accepte à la faculté ces temps-ci…" et "Elle n'a plus que la peau sur les os à force de baiser", ou autres refrains lourdingues grâce auxquels elles devenaient, l'espace d'un instant, belles et pures, ce que Lela Berić n'était pas. Moi, je changeais de sujet, je me renseignais sur certaines notes ou certains profs, pas parce que leur vulgarité me gênait mais pour stopper leur élan. Elles se tournaient vers moi, mauvaises, monstre à trois têtes et six yeux, exaspérées que j'entrave leur sorcellerie. Elles interprétaient ton comportement comme l'histoire biblique d'une femme déchue qui avait été autrefois innocente. Moi, je connaissais la vérité. Il n'y avait aucune innocence perdue, aucune déchéance dans le vice. C'est Lejla qui écartait les jambes de Lela, Lejla qui prostituait l'autre, la traînait par les cheveux sur la route. Les hommes n'étaient que des cartes fragiles dans tes habiles mains de joueuse de poker. Tous ces types n'étaient là que pour rallonger ton faux nom jusqu'à le faire éclater, pour le salir si souvent qu'il n'aurait plus qu'à crever, seul et épuisé, comme un ivrogne sous un pont. Alors, quand cette seconde peau serait suffisamment meurtrie, tu réussirais peut-être à t'en libérer. Alors, ta crinière noire repousserait. Tu redeviendrais toi. C'est ce que je croyais à cette époque ou, du moins, ce que je voulais croire. Mais des années plus tard, quand je t'ai vue devant ce restaurant à Mostar, j'ai compris que je n'avais pas tout à fait raison. Tu avais dépouillé tes cheveux de toute couleur et tu t'es assise dans une voiture blanche. La vipère cornue a rejeté toutes ses peaux sans en avoir sécrété de nouvelle. Elle a refusé toute enveloppe, car n'importe laquelle aurait été plus douloureuse que le soleil.

Tu as traîné le nom de Lela dans des toilettes. J'ai traîné celui de Sara dans des revues littéraires. N'était-ce pas la même chose, en fin de compte ? J'ai commencé à écrire quand tu es devenue blonde. Je voulais contrôler quelque chose, être maître de quelques petits mondes. J'inventais des héroïnes aux jambes mieux campées que les miennes, qui ne pleuraient pas pour un oui ou pour un non, qui donnaient des réponses intelligentes dans une langue que je n'utilisais jamais. J'inventais des créatures mi-humaines mi-monstrueuses et leurs petits passe-temps improbables – la chasse aux papillons, par exemple –, puis je les envoyais par des chemins impossibles où elles perdaient tout. Je réduisais mes personnages à leur plus petite fraction d'humanité et ils rampaient jusqu'à la dernière phrase. Je sauvais leurs vies misérables, déesse bienveillante sans visage. Une nuit, j'ai même inventé de toutes pièces un homme avec des cheveux noirs, des chemises qui sentaient le citron, un crayon HB dans sa poche et une cicatrice sur la joue. J'ai inventé des livres dans ses mains, ses doigts noircis par le graphite, et des trottoirs sous ses chaussures. Puis, une autre nuit, je l'ai tué en deux phrases. J'inventais des histoires stupides, illogiques, où notre ville ressemblait à une ville scandinave enchantée qui ne connaissait pas l'obscurité, où les gens ne disparaissaient pas et où mes héroïnes pouvaient se baigner dans la rivière, sereines. Rien de tout ça n'avait vraiment de sens, mais ça m'était égal : tant que les mots s'enchaînaient, je n'étais pas obligée de m'arrêter et de réfléchir à la question de la responsabilité. Parfois, mes histoires étaient courtes, inachevées et floues, et je les coupais en vers pour faire de mauvais poèmes. J'écrivais trop vite, sans réfléchir, dans mon cahier de mathématiques. Je n'ai jamais aimé les lignes. J'écrivais de vulgaires mots là où auraient dû s'aligner tes chiffres. Je remplissais les carreaux comme si c'étaient des poivrons farcis. Je les envoyais partout, à n'importe quelles revues littéraires, si insignifiantes soient-elles : de gauche, de droite, universitaires, académiques, en métropole ou dans un coin perdu – ça m'était égal. Tôt ou tard, me disais-je, l'une d'elles parviendrait jusqu'à notre université, atterrirait dans la bibliothèque. L'un de mes poèmes ou l'une de mes nouvelles s'imposerait à toi, que tu le veuilles ou non, et tu serais obligée de lire ce qui figurait sous mon nom stupide, monolithique. Et si j'écrivais quelque chose de vraiment valable, dans cette petite langue à moi, qui planait au-dessus de tonnes de mots factices, j'arriverais peut-être aussi jusqu'à Armin.

Mais tu as snobé tout ça, stoïque, mes poèmes ricochant sur toi comme des balles sur un véhicule blindé. Tu es venue à la présentation de mon recueil. Mon père avait engagé un quatuor à cordes et une comédienne filiforme qui lisait mes phrases. Tu as jeté un coup d'œil méprisant sur tout ce cirque, j'ai vu tes yeux au dernier rang. Tu étais venue avec un type – à cette époque, tu traînais toujours avec un mec ou un autre comme avec des béquilles – et moi, j'avais honte de mes misérables vers qui tombaient de la bouche de la comédienne surfaite. Les exemplaires de mon livre étaient disposés sur la table. Tu les as regardés avec pitié, et on aurait dit que tu regardais des oiseaux écrasés sous ma botte. Je savais ce que tu pensais : que j'avais vendu une histoire qui n'existait pas, que j'avais lavé ma conscience, réfuté mes crimes, et que tu étais la seule à connaître ma véritable personnalité, celle que j'avais habilement laissée en dehors de mon livre. Toi, Lela Berić, que les salauds de Banja Luka chantaient en vers dans les toilettes et qu'ils se passaient comme un bâton de relais, tu me jugeais, moi et mon petit crime littéraire. J'avais vomi tout ce langage en vain, je l'avais gaspillé dans la fiction, tandis que ton frère si charmant se tenait toujours sous le cerisier, dans ta cour. Nous avions grandi plus vite que lui. J'ai vu tout ça dans tes yeux. Puis tu as tiré ce type par la manche et tu as disparu avant que les musiciens ne se mettent à racler un Bach languissant.]

9

“Faut que je pisse”, a-t-elle annoncé cérémonieusement, et elle s’est mise à fouiller dans son sac. J’ai fait semblant de ne rien entendre. J’ai juste regardé dans le rétroviseur, l’air de résoudre un problème de circulation complexe. On était au milieu de nulle part – il n’y avait rien d’autre devant et derrière nous qu’un ruban d’asphalte uniforme. À mesure qu’on s’éloignait de Banja Luka, l’obscurité semblait moins épaisse, plus légère sur les pupilles. J’ai vu des maisons, isolées et minuscules, comme des pierres détachées d’une falaise. J’ai vu des fleurs desséchées dans des cours. J’ai vu le renoncement. Il ne nous restait plus beaucoup de chemin jusqu’à la frontière. Par chaque pore de ma peau en sueur, je sentais que je roulais vers la sortie, comme un naufragé affolé qui comprend finalement où est la surface de l’eau et où est le fond de la rivière. Une demi-heure encore, et la Bosnie serait derrière nous.

“Hé, t’as entendu ? a demandé Lejla en me tapant sur l’épaule.

— Je peux pas m’arrêter ici.

— Ben, t’as pas le choix, je suis à une goutte près.”

À une goutte près. Elle était probablement la seule personne à dire ça. On range les matelas après le cours de sport. “Sara, je suis à une goutte près”, dit Lejla, et elle me laisse faire le boulot qui nous a été donné comme punition. On assiste à cet horrible concert avant la remise des diplômes. “Je suis à une goutte près”, dit Lejla à tout le monde et à personne en particulier, et elle quitte sa place en plein Tchaïkovski, obligeant toute une rangée de diplômés à se lever pour la laisser passer.

“Retiens-toi”, je lui dis, bien que je sois moi aussi *à une goutte près*. Je sens son regard réprobateur. Elle sait que j’aspire à nous sortir de cette obscurité au plus vite et que, s’il le faut, je quitterai la Bosnie dans la pisse.

“Sara, s’il te plaît. J’ai vraiment besoin de faire pipi.

— On y est presque.

— Sara, putain…

— Je vais pas m’arrêter ici.”

Ensuite, tout va très vite, plus vite que j’aimerais l’admettre – sa fine main sur le volant, plus forte que mes deux mains ensemble, l’Opel Astra qui suit comme un fauve effaré son geste brusque, ma tête qui cogne de plein fouet contre la portière, un champ de maïs à notre droite, les feuilles giflant la voiture en grandes dames offensées, mon pied sur le frein. Stop. Autour de nous, tout est scandaleusement vivant et dense.

“Putain, mais ça va pas, la tête ! Tu peux pas faire ça !” ai-je hurlé, mais elle était déjà sortie de la voiture en claquant la portière. D’indignation, j’ai crié son nom, mais il a seulement résonné dans l’obscurité où il s’est évaporé, trop fragile pour arrêter ses longues jambes. J’ai vu sa silhouette se frayer un chemin entre les hautes tiges, comme si ce n’était pas la première fois qu’elle vandalisait un champ de maïs, comme si tous les champs du monde étaient les siens. La flore monotone l’a engloutie avant que je puisse protester.

Dans le rétroviseur, j’examine ma tête en sang. La plaie est petite mais douloureuse. Ma frange ne la couvre pas, impossible de la cacher. Au diable cette dingue de Lejla. N’y a-t-il donc personne d’autre pour la conduire à Vienne ? Cette maudite ville de Vienne qui, vue d’ici, de ce champ de maïs, semble ne même pas exister. Pourquoi pas Dino – il en est incapable ? Il est handicapé ? Ses genoux avaient l’air très bien quand je l’ai vu. Il est peut-être condamné, interdit de déplacement, en liberté surveillée après avoir dévalisé un tabac. Comme si elle se souciait que je voie Armin. Elle aurait parfaitement pu se servir de quelqu’un d’autre et ne jamais m'appeler. J'aurais passé toute ma vie bien tranquille, en face de mon voisin à poil, avec mon avocatier. Au lieu de ça, je suis à deux pas de la frontière bosniaque, la tête en sang, contente de ne pas m'être brisé le cou, et tout ça parce que Lejla Begić avait besoin de pisser. Je sors de la voiture en bataillant contre la végétation acérée. Bien qu'il fasse sombre, la chaleur est insupportable. Je réfléchis à ce que je dirai au premier chauffeur curieux qui s'arrêtera devant notre malchance. À ce que je dirai à la police. À ce que je dirai à Michael, même s'il est peu probable qu'il l'apprenne, vu que mon portable est vide depuis l'AVNOJ.

Un cerf. Un cerf a surgi devant la voiture, j'ai eu peur et j'ai donné un coup de volant. Voilà ce que je dirai. Est-ce qu'il y a des cerfs ici ? Impossible de vérifier mon mensonge sur Google. Je regarde du côté par lequel Lejla est partie. Je ne la vois pas. Le monde n'est plus qu'un alignement de centaines de grues vertes. Je sais qu'elle est là, quelque part, accroupie. Convaincue que son geste était parfaitement normal. Peut-être – à une autre époque, quand nous étions ces deux filles au bord de la rivière. Mais pas ici, pas maintenant. Même elle, elle sait que ça ne se fait pas. On n'en est plus là, à ces idioties, la voiture a presque fait un tonneau, on aurait pu être grièvement blessées. Combien de temps faut-il qu'elle reste encore entre les épis de maïs pour se l'avouer ? Tout cela n'était-il qu'un spectacle pour me montrer – à moi, l'adulte ennuyeuse – que j'étais rasoir, que j'avais changé, alors qu'elle était restée la même ?

J'avance dans le champ, mais je ne la vois toujours pas. J'écarte les hautes tiges de maïs comme si c'étaient des spectateurs dans un concert muet. Mais les plantes se redressent et me fouettent le dos et le visage. Je perturbe leur simple verticalité. Est-ce que j'ai marché tout droit ou bien dévié à un moment de ma trajectoire ? Et si je tournais en rond ? Impossible, je n'ai fait que quelques pas. L'Opel Astra est encore derrière moi. Blanche dans l'obscurité, au milieu de tout ce vert, on dirait la coque d'un navire coulé. Je continue d'avancer en jurant. Mon pied écrase la terre molle, humide. Elle est passée par là, la sauvageonne, elle me force à suivre ses traces primitives comme si j'étais un chien. Où est-elle ? Peut-être qu'elle se manifestera si je me mets à rire bien fort pour lui montrer que j'ai compris la blague, que tout va bien. Parfaitement bien. Et je pourrai alors la réduire en bouillie.

Je me rends compte que j'ai besoin de pisser moi aussi : mon crime devra attendre. Tant bien que mal, j'ai décollé mon jean de mes cuisses poisseuses de transpiration. Une plante m'a chatouillé le cul. J'avais oublié la chaleur qu'il pouvait faire en Bosnie. Cette Bosnie rongée par l'obscurité, piquée de vieux qui déambulaient sans raison apparente, et sur laquelle j'étais en train de pisser. Et Lejla, où était Lejla ? J'ai entendu au loin le bruissement de ses pas. Je me suis essuyée avec une feuille à moitié sèche et j'ai renfilé mon jean. C'est là que j'ai compris que le champ de maïs m'avait trompée : il n'y avait pas la moindre trace de vie dedans. Il était mort, tout ce maïs, mort jusqu'à la dernière tige. La chaleur avait bu sa sève, mutilé son feuillage filiforme. L'obscurité lui avait enlevé toute couleur. Nous étions au milieu d'un cimetière de maïs, au milieu d'un champ oublié qu'on avait laissé mourir dans le noir au bord de la route.

Dans mes oreilles, Lejla continuait à marcher, j'entendais ses baskets écraser la terre aride, et les plantes mortes gifler ses épaules nues. Je ne savais plus d'où j'étais venue, où était la voiture, où était Lejla. J'ai marché dans une direction, puis une autre, en vain. Le champ semblait soudain infini, s'étalant à perte de vue. Je me suis retournée : la voiture n'était plus là. J'ai voulu crier, lui dire que ce n'était plus marrant, mais je craignais qu'on ne soit pas seules. Peut-être d'autres femmes s'étaient-elles autrefois perdues dans ce champ de maïs – dernier labyrinthe maudit pour les Bosniaques rebelles pressées d'arriver à la frontière ? C'est ce que notre petit pays, notre ancre corrodée par la pisse, nous disait : "Pas si vite, où crois-tu aller ?" Étaient-elles mortes là, toutes ces filles avides d'exil, entre ces plantes desséchées, à quelques pas du salut ? Leurs os étaient-ils devenus poussière, s'étaient-ils mêlés à la terre sur laquelle Lejla et moi avions uriné ?

J'avais chaud et mon estomac criait famine. Une douleur sourde martelait encore mon front. Je me suis assise par terre pour ne pas m'évanouir. Que je perde conscience, et cette terre stérile m'engloutirait. Je me suis souvenue que nous avions un plan. On allait passer la frontière et pousser jusqu'à Zagreb, d'une manière ou d'une autre. Là, je pourrais prendre une douche, dîner et dormir, avant de continuer en direction de l'Autriche. Quelques jours seulement s'étaient écoulés. Encore autant et je retrouverais Michael. Cette pensée m'a tranquillisée. Je me suis dit que tout allait bien, que les choses se déroulaient comme prévu, et que je pouvais donc même m'assoupir un moment, cachée dans ce champ. J'étais en sécurité, personne ne me trouverait.

Je me suis allongée par terre, soudain inexplicablement fatiguée. J'avais besoin de faire une pause – de l'obscurité, de la voiture, de Lejla. C'est là que j'ai entendu ses pas. Elle s'approchait. Elle était capable de me retrouver dans la nuit noire, comme les requins sentent le sang à des kilomètres à la ronde. Le maïs s'était tout à coup réduit à de petites tiges dérisoires. J'ai vu sa silhouette maigre surgir au-dessus de moi et ses mèches décolorées tomber en cascade sur mon visage. Elle avait défait sa tresse.

Elle a écarté une tige gênante et s'est assise par terre. Elle a fait mine de saisir mes pieds pour les poser sur ses genoux, mais je l'ai repoussée d'un geste si brusque que j'ai heurté son coude. Ça m'était égal. Qu'elle souffre.

“C'est quoi, ton putain de problème, Lejla ? ai-je dit en me levant.

— Et ton putain de problème à *toi*, c'est quoi ? Je t'ai dit que j'avais besoin de pisser.

— Tu aurais pu nous tuer !

— Nous *tuer* ? Fais pas chier, Sara, on est juste sorties de la route. C'est tout.

— Non, mais sérieusement. Tu peux pas faire des trucs comme ça. C'est n'importe quoi, c'est tout. La voiture a failli faire un tonneau."

Elle a poussé un profond soupir et s'est allongée.

"D'accord, peu importe… Tu sais à quoi je viens de penser ? a-t-elle lancé avant de poursuivre sans attendre ma réponse : Tu te souviens de Maja de la 4B ?

— Je m'en branle de Maja de la 4B. D'abord tout ce cirque en anglais chez la Knežević, et maintenant ce bordel. J'en ai marre de tes conneries.

— Mes conneries ? Ce ne serait pas la petite Européenne sophistiquée qui parle, là ?

— Tu sais quoi, Lejla ? Va te faire foutre.

— Ah non, pas de *va te faire foutre, Lejla*, pas ça. Je t'ai demandé un service, tu as dit oui. Et maintenant, ce serait à moi d'être convenable et polie, d'avoir des cheveux à ton goût, des vêtements qui ne te perturbent pas, de discuter avec toi de tout ce que tu considères comme un bon sujet, de te dire que la fête de fin d'année était *extraordinaire*, et d'ignorer, si possible, que j'ai des tripes et une vessie…

— Ce qui veut dire ?

— On dirait que t'as tout oublié, Sara. T'es complètement aveugle.

— Je ne suis pas aveugle, je suis adulte.

— Ah bon ? Alors dis-moi pourquoi j'ai un vieux Motorola qui se plie.

— Qu'est-ce que j'en sais ? Je vois pas le rapport…

— Tu as trouvé ça drôle, a-t-elle dit, sereine. Tu crois que les gens peuvent tout choisir dans la vie. Toi, tu as passé ta vie à tout choisir. Si j'ai ce foutu portable à clapet, c'est parce que c'est le seul que j'aie pu m'offrir. Et je travaille comme une putain de serveuse parce que c'est le seul boulot que j'aie réussi à décrocher. Je suis ici, là, parce que c'est ce qui m'a semblé être la dernière option possible. Alors, si tu es mal à l'aise, si tu t'ennuies ou si tu es en colère... alors, je suis désolée, sincèrement. Mais je n'ai aucune intention de jouer la petite Européenne sophistiquée juste parce que tu sembles avoir oublié qui je suis réellement."

Elle a dit tout ça sans élever la voix. Allongée par terre entre les pieds de maïs morts, elle avait l'air d'un animal de compagnie abandonné, jeté par la fenêtre dans la nuit noire. Je ne savais quoi dire. Depuis toujours, elle savait s'y prendre et réduire à néant mes arguments logiques, même quand nous savions toutes les deux que j'avais raison. Elle disait une phrase, montait autour de moi une petite cage et me laissait gigoter dedans avec ma colère inutile. Elle savait que je ne voulais pas lui tourner le dos et partir. Le désir de voir Armin m'enveloppait tout entière, ses narines de fauve le flairaient. "Je voudrais juste arriver à Vienne en un seul morceau", ai-je dit en me rasseyant. Je lui tournais le dos, honteuse de la futilité de ma colère.

"*Moi, je voudrais.* Et moi, alors ? Tu es toute seule dans la voiture ? C'est le *voyage de Sara*, en fait ? Sara *arrive à Vienne*. En un seul morceau.

— S'il te plaît, Lejla, arrête tes conneries. Bien sûr qu'on voyage toutes les deux. C'est pour toi que je suis ici."

Elle n'a rien dit. Elle avait pris ma colère, l'avait déshabillée, massacrée et remodelée, puis réutilisée contre moi. Personne ne maîtrisait mieux qu'elle le retournement de situation. Elle était capable de meubler des heures avec son verbiage absurde, mais son silence était le plus lourd silence du monde. Il emplissait mes oreilles comme une mer empoisonnée. Je me suis rallongée et j'ai inspiré à fond l'odeur du champ sans vie.

"*Quid* de cette Maja de la 4B, alors ?" ai-je demandé au bout d'un moment, pour relancer la conversation. Je voulais qu'on sorte de ce maudit champ et qu'on continue notre route.

"Tu sais bien, Maja... Celle dont on disait qu'elle s'enfonçait des épis de maïs.

— Ne me dis pas que tu as cru cet imbécile de Dejan, ai-je répondu, agacée, comme si Dejan était responsable de l'accident qui aurait pu nous coûter la vie.

— Je ne crois ni Maja ni Dejan.

— Et donc ? C'est quoi la logique ?

— Y en a pas, Sara. Toi et ta foutue logique.

— Qu'est-ce que tu veux dire par là ?

— Rien.

— Non, vraiment. C'est quoi ce *toi et ta foutue logique* ?

— Bah, tout ça. Le sujet, le motif… Le décor. On n'a pas toujours besoin de logique. Grandis un peu, m'a-t-elle dit.

— C'est *moi* qui dois grandir ? Mais c'est quand même pas moi qui ai failli nous tuer parce que tu avais besoin de pisser !

— J'ai pas failli nous tuer… Tu vois ? Tu recommences.

— Je recommence quoi ? ai-je demandé.

— À inventer des trucs. *Tu as failli nous tuer*. On a juste viré un peu sec. On n'a rien. Tu t'ennuies vraiment à ce point dans ta vie que tu aies constamment besoin d'inventer des drames ?

— Lejla, j'ai le front qui saigne.

— Moi, je saigne depuis trois jours et je ne me plains pas."

Je ne voulais pas discuter. J'ai fermé les yeux, massé mes tempes et essayé de nous imaginer ailleurs. Sur cette île, peut-être. Avant que tout dégénère. Je sentais l'odeur du maïs sans vie et de la terre brûlée sur laquelle Lejla venait de laisser la trace de son sang. J'ai imaginé une petite racine desséchée, qui reprenait vie et poussait au milieu de ce terrain stérile. J'ai imaginé le sang de Lejla pénétrer profondément dans la terre aride et ressusciter tout le champ. Les tiges de maïs de nouveau droites et dorées. Je me suis rappelé qu'on était près de la frontière. On était allongées là, deux points sur une carte, tout près de la ligne rouge. C'était réconfortant. J'ai essayé d'imaginer Armin adulte, les cheveux poivre et sel, en train de m'observer après toutes ces années, souriant, mais je n'y suis pas arrivée. J'ai pensé à

Maja de la 4B et à une photo d'elle que j'avais vue un jour sur Facebook : en fauteuil roulant dans un gros pull à fleurs, avec un mari rondouillard derrière elle, souriant. Un fils de part et d'autre, le troisième sur ses genoux. Maja de la 4B, fatiguée, photographiée toute fière pour ses cinq cents amis virtuels.

"Tu veux que je te raconte une histoire ? a demandé Lejla de but en blanc.

— Mais n'insiste pas sur la *logique*, surtout. Puisqu'on est *adultes*.

— Bien sûr, pas de logique.

— Et pour le sujet et le motif ? Pour le décor ?

— Sujet : la pédophilie. Décor : le bureau du prof de maths. Motif : y en a pas. Les motifs, c'est débile, comme la *logique*."

Je me suis appuyée sur les coudes et je l'ai regardée. Elle était allongée, les yeux fermés, sa braguette encore ouverte, une main sur son ventre nu. De temps à autre, on entendait une voiture, les phares balayaient l'horizon, puis disparaissaient dans l'obscurité.

"Comment ça, la pédophilie ? De quoi tu parles ?

— Du prof de maths. Tu te rappelles de lui ? Mon béguin ?

— Eh bien quoi ?

— Il m'a attaquée… Non, *attaquée*, c'est stupide de le dire comme ça. Il m'a sauté dessus.

— Pardon ?

— T'as bien entendu.

— Quand ça ?

— La deuxième année du lycée, je crois… Je suis allée le voir dans son bureau, tu vois ? Je voulais… Je ne sais pas. Je ne sais pas pourquoi je suis allée le voir. Et là, il a commencé à me tripoter et son visage a changé… on aurait dit un chien enragé."

Elle parlait tranquillement, comme si elle était en train de m'expliquer un problème de mathématiques, en partie amusée par mon ignorance.

“Et alors, qu’est-ce qui s’est passé ?

— Rien, je l’ai repoussé et je suis sortie.

— Je peux pas le croire. Alors c’est pour ça qu’il est parti, le salaud, ai-je dit.

— Je pense qu’il se sentait plus mal que moi. Si tu avais vu sa tronche, le pauvre…

— Lejla, tu aurais dû le dire à quelqu’un. C’est pas normal. Tu étais mineure.

— Le dire à qui ? De toute façon, il ne s’est rien passé.

— Peu importe ! En toute logique…

— Nous y revoilà.

— Mais tu comprends quand même que c’est pas normal ? Que tu aurais dû le dénoncer ?”

Elle a ouvert les yeux, respiré à fond, et elle s’est assise pour mieux me voir.

“Sara, tu exagères… Il était plus jeune que toi et moi à présent.

— C’est pas la question. Tu étais mineure, et c’était ton prof.

— Bon, arrête… Tu t’énerves juste parce que tu n’étais pas au courant.”

Je me suis levée et j’ai marché vers le bruit des voitures. Je ne pouvais pas la supporter. Elle était tellement imbue d’elle-même, privilégiée et intouchable dans son grand savoir.

“Sara, attends…

— Je ne veux pas attendre. Je veux sortir de ce foutu pays le plus vite possible.”

Elle est accourue et m’a saisie par l’avant-bras. “Attends, putain…

— Qu’est-ce que je dois attendre ? ai-je demandé. D’abord tu nous tues presque, et puis tu m’expliques que c’est normal qu’un vieux détraqué de trente ans tripote les mineures dans son bureau ?

— Les choses ne sont pas si simples, Sara. Certaines personnes sont simplement…

— Simplement quoi ? Pédophiles ?

— Isolées. Certaines personnes sont simplement isolées."

J'ai ricané et continué vers la route. Bientôt, j'ai pu voir notre voiture, blanche dans le fossé sur le bas-côté. J'allais devoir arrêter quelqu'un et demander de l'aide. Je me suis plantée sur la route et j'ai commencé à gesticuler. Plusieurs voitures m'ont contournée en klaxonnant, je devais ressembler à un troll hirsute habitant dans un champ de maïs et qui sortait de temps en temps effrayer les chauffeurs.

"Mais qu'est-ce que tu fais ? a-t-elle demandé.

— À ton avis ? Quelqu'un va devoir nous tirer de là. Parce que t'avais besoin de pisser.

— Personne ne s'arrêtera comme ça. Tu as l'air d'une imbécile à sautiller."

Lejla m'a rejointe sur la route et a tendu son long bras bronzé, pouce vers le haut. Après deux ou trois voitures, une Peugeot s'est arrêtée, puis a reculé vers nous.

"Il manque plus que ce soit un taré. On va finir dans une cave, dépouillées de nos reins. Parce que tu avais besoin de pisser.

— Tu tiens ton histoire", a-t-elle répondu.

Une femme âgée, en jean et chemise multicolore, est sortie de la Peugeot. Ses cheveux avaient une nuance violette, celle du laisser-faire. Lejla s'est mise à lui expliquer la situation avec le sourire de Lela Berić et son accent de diplômée en langue et littérature serbes. Elle a omis la partie qui parlait de sa main saisissant le volant.

"Je vois... Je vois...", a dit la femme en jetant un coup d'œil sur l'Opel Astra, puis elle a agité la main et s'est dirigée vers sa voiture. L'espace d'un instant, j'ai cru qu'elle allait repartir et qu'on passerait la nuit sur place. Mais elle est revenue avec une sangle de remorquage, le geste brusque, comme si ce n'était pas la première fois qu'elle tirait des filles égarées d'un champ de maïs.

"Allez, mes jolies", a-t-elle dit en me tendant le crochet avant de retourner vers sa voiture. Entre elle et moi, une longue sangle noire n'arrêtait pas de se dérouler. Lorsqu'elle est arrivée à sa Peugeot, elle a fait volte-face et crié : "Retroussez vos manches et au boulot ! On n'est pas en boîte de nuit !"

[Je dois raconter cette histoire aussi. Retrousser mes manches. Sans elle, pas de logique dans tout ça. Même si tu méprises la logique. C'est qu'il ne reste plus beaucoup de souvenirs dans mon lac gelé. Quelques brèches ici et là, et tout ne sera bientôt plus que morceaux de cristal sans vie. Mme Knežević viendra en ciseler un petit canard qu'elle ajoutera à ceux de sa vitrine. Ne te surestime pas. Ces caractères typographiques, ce ne sont que mes doigts fatigués qui essorent un vieux chiffon jusqu'à la dernière goutte. Bientôt, je serai sèche comme le champ de maïs. Mais d'ici là, continuons.

Une brèche, regarde. L'île, l'été avant la fin du monde. La mer chaude et la bière froide. Regarde, on voit mieux maintenant. L'endroit où nous avons cessé d'être *toi et moi*. Où tu as eu les cheveux noirs pour la dernière fois. Racontons cette histoire, allez. Je ne chercherai pas la logique, promis. Je la cacherai dans ton oreille, où personne ne pourra la trouver. Tu n'as pas remarqué que je n'ai pas encore décrit tes oreilles ? Tu vois. On ne saura pas où chercher.

Commençons par exemple par la plage. C'est une longue plage remplie de gosses qui font du bruit. Les mères hystériques leur courent après sur le sable, leur sortent des coquillages de la bouche, étalent frénétiquement de la crème solaire sur leurs petits dos lisses. Les pères restent allongés dans l'ombre et observent ton cul rond chaque fois que tu décides d'aller jusqu'à la mer te rafraîchir les pieds. On venait de terminer notre première année d'études et on se croyait les plus futées du monde. On était convaincues d'être mûres, et que, l'intelligence, c'était d'avoir les meilleures notes et de citer le poète Miljković. Par-dessus nos lunettes noires, on regardait avec condescendance toutes ces mères inquiètes. D'ici, à bonne distance, je vois à quel point on était naïves, clairement inférieures à ces femmes épuisées, réelles. Je vois notre peau tendue et nos seins fermes, nos cerveaux récemment formés en état d'ébullition, notre inexplicable avidité envers cette chose, cet *autrement* qui ne viendrait jamais. Et cette conviction absolue qu'on ne serait jamais comme eux – les gens ordinaires –, que nos cheveux ne pendraient jamais mollement sur nos épaules rougies comme chez ces femmes replètes qui couraient après leurs sales gosses sur le sable brûlant. Combien un instant passé à la plage peut-il contenir d'arrogantes illusions ! C'est que je ne dois rien omettre, même si je ne me souviens que de toi et de ce matin-là, presque de rien d'autre. Je devrais convoquer dans mon esprit une plage générique, décrire le sable à l'odeur de carte postale, et le soleil rond et brillant comme s'il avait été retouché. Je devrais inventer un olivier et des moustiques et activer tous mes sens, n'est-ce pas, afin de rendre l'histoire *authentique* ? Je devrais décrire ce que nous sentions (le sel marin, la sueur des garçons bronzés en boîte de nuit et ton shampooing coco), ce à quoi nous goûtions (olives, pastèques, vodka jamais assez froide, myrtilles ; tu as même goûté mon œil la nuit où un grain de poussière y est entré), ce que nous écoutions (oiseaux ; je trouverai quelque part un manuel d'ornithologie, je donnerai un nom à chacun si nécessaire, j'écrirai des phrases intelligentes), ce que nous voyions (nos jambes, nos lèvres, nos mains, rien que nous, rien d'autre n'était à la hauteur de notre égoïsme juvénile), ce que nous touchions (toi : le blanc de mon œil avec ta langue, moi : tes cheveux à la surface de la mer, cherchant ton visage dans toute cette obscurité). Les sens, activer tous les sens. C'est là, paraît-il, que l'histoire commence à vivre. Tu méprises toutes ces tentatives pompeuses de rendre vivant ce qui est mort. Et regarde-moi – j'avance encore sur ce même chemin obsolète. Ne m'en veux pas. Quelqu'un doit raconter ça aussi ; moi, faute de mieux.

On avait lu dans une revue un article sur les gens qui se préparaient à la fin du monde. Ils disaient qu'en l'an 2000, tout allait disparaître. Certains faisaient allusion à l'Armageddon, une pluie magnifique de météores qui éradiquerait l'espèce humaine. Les autres parlaient du déluge : voitures, toits, bétail, tout ça flotterait à la surface d'une mare d'eau trouble. On avait lu que des gens avaient donné tout ce qu'ils possédaient, renoncé à leurs foyers, résilié leurs hypothèques et leurs contrats à durée indéterminée, prêts à accueillir la fin du monde. La fin d'eux-mêmes. C'était *le dernier été*, ultime occasion pour toi de porter ton maillot de bain rouge qui se nouait sur la nuque, et d'apprendre à plonger la tête la première avant que le monde cesse d'exister. Nos parents avaient accepté la blague à condition qu'on consacre ce mois-là à préparer les examens qu'on n'avait pas passés l'année d'avant. Mais quelque chose en nous croyait la fin du monde possible. Et si c'était en effet la dernière fois que le sel de mer nous brûlait la peau ? La fin du monde ne me faisait pas peur, elle semblait trop exagérée pour être vraie. C'est la fin de *nous* qui me terrifiait.

Mais laisse-moi écrire encore quelques mots sur toi. Pour les faire saliver ; tu as toujours aimé ça. Moi, si ordinaire à côté de toi, je porte mon maillot noir comme un certificat de virginité perdue, je lisse en vain mes cheveux indomptables, j'imite sans succès ton aisance et ta façon de manger des bouts de pastèque froide. Sur ta peau, des gouttelettes de sueur s'unissent timidement, ton sourire est tordu juste comme il faut, la queue de cheval noire et lisse qui se prélasse sur ton épaule scintille, gorgée d'eau et de soleil, comme le plumage d'un jeune corbeau. J'attends toute la matinée que tu te réveilles, tu as toujours dormi plus que les simples mortels, puis on s'enduit d'huile d'olive et on marche jusqu'à la mer, d'un pas lent et assuré, comme de petites tortues à peine nées rejoignant leur lieu de vie. Tout le monde t'observe quand tu enlèves ta robe d'été en la faisant passer par-dessus la tête, d'un seul geste rapide, comme un sparadrap gênant. Tout le monde t'observe quand tu étales ta serviette orange surdimensionnée, et l'on accepte sans piper mot ton droit à disposer de la plus grande place de la plage.

Tout le monde t'observe quand tu pénètres dans la mer, ton pas inchangé tandis que l'air se transforme en eau, tu continues au même rythme alors qu'autour de toi, les mortels s'habituent à la température de l'eau avec des gestes incongrus, accélérés, tels des jouets qui n'auront bientôt plus de piles. Tout le monde t'observe, et moi je regarde tout le monde, à la fois jalouse et fière, avec l'envie de leur dire : "Maintenant, ça suffit."

Il n'y a rien de spécial chez toi. La plage est pleine de jambes plus longues, seins plus imposants et autres miracles surestimés du corps humain harmonieux. Mais toi, tu portes en toi la promesse d'un monde différent, une singularité qu'envient tous ces perdants anonymes. Tu portes en toi une histoire. C'est ce que tous les gens veulent, pas vrai ? Qu'on leur donne un sujet, un motif, un décor ? Le début et la fin. La logique. C'est pour ça que tu les détestes.

Que s'est-il passé au juste sur cette île ? Je me suis raconté cette histoire si souvent, depuis le moment dans l'amphi où j'ai vu tes cheveux blonds et compris qu'on n'était plus rien l'une pour l'autre. Je voulais donner un sens à ce qui s'était passé. Mais que s'est-il passé au juste ? L'eau, toute cette eau, qui ne fait plus partie de la plage, mais de la mer et de l'océan. Tes cheveux, ton maillot rouge, ce nœud au creux de ta nuque.

Non, attends, pas si vite. On y viendra. Laisse-moi d'abord décrire quelques jours pleins de paresse, de mer et de nous, assises par terre dans la petite chambre de cet hôtel immonde dont la façade s'écaillait depuis l'avènement du socialisme. On s'est procuré une bouteille de gin et du jus de myrtille.

On apprend à rouler un joint. Je tousse, tu ris, c'est notre première fois. Pour tout luxe dans notre petite chambre, une radio volumineuse datant probablement de l'époque où Tito est venu couper la bande rouge et inaugurer l'hôtel. Entre quelques stations à peine audibles, on en a trouvé une diffusant des tubes d'avant les années 1950. Tu t'es bricolé un turban avec ta serviette et tu as commencé à imiter la comédienne Olivera Marković qui chantait autrefois : "Cet harmonica à toi, qui cette nuit ne joue que pour moi…" et moi, je me tordais de rire, à cause de toi mais aussi à cause de l'herbe. "Alors le cœur fait doum doum, puis dom dom…", chantait cette Olivera aux cheveux noirs, ivre, sans talent, et je croyais m'étrangler de rire. "Alors j'aimerais te donner mes mains…" Elle m'a offert les tiennes.

"Je vais tomber", ai-je dit, et j'ai encore pouffé. Tu m'as quand même attirée vers toi. Je ne savais pas danser, j'ai posé mes mains sur tes épaules en aveugle. "Ça se voit que je suis défoncée ?" tu m'as demandé. Je t'ai regardée droit dans les yeux, ils étaient noirs, comme toujours, et comme toujours, je n'arrivais pas à discerner tes pupilles. Mais j'ai dit : "Oui, ça se voit", parce que je savais que c'était ce que tu voulais entendre.

Après Olivera, ça a été le tour de Milan Timotić. Pour ceux, comme nous, qui aspiraient au bonheur, chantait-il, un chemin prometteur menait à une grande ville. On le croyait. Tu as poussé un profond soupir, tu m'as serrée plus fort et tu as continué à danser. Tu as murmuré : "Papa chantait ça autrefois… « Et vous n'êtes ni les premiers ni les derniers à en rêver… »" Tu n'as pas chanté une seule note juste, mais ça n'avait aucune importance, ton manque d'oreille me tranquillisait.

L'alcool et la marijuana se mélangeaient dans ma tête. J'entendais la rumeur d'une autre époque et d'une ville où "la vie toujours renouvelée fleurit partout", où le ténor immaculé de ton père vibrait toujours et où nos grands-mères en robes pastel dansaient, perchées sur des talons que nous n'aurions pas su porter sans nous fouler les chevilles. Il n'y avait plus d'obscurité, l'île nous enveloppait de son insouciance candide, et le sel de mer nous bouffait la mémoire. Là, dans cette chambre d'hôtel, à moitié ivre et à moitié *stone*, j'ai presque cru à cette histoire stupide d'une époque joyeuse de robes à pois qui tournent, de champs de blé qui ondulent et d'étoiles qui brillent sur des képis bleus. Je sais ce que tu vas demander si tu lis ces lignes. Je ne sais pas pourquoi j'ai fait ça, Lejla. Aucune idée. Peut-être parce que je croyais, parce que je me disais en toute logique, parce que j'imaginais que tu étais quelqu'un d'autre, quelqu'un qui te ressemblait. Ça n'a pas été un vrai baiser non plus, j'ai à peine effleuré tes lèvres. Je voulais te prouver quelque chose, que j'étais cool, que je pouvais embrasser qui je voulais. Toi, tu as éclaté de rire, et tu m'as repoussée doucement en disant : "Ça se fait pas en Bosnie.

— On n'est pas en Bosnie", ai-je répondu. Pas parce que je voulais t'embrasser encore, mais parce que je ne voulais pas te laisser guider. Tu m'as regardée comme si j'étais une enfant et tu as dit : "On est toujours en Bosnie."

Je ne sais plus si on a encore parlé après. Le même soir, on s'est appliquées à embrasser des mecs du coin dans une petite boîte de nuit qui sentait la poussière et la sueur. Je regardais les autres filles et testais mon désir. J'ai compris que je n'étais pas attirée par elles. Je n'avais pas envie d'embrasser d'autres femmes, ni ces mecs-là d'ailleurs. Je ne voulais pas t'embrasser non plus. Je voulais toucher quelque chose en toi, absorber par la bouche ton essence, comme un parasite. C'était tout. On n'en a jamais parlé depuis. En réalité, ce qui s'est passé sur l'île la dernière semaine a éclipsé l'alcool, la marijuana et les baisers qui avaient précédé. Attends, pas tout de suite. Laisse-moi écrire encore quelques mots sur les jours insouciants qui ont précédé *ça*.

Le matin au café de la plage – je ne m'en suis souvenue qu'après, quand j'ai commencé à chercher une logique à ton histoire chaotique. On sirotait notre café frappé et on grignotait des biscuits secs à la cannelle. Le journal disait qu'un fou, une nuit, avait tranché la gorge de sa femme et de ses deux enfants. Tu as lu l'article d'une voix solennelle, en faisant une pause après chaque paragraphe pour voir ma réaction. Mais j'étais trop occupée à observer les jeunes gars du coin à la peau bronzée, qui jouaient au volleyball dans le sable, leurs shorts courts découvrant de temps en temps plus qu'ils n'auraient dû.

"Qu'est-ce que tu ferais si tu lisais dans le journal que je suis morte ? m'as-tu demandé en aspirant les dernières gouttes de ton café frappé avec un bruit tel que la dame de la table d'à côté s'est retournée et t'a regardée, l'air dégoûtée.

— T'es obligée de faire ta sauvage ?" t'ai-je répondu en souriant, ce qui, bien évidemment, t'a incitée à répéter la même aspiration encore quelques fois, le plus fort possible. Lorsqu'il n'y a plus eu une seule trace de chantilly au fond de ton verre, tu as passé ta langue sur les lèvres et dit : "Sérieusement. Qu'est-ce que tu ferais si je mourais ?

— Bon Dieu, qu'est-ce que je ferais… Je serais triste.

— Triste ? Seulement triste ?

— Affolée… Et hystérique… Je ne sais pas ce que tu veux que je te dise. Je préfère même pas y penser.

— Le problème, c'est que personne est encore mort dans ton entourage, as-tu dit. T'es pas préparée.

— Mon grand-père est mort.

— Ça ne compte pas. Il avait cent ans. Et vous n'étiez pas proches.

— Où est-ce que tu veux en venir ?

— T'es pas préparée. Le jour où un de tes proches va mourir, tu vas craquer."

C'est pour ça que tu l'as fait, quelques jours avant qu'on rentre chez nous ? C'est ça, la *logique* ? Une poignée de jours encore, Lejla, et tout se serait bien passé. L'histoire ne se serait pas cassée en deux. Mais c'est fait maintenant, ça a eu lieu, je n'ai plus rien d'autre à écrire pour retarder cet instant.

On avait nagé loin du rivage, on essayait de rester sous l'eau les yeux ouverts. On sautait des rochers pour plonger profondément dans la mer. Tu gigotais dans l'eau, essayant vainement de faire une galipette avant. Je t'ai vue grimper sur un rocher escarpé, prête à t'élancer. J'ai fermé les yeux et plongé ; je t'ai entendue sauter pas très loin de moi. Je voulais toucher le fond avant de revenir à la surface. Je n'ai pas réussi, j'ai eu peur et j'ai changé d'avis à mi-chemin, la mer était trop profonde. J'ai sorti la tête de l'eau et j'ai vu ton corps immobile. Tu étais devenue *un corps*. Tu flottais à la surface comme une feuille. Le soleil tapait sur ton dos sans protection. Le visage tourné vers le fond de la mer, sans regard. Les bras écartés comme si on avait braqué un pistolet sur toi depuis les profondeurs.

"Lejla ?"

Rien. Aucune réaction.

"Arrête", ai-je dit en te poussant un peu. Ton corps sans vie s'est rapproché de moi comme un morceau de bois. Tes cheveux ondulaient dans l'eau telles des herbes marines. Tu étais morte à ce moment-là, j'ai vu ton cadavre.

Tu t'étais noyée. Je t'ai saisie par les épaules et je t'ai retournée d'un mouvement brusque. Il n'y avait plus rien d'humain sur ton visage, plus aucune trace de vie, ce n'était plus qu'un masque. Je me suis mise à pleurer, à crier ton nom et à te gifler violemment. Plusieurs nageurs se sont arrêtés au loin. Ils nous observaient. Le soleil était insoutenable. J'essayais encore de te frapper, et puis j'ai remarqué que tu me tenais par les poignets et que tu riais.

"Sara ! Hé, Sara ! C'était une blague !"

Je tremblais. Dans ma tête, tu étais déjà morte, ça avait eu lieu, même si tu me regardais à présent droit dans les yeux, mes poignets encore dans tes mains puissantes, tes joues rougies par mes claques, tes jambes s'agitant dans l'eau pour nous garder à flot. Un cercle s'était formé autour de nous, puis les gens, effrayés par ma crise, se sont éloignés le plus loin possible.

“Mais c’est quoi, ça, putain ?! ai-je crié en arrachant mes mains des tiennes.

— Sara, calme-toi…

— C’est quoi, ton problème ?! T’es cinglée ou quoi ?!”

Je voulais te tuer, ici et maintenant. Te punir d’être morte sous mes yeux.

“Sara, je n’ai rien, as-tu dit entre deux rires. Regarde, touche-moi.”

Tu t’amusais. Tu trouvais amusant de confronter les gens à la mort.

“Mais t’es malade ! Tu le sais, au moins ? T’es complètement dérangée !

— T’exagères, Sara.”

J’ai fondu en larmes, je ne pouvais pas me retenir. J’ai eu peur de ma propre peur. J’ai soudain compris que tout n’était qu’une blague, que la mer et tes cheveux n’étaient que des outils pour me démontrer à quel point j’étais naïve et mal préparée. Je détestais ma propre faiblesse, le fait que tu m’aies vue pleurer pour la énième fois.

C’est là que je l’ai dit. Je ne sais pas pourquoi. Peut-être pour justifier mes pleurnicheries stupides, leur donner un certain poids. C’est sorti tout seul.

“J’ai eu peur, Lejla… D’abord Armin, et maintenant toi.”

J’ai tout de suite regretté mes mots. Ton visage a changé, comme si on avait éteint la lumière en toi. L’absence totale de tendresse. Ton visage m’a plus effrayée que ta mort simulée.

Tu as demandé posément : “Qu’est-ce que ça veut dire *D’abord Armin* ?” J’ai gardé le silence. Je me suis cachée derrière mes pleurs. *Si jamais ton père entend quelque chose.* Je me souvenais de l’affiche avec le visage d’Armin. *Papa fait ce qu’il peut.*

Alors tu m’as administré une énorme taloche. Je t’ai regardée, surprise, comme si tu m’avais giflée par mégarde.

“Arrête de pleurnicher et réponds-moi. Qu’est-ce que ça veut dire *D’abord Armin* ?” as-tu répété.

Je me suis mise à sangloter, à boire la tasse, et toi, parfaitement impassible, tu m'as envoyé une autre gifle. J'avais la bouche pleine de sel, le soleil tapait sur ma nuque. Mes jambes s'épuisaient. Je voulais me raccrocher à quelque chose, je n'avais plus la force de me maintenir à la surface. Instinctivement, j'ai cherché à attraper tes épaules. Tu m'as repoussée, dégoûtée, comme si j'étais un tas d'algues gluantes, et tu es retournée à la nage jusqu'au rivage.]

10

Le silence s'était de nouveau installé dans la voiture, comme un auto-stoppeur malvenu, alors qu'on filait en direction de Zagreb. J'espérais que quelque chose d'extraordinaire nous arrive à la frontière : un souci avec nos papiers, un défaut sur notre voiture, un demi-kilo de cocaïne sous un siège ou un truc du genre. Mais tout s'est passé sans problème. La Bosnie avait d'abord essayé de nous retenir dans un champ de maïs, de tresser les cheveux décolorés de Lejla à une longue tige morte, de nous engloutir dans une terre infertile. Et puis elle nous a recrachées de l'autre côté de la frontière, sans plus.

C'était différent de la première fois où j'étais partie. J'étais seule alors, avec deux grandes valises et deux papiers que je gardais sur moi, dans mon manteau, comme si ma vie en dépendait : l'un où j'avais fait imprimer mon billet d'avion, et l'autre où était écrit que j'étais admise en master de littérature à la moins bonne des huit facultés d'Irlande où j'avais envoyé mon dossier. Ces deux papiers étaient plus précieux pour moi qu'un passeport. C'est grâce à eux que je pouvais me défaire de cette autre Sara qui quittait la chambre de Lejla, cette Sara dont les ongles étaient noircis par la terre où elle avait enterré Lapin.

Cette fois-ci, on quittait le pays ensemble, côte à côte, sans aucun papier pour nous réconforter. Maintenant que je lui avais enlevé Lejla et que je savais qu'Armin était ailleurs, la Bosnie s'était vidée de son sens. Elle n'avait plus de piles. Au moment de la vérification de nos pièces d'identité, la photo d'une femme sérieuse aux cheveux décolorés avait brillé un instant sur le passeport de Lejla. Sous les gros doigts du policier, j'avais lu *Lela Barun*. On a continué sans tambour ni trompette. Je ne voulais pas regarder *mon pays* disparaître dans le rétroviseur. Je ne voulais pas le voir réduit à un petit bout de miroir encadré de plastique, où se balançait l'alliance de Lela Barun. Je préférais le garder en mémoire vaste et vert, gorgé d'eau et de vie. Je voulais le garder dans ma mémoire tel qu'il n'avait jamais été, en tout cas pas pour nous.

C'est la dernière fois que j'ai vu la Bosnie.

La nuit tombait. Une vraie nuit, logique, attendue, celle qui vient quand les corps célestes changent de position. Un petit bout de soleil hésitait encore au bord de la large plaine. J'ai vu des faucons, maigres et fatigués, mais toujours fiers, toujours néfastes pour les pigeons, les lapins et les menus rongeurs. J'ai vu des voitures bondées de familles espérant qu'une semaine au bord de la mer donnerait du sens à leur existence – à eux, à leurs matelas de plage, leurs crèmes solaires et leurs mariages étouffants. Je me sentais soulagée d'être enfin sortie de cette obscurité épaisse, organique. Mais c'était cette sorte de soulagement que ressent la protagoniste d'un film d'épouvante quand elle se croit en sécurité, alors que le spectateur sait, lui. Il est toujours le premier à voir l'assassin. Cette obscurité que je pouvais presque toucher à Banja Luka, dont je pouvais sentir les filaments sur ma langue, elle pénètre dans le sang, gagne les poumons, le foie et le cerveau, et plus jamais on ne s'en défait vraiment. De temps en temps, elle réapparaît à la surface de la peau, la rend rêche et froide, l'anesthésie peu à peu, jusqu'à ce que les plaisirs quotidiens perdent leur intérêt et que le bonheur auquel on aspirait échappe à nos mains calleuses.

Lejla a tenté à plusieurs reprises d'entamer une conversation, mais je me contentais de hocher la tête, de hausser les épaules ou de murmurer un *hmmm*. Je pensais encore à notre prof de maths, son existence me mettait plus en colère que l'accident qui avait failli nous tuer. Je tentais de me rappeler ses mains – lorsqu'il écrivait des chiffres sur le tableau vert, ouvrait le manuel ou notait quelque chose dans son cahier. Je transposais ces mêmes mains sur le corps de Lejla qui commençait tout juste à s'épanouir dans la chaleur de l'adolescence, hésitant encore entre le statut d'enfant et celui de femme. Ça me dégoûtait. Pas parce que j'étais jalouse ou parce qu'il était tellement plus âgé, mais parce que ce bout de l'histoire m'était parvenu avec un énorme retard. J'avais besoin de cette autre Lejla, celle aux cheveux noirs et à l'hymen intact, celle qui n'était pas encore rongée par le cynisme, pour me raconter ce chapitre de sa vie.

Je n'avais aucune envie de flâner dans Zagreb. Pendant que je cherchais où me garer, Lejla est partie nous acheter de quoi manger. Elle est revenue avec deux sandwichs froids, un grand paquet de Honey Heart, trois Snickers et deux litres de Coca-Cola. Je nous ai payé une nuit étouffante au dernier étage d'un petit motel sans air conditionné. Les cloches de la cathédrale et la musique des cafés voisins, rue Skalinska, s'engouffraient dans notre chambre minuscule, asphyxiante. On partageait la salle de bains avec les autres clients du troisième étage. Lejla est partie prendre une douche et, tout en attendant son tour devant la porte verrouillée des toilettes, elle a engagé la conversation avec un type de la chambre d'à côté. J'ai entendu qu'il lui chantonnait quelque chose, et elle a alors ri sottement à la Lela Berić. Je n'ai pas pu résister – j'ai ouvert la porte, juste assez pour pouvoir écouter. Je voulais glaner un détail, une infime particule pour m'aider à compléter l'image de cette nouvelle Lejla et à comprendre ce qu'elle était devenue pendant les douze années où nous ne nous étions ni vues ni parlé.

"C'est pas ça, l'ai-je entendue rire. C'est « Avec le maréchal Tito, notre héros »... et après, je sais pas... « l'enfer ne nous aura pas » ?

— « Avec le maréchal Tito, ce blaireau, l'enfer nous tend les bras » ? a proposé son interlocuteur. Là, elle s'est esclaffée comme si c'était la chose la plus hilarante qu'elle ait jamais entendue. Je me suis approchée de la porte et j'ai passé la tête au-dehors. Appuyée contre le mur, elle jouait avec une mèche de cheveux. Elle maîtrisait parfaitement toutes les règles de ce cliché vide de sens. Comme l'un de ces quadrilles compliqués que je ne comprenais pas, mais que Lejla savait danser naturellement, sans se tromper. Deux, trois mouvements, et elle avait le mec dans sa poche.

Elle a continué, le sourire en coin : "Non, attends, comment c'était… « nous soulevons »… Nous soulevons quoi ?

— « Nous soulevons les jupes… »

— Ha, ha, mais non, pas les jupes, quel pervers, dis donc…, a-t-elle dit en donnant un petit coup de serviette sur ses pectoraux.

— « Nous soulevons les pieds pour nous tailler… », a continué l'idiot.

— « Et nous pétrissons… », a dit Lejla, ce qui les a fait rire tous les deux. Nous pétrissons quoi ? lui a-t-elle demandé, riant encore, avec les grands yeux stupides de la jeune ingénue.

— Nous pétrissons plein de choses…", a-t-il répondu, et il lui a touché le nez du bout du doigt. Il avait au moins dix ans de moins qu'elle, mais ça ne comptait évidemment pas. Lejla savait se fondre dans tous les moules qu'on lui proposait. Elle avait un capteur inné pour détecter ce qu'on attendait d'elle, et elle était capable de se transformer sur-le-champ en un objet de désir, de devenir la pièce manquante censée combler un vide chez l'autre, lui donner un sens ou au moins lui permettre de réaliser un rêve bon marché en deux, trois instantanés pornographiques. S'il le fallait, elle pouvait se réduire à une poignée d'elle-même.

Depuis la porte entrouverte, même de loin, je voyais clairement que le type avait une érection. Une brunette pulpeuse est alors sortie de la salle de bains, tout sourire : "Oh pardon, j'ai traîné", a-t-elle dit. Il a vite été clair que c'était sa petite amie – il a passé son bras mollasson autour du cou de la fille et l'a raccompagnée dans la chambre à côté de la nôtre. Lejla lui a fait un clin d'œil avant d'entrer dans la salle de bains.

De la chambre voisine nous sont parvenus ce soir-là des gémissements exagérés tels qu'en émettent les femmes qui croient porter la responsabilité d'un rapport sexuel médiocre, persuadées qu'elles pourront réparer le mal avec quelques cris appris à la télé.

"Pauvre meuf... La voilà obligée de baiser ce loser parce que tu l'as allumé", ai-je dit dans le noir. Je savais que Lejla ne dormait pas, elle gigotait encore à cause de la chaleur.

"Aaaah... Sara s'est remise à parler. Je croyais que tu comptais m'ignorer jusqu'à Vienne.

— Non, sérieusement. Il faut vraiment que tu flirtes avec le premier imbécile venu ?

— Et toi, il faut vraiment que tu méprises tous ceux qui n'ont pas de diplôme de littérature, n'ont pas écrit de livre et ne peuvent pas citer Crnjanski ?

— Mais n'importe quoi."

Dans la chambre voisine, le type a hurlé : "T'aimes ça ? Hein, t'aimes ça ?!" et Lejla et moi avons pouffé de rire.

"Tout ça à cause de toi, ai-je dit. Il le sait, que tu peux l'entendre.

— Laisse-les... Ils peuvent bien faire l'amour.

— Et s'ils font un bébé ce soir ? Parce qu'il a bandé ? Ça pèsera sur ta conscience.

— Ce n'est pas moi qui l'ai fait bander, c'est Tito.

— Tu abuses de notre héritage culturel et historique pour allumer des mecs.

— C'est à ça que ça sert."

Le type s'est remis à hurler : "T'en veux encore ? T'en veux encore ?!" On n'a pas entendu la réponse.

"J'ai peut-être fait une bonne action. Si ça se trouve, ça sera une petite fille très intelligente, a dit Lejla. Une écrivaine... Comme toi.

— Tu as Dino. Tu peux faire de petites écrivaines avec lui", ai-je dit.

C'était la première fois que je parlais de lui depuis qu'on avait quitté Mostar. Le type d'à côté a enfin joui. Lejla a gardé le silence. Dans l'obscurité d'un petit hôtel de Zagreb qui s'était trouvé sur notre chemin par hasard et que nous oublierions probablement bientôt, je sentais que nous étions de nouveau quelque chose, ou du moins une partie de quelque chose qui avait existé avant l'île. Je voulais l'entendre parler, peu importe de quoi, et l'imaginer, imaginer dans la pénombre ses cheveux et ses yeux, noirs comme autrefois.

"Pourquoi tu m'as rien dit pour le prof de maths ?" lui ai-je demandé.

Elle s'est tue un moment avant de répondre : "Je ne sais pas. Je ne voulais pas que tu le détestes, peut-être.

— Qu'est-ce que ça peut faire, que je le déteste ou pas ? Moi, je te racontais tout.

— Je ne sais pas... Aucune idée. Je suis idiote, a-t-elle dit, puis soudain, sans transition : Tu as un mari ?

— Non, je n'ai pas de mari, ai-je répondu. J'ai Michael. Et un avocatier.

— Ils sont comment, Michael et l'avocatier ?

— Michael est grand. Roux. Il fait de la programmation. Et l'avocatier est une énigme. Franchement, je ne sais pas comment il peut être encore en vie.

— Tu n'as jamais aimé les plantes d'appartement.

— C'est vrai. Je ne les aime toujours pas", ai-je répondu en bâillant.

Au bout d'un moment, j'ai pensé qu'elle s'était endormie. L'hôtel avait sombré dans un silence inquiétant. On n'entendait que la cathédrale. J'ai compris que, si tout se passait comme prévu, je verrais Armin le lendemain. J'avais peur de prononcer son nom devant elle, je sentais que je n'en avais pas encore le droit. Quelque part en moi se lovait toujours la timidité d'une fille de douze ans dont un garçon avait un jour défait les cheveux. Prononcer son prénom m'aurait trahie. J'ai essayé d'imaginer ce que j'allais lui dire, les questions que je lui poserais, mais tout me semblait banal. Irions-nous prendre un café quelque part ? Viendrait-il avec sa femme et ses enfants ? Comment pourrais-je concilier dans mon esprit cette image imprécise du dieu âgé de seize ans avec celle d'un homme ordinaire commandant un café allongé ou mouchant son morveux ? Pendant un instant, j'ai souhaité que notre voyage ne se termine jamais, qu'il y ait toujours quelque part, dans une ville ou une autre, à un moment ou un autre, un petit hôtel où une Lejla et une Sara seraient allongées dans leurs lits et parleraient de profs, de plantes, de n'importe quoi, tout en faisant lentement route vers ce garçon, debout au pied du cerisier. C'est sans doute là que j'ai compris la triste vérité – je n'avais pas besoin de Michael. Je me sentais très bien là, dans ce lit où je transpirais déjà faute d'air frais. *Tu n'as jamais aimé les plantes d'appartement*. Pas besoin d'expliquer à Lejla quoi que ce soit, elle avait la bonne loupe pour cerner mes plus petits tourments. Les particules d'obscurité dans mon sang avaient envahi tout mon corps, j'étais obligée maintenant de m'y habituer, de les accepter comme quelque chose d'essentiel en moi, quelque chose que ni Michael ni aucun autre Michael de ce monde ne pourraient jamais cerner entièrement. Ces particules, ils les trouveraient intrigantes au début, mais elles finiraient sans doute par les lasser. Tout au plus percevraient-ils parfois une tristesse absurde aux franges de mon être, une obscurité à la surface de ma peau, et ils ne sauraient pas comment l'interpréter, malgré toute leur bienveillance, vexés de ne pas être *celui qui peut me réparer*. Ils me liraient de gauche à droite, dictionnaires à l'appui, me transformeraient en un livre à la couverture rigide, et puis Lejla arriverait, arracherait les pages et en ferait de petits oiseaux en papier. Elle est la seule à savoir que, l'obscurité, ça ne s'interprète pas, qu'elle n'a ni motif ni sujet. Elle seule sait comment me libérer de la couverture rigide.

“Tu sais…, a soudain dit sa voix de l’autre côté de la chambre.
— Quoi ?
— Les enfants, a-t-elle dit.
— Quoi, les enfants ?
— Je ne peux pas, tu sais ? Quelque chose ne marche pas en bas… la tuyauterie.”

Je me suis tournée vers elle, même si, dans le noir, je ne pouvais pas la voir.

“Tu en es sûre à cent pour cent ?
— Cent mille pour cent.
— Et tu voudrais en avoir, des enfants ?
— Franchement, je ne sais pas, a-t-elle dit. J’aimerais avoir le choix. Peut-être. Aucune idée.
— Merde… Je suis désolée”, ai-je murmuré, bêtement. Je ne savais pas quoi lui dire. Une fois encore, les mots qui me venaient à l’esprit me semblaient usés, inefficaces. Lejla avait ce pouvoir sur eux – d’un geste, elle leur ôtait leurs habits d’apparat et mettait à nu leurs corps frêles. Nous nous sommes tues et, quelques minutes après, j’ai entendu sa respiration tranquille, régulière. Elle s’était endormie, comme toujours avant moi.

Je me suis dit que tout était là : deux femmes dans une petite chambre sans air conditionné, avec du Coca-Cola tiède sur la table de chevet et le son des cloches qui entrait par la fenêtre branlante – rien de plus. Le jour où on mourrait, il n’y aurait personne pour nous faire durer. Mais il n’y avait rien de triste dans ce constat, du moins pas pour moi. Cette nuit-là, j’y trouvais même une consolation : un jour, deux femmes qui avaient traversé la Bosnie et fui la scène du crime cesseraient simplement d’être. Aucune descendance ne serpenterait après nous sans contrôle, nous ne donnerions au monde ni artistes ni putes ni écrivaines, ni héros ni criminels. Personne ne serait jamais *nous*. Il n’y avait que nous deux.

["Ça, c'est vous", a dit l'institutrice, tout sourire, en nous montrant le tableau en liège rempli de silhouettes en papier. Notre premier jour à l'école. Le dernier souvenir, puisque le premier. Il s'éloigne de plus en plus, disparaît graduellement comme un chef de gare sur le quai. Je me rappelle peu de choses, j'invente la plus grande partie. Mais ça ne fait rien, tu te souviendras de ce qui est important. Si je veux sauver les souvenirs fragiles, je dois d'abord installer autour d'eux des échafaudages illusoires. Ne prête pas attention à la fabulation vide. Souviens-toi des bonshommes en papier. Pour notre premier jour à l'école, on nous avait dit de fabriquer et d'apporter des silhouettes en papier qui nous représentaient. Maman a acheté plusieurs sortes de papier brillant, des feutres de couleur, des stickers et des tampons multicolores. On a passé toute une soirée à la table de la cuisine à essayer de me fabriquer, *moi*. La règle était claire : les enfants devaient préparer leur personnage tout seuls. Maman s'est sentie frustrée. Je coloriais en dépassant, je découpais mal les pieds, le papier pour les cheveux était trop foncé.

"Recommence, a-t-elle dit. Prends celui-ci... Et fais attention avec les ciseaux, tu ne vas quand même pas tout gâcher encore une fois."

Je découpais de petites créatures, la jupe soudée au corps, et je les coloriais avec des couleurs *pour filles*. Je couvrais leurs membres tremblants de paillettes. J'observais le visage de maman pour voir si j'avais bon. Elle allait me reconnaître sur ce papier, elle savait comment me fabriquer – elle l'avait déjà fait une fois. Je voulais de longs cheveux verts qui descendent jusqu'aux pieds, une robe de feuilles et des yeux jaunes. Mais maman a dit que c'était hors de question : est-ce que je voulais que les autres enfants me rient au nez ? Elle a pris les ciseaux et découpé mon bonhomme en papier, même si ce n'était pas permis. Mais c'était maman, elle savait mieux faire. Moi, j'étais maladroite avec les ciseaux.

"Voilà", me dit-elle, et elle me tend une fillette en papier rose. Ses cheveux sont plus beaux que les miens, lisses, avec une petite étoile dessus. Elle tient une fleur dans la main, alors que moi, la semaine précédente, j'ai cassé notre ficus en jouant à l'élastique dans le salon. Et maman a dit que ceux qui ne s'occupent pas des plantes ne savent pas s'occuper des gens non plus. Mais la petite *moi* en papier sait s'occuper des plantes, elle tient dans la main une fleur parfaite de la taille de sa tête. Elle porte une petite robe rose que je n'ai jamais eue, et elle sourit de ses lèvres bien rouges, alors que maman m'interdit d'essayer son maquillage.

Dans la queue devant l'école, les enfants attendent avec leurs mères. Bientôt on appellera leurs noms, ils lâcheront les mains maternelles et entreront dans le bâtiment tous ensemble, mais parfaitement seuls. Chacun dans son monde, puis soudain membre d'un groupe, de quelque chose de plus grand que la table familiale.

Ta mère porte une robe rouge très large et des sandales en liège. Je ne savais pas qu'on pouvait être si belle. Sa façon de toucher sa montre pour consulter l'heure, de caresser tes cheveux aussi noirs que les siens, sa façon de rire de ce que tu lui dis – toi qui es aussi petite que moi, tu arrives à la faire rire. Je ne te vois pas, tu es de dos, tu n'existes pas encore. Au même moment, deux émotions aussi fortes l'une que l'autre me saisissent : d'un côté, l'envie que cette mère soit *la mienne*, avec ses jambes bien galbées, son dos droit et son grand sourire blanc, et de l'autre, la culpabilité de vouloir remplacer celle qui se tient à côté de moi. Plus tard, tu essaieras de me convaincre que ta mère n'a jamais eu de robe rouge, que j'ai dû la confondre avec une autre, mais pour moi, ce souvenir est bien réel, et je m'agripperai à lui comme à un ticket de loto, même si le prix à gagner est misérable. D'ailleurs, que sais-tu des souvenirs ? Tu les jettes comme des vieux tampons.

Alors je vais raconter celui-ci, comme j'ai raconté tout le reste. L'école, le ciel couvert, un sentiment de culpabilité coincé entre la paume de ma main et celle de ma mère. On commence à lire nos noms et c'est la panique. Un petit garçon se met à crier en s'agrippant des deux mains au manteau de sa mère. Les autres enfants l'observent comme s'il était leur chef d'orchestre et, aussitôt le signal reçu, se mettent à pleurer au même rythme – les uns beuglent, les autres gémissent, et les mères, affolées, se regardent honteusement les unes les autres en simulant la surprise. *Ça n'arrive jamais à mon enfant, tout ça est de votre faute.* C'est là que je te vois. C'est là que tu commences à exister. La véritable toi, sans aucun nom.

Tu es la seule à ne pas pleurer. Moi, je suis à la limite, mon menton s'est déjà mis à trembler, pas parce que j'ai peur de quitter maman et d'entrer dans l'école, mais parce que j'ai l'impression que c'est ce qu'on doit faire à ce moment-là. Pleurer est la première action collective du groupe. Seulement, je ne peux pas pleurer pendant que tu m'observes. Et toi, tu ne me quittes pas des yeux, à croire que tu sais. Autour de nous, c'est la cacophonie des enfants gâtés. Les institutrices viennent récupérer leurs élèves, les prennent maladroitement par la main et les acheminent vers l'entrée comme si c'étaient des meubles. Maman est fière de moi, toutes les femmes ont vu que son enfant ne pleurait pas – la fille du chef de la police. Je tiens dans la main la *Sara* en papier rose. J'entre dans l'école du pas arrogant de ceux qui libèrent la ville des barbares, tout en sachant que je n'ai pas mérité mon statut d'héroïne – je pleure pour un oui, pour un non, mais personne ne le sait. Je n'ai pas encore fait ta connaissance, et je sens que tu as déjà fait de moi quelque chose d'autre, une meilleure version de moi-même.

Les mères restent dehors, le sourire las, à la fois tristes et excitées, telle une bande de groupies après un concert émouvant. Toute leur raison d'être est à présent à l'intérieur de ce bâtiment, et c'est leur dénominateur commun. Dépouillées de leurs enfants, elles sont obligées de se parler sans aucune protection. Nous sommes à l'intérieur, chacun avec son bout de papier, impatients d'accepter une nouvelle autorité et toutes les règles qui en découlent. Nous savons faire.

Mes souvenirs sont-ils corrects ? Je suis obligée d'altérer, d'inventer ; la langue, alors, n'est pas encore assez mature pour tisser des souvenirs solides, il ne reste que des sensations : les entailles sur la petite table polie par des centaines de mains avant nous, l'haleine âcre des enfants qui ne se brossent pas les dents, le crissement de la craie sur le tableau vert, la lumière ondoyante sur les illustrations de notre manuel, le goût sucré d'un croissant mou à la récréation. Tu me diras plus tard que j'ai inventé tout ça, que ça s'est passé autrement – à quelle école étais-je donc allée, pas la même que la tienne, il faut croire. Ces inventions, pourtant, me parlent davantage que de vagues documents scolaires, des photos de classe fanées ou ta mémoire d'une précision chirurgicale.

Malgré tout, certaines images demeurent, simples et élémentaires, précisément parce que je ne les ai pas inventées. Ces deux garçons, assis entre toi et moi, en train de parler de leurs *zizis*. Toi et moi, on se regarde, on sait que quelque chose cloche, mais on ne sait pas vraiment quoi. L'institutrice est loin, face au tableau. Ce dont les garçons parlent, nous, on ne l'a pas, c'est cette *autre chose*, qui n'appartient qu'à eux. Cette différence concentre toutes les hontes et toutes les peurs de notre monde. On aura la réponse trop tôt, petite et rabougrie, à la question qu'on portait alors en nous sans même en avoir conscience. Les garçons déboutonnent leurs pantalons et se montrent leurs *zizis* comme s'ils comparaient leurs trousses à crayons. Je te regarde – la tête inclinée, tu observes leurs membres minuscules sans bien savoir à quoi ils servent, apitoyée devant cette déformation de leur corps. Et je les vois aussi, après les avoir vus dans tes yeux. Deux champignons difformes sous le nombril des garçons.

Je ne me rappelle pas quand ni comment cet horrible spectacle s'est terminé. À partir de là, on s'est assises l'une à côté de l'autre, attirées non seulement par la peur de leurs corps, mais aussi par une espèce de complicité dans notre différence. C'est ce mélange confondant de dégoût et d'admiration qui nous rapprochait. On est *toi et moi*.

Je ne me rappelle pas non plus quand tu m'as dit ton nom pour la première fois. Parfois, j'ai l'impression qu'il était là depuis toujours, que je l'ai su dès le premier instant – même si c'est évidemment impossible. Ce dont je me souviens, c'est du bonhomme en papier que tu as apporté à l'école, ta *Lejla*. Il était blanc, découpé dans du papier aquarelle épais. Tu ne lui avais dessiné ni yeux, ni bouche, ni nez. Tu n'avais pas découpé le corps de manière à l'élargir en une jupe ; tu ne lui avais ajouté aucun détail. L'institutrice a ramassé nos personnages en papier et a entrepris de les fixer sur le grand tableau en liège pendu au mur, à côté de la carte du monde. Elle a percé nos têtes avec des punaises. Nos jambes et nos bras gondoleraient bientôt, ondulant chaque fois qu'on ouvrait la porte de la classe.

Lorsqu'elle a vu ton bonhomme, elle a demandé pourquoi tu ne l'avais pas colorié. Aucun détail de notre classe n'est resté dans ma mémoire, aucun visage, aucun manuel, mais je sais ce que tu as répondu. Tes mots ont toujours eu cet effet sur moi, ils sont le stylet qui grave le sillon musical d'un vinyle.

"C'est la peau", as-tu dit. Certains ont ri sous cape, essayant de cacher leur jalousie. Ton bonhomme en papier était différent des autres. Tu serais la première dont l'institutrice se souviendrait.

"Et les vêtements ? a-t-elle demandé.

— Je ne porte pas tous les jours les mêmes habits", as-tu répondu.

C'est tout ce dont je me souviens. Elle n'a pas voulu insister, ton père venait de mourir, les quarante jours de clémence t'étaient garantis, comme le veut la coutume. Mon bonhomme multicolore, couvert de paillettes, une fleur à la main, est soudain devenu stupide et excessif. J'avais honte devant ta simple vérité. Pour la première fois, je me suis dit qu'il existait peut-être quelqu'un qui en savait davantage que ma mère. J'étais mal à l'aise de penser ça, je voulais la protéger, elle – si misérable, avec son sac rempli de papier et de stickers multicolores –, la protéger de ton exactitude brutale. C'est peut-être là que je me suis cassée en deux, en une moitié qui accepte ta vérité, consciente des mensonges affichés sur le tableau en liège, et une autre moitié, celle qui rentrait à la maison après l'école et se conformait au rêve maternel d'une fillette en robe rose. Et même : c'est peut-être là que j'ai conçu un autre moi pour ce monde multicolore, quelque chose que je n'oserais pas te montrer de peur que tu dévoiles mon faux-semblant. C'est pour ça qu'il était facile de partir, de changer de langue, de prononcer différemment mon propre nom, de faire semblant que quelque part très loin, au cœur noir de l'Europe, tu n'existais pas.

Pendant cette première année passée ensemble, nous n'avons pas partagé grand-chose. Tu m'as dit que tu n'avais plus ton père, je t'ai dit que je n'avais pas de frère. Dans mon cerveau d'enfant, être mort et ne pas être né revenait au même – une simple absence. Mais ça n'avait pas d'importance, tu m'avais acceptée, comme si on m'avait destinée à toi. Comme si notre histoire existait avant nous. Après avoir assisté toutes les deux au spectacle des deux garçons débraillés, nous sommes devenues inséparables. Sans avoir rien fait de répréhensible, nous savions qu'il y avait là quelque chose de honteux, qui pouvait se retourner contre nous. Il ne nous fallait pas d'autre raison pour être ensemble. Tu me raconterais que tu avais un frère plus âgé. Tu m'inviterais à ton septième anniversaire. Ponctualité bureaucratique des premières amitiés. Qu'étions-nous alors, à quoi se résumait ce *Lejla et moi* ? À un peu de chair et d'humanité. Pas besoin de rendre ces jours-là plus beaux ou plus importants qu'ils ne l'étaient. Ça ne me vaudrait que ton mépris. D'ailleurs, je suis incapable de décrire ces deux gamines : tu ne cesses de grandir et rapetisser dans ma mémoire, comme une terre illusoire aux yeux des marins désespérés. J'introduis dans mes rares souvenirs une version de toi plus âgée, celle que le prof de maths a osé tripoter, celle qui, à deux pas de moi, a perdu sa virginité au bord de la rivière. C'est ainsi que cette Lejla adulte et désenchantée massacre mes naïfs souvenirs d'*une insouciante amitié d'enfants*. Je voulais faire marche arrière et tout expliquer, mais je me suis apparemment juste éloignée sans parvenir à grand-chose. En réalité, j'ai seulement réussi à me perdre.

Je ne sais pas, Lejla. Et je devrais savoir, n'est-ce pas ? C'est ce que tu aimerais, pas vrai ? Une narratrice omnisciente. Tu avais peut-être raison depuis le début, il n'y a peut-être pas de logique, de motifs invisibles sous la surface de la vie. Je voulais marcher à reculons, relier les points dans l'ordre, un, deux, trois, comme sur ces dessins que tu aimais tant quand on était petites. En réalité, tu ne voulais pas de ça – de mes explications, du sens que j'imposais à la vie. Il fallait juste étaler les images, n'est-ce pas ? Te faire entrer dans l'histoire, toi – une simple serveuse de Mostar sans qualités particulières, une femme qui ne laissera rien derrière elle, sinon peut-être le squelette d'un lapin et un tampon balancé dans la nuit ? Il n'y a que les imbéciles comme moi pour t'enfermer dans un livre. Sauf que, tu vois, toutes les histoires ont quelque chose d'inéluctable – tôt ou tard, elles touchent à leur fin. Et, comme tu le sais bien, après notre fin à nous, il n'y aura plus rien. Tu te rappelles ce jour sur l'île où tu m'as dit que je n'étais pas préparée à la mort ? C'est *toi* qui n'y es pas préparée. Et chaque mot nous rapproche de la fin.

Je connais bien cette peur qui est la tienne, je l'ai reconnue dès le début, mais je n'ai rien dit. Ce jour où on est entrées dans la classe et où ton bonhomme avait disparu du tableau. Tout ce collage bigarré, plein de paillettes et de stickers, et ta *Lejla* toute blanche, justement elle, qui manquait. Tu croyais que je ne m'en étais pas aperçue, c'est ça ? Tu as fait semblant de ne pas y prêter attention, comme si ça n'avait aucune importance. Là où était auparavant accrochée une petite *toi* en papier, il ne restait qu'un bout de liège nu. Du tableau, ce vide s'est faufilé jusqu'à toi et s'est introduit dans ta cage thoracique. J'ai tout vu, rien ne m'a échappé : tu as tout fait pour que je ne voie pas ta peur, l'horreur de celle qui venait de faire l'expérience de sa propre absence. Un enfant jaloux avait sans doute arraché ton bonhomme en papier. Il ne s'était même pas donné la peine d'enlever la punaise : ton front avait été déchiré, on t'avait froissée et jetée à la poubelle, avec les restes d'un vieux croissant et les pelures desséchées d'une pomme. Peut-être à cause de ta première meilleure note en maths. Ou bien parce que ta simplicité leur renvoyait comme en miroir leur propre affectation. Mais, au fond, est-ce vraiment important ? Quelqu'un s'était emparé de toi pendant que tu ne regardais pas.]

11

Cela devait déjà faire une demi-heure que je roulais en Slovénie quand j'ai réalisé que la Bosnie était derrière nous depuis un bout de temps. Probablement parce que je la sentais encore entre nous, comme si nous avions traversé un lit de cendres et de brûlures. *On est toujours en Bosnie.* Nous l'essaimons partout en Europe. Notre pays aux frontières irréconciliables est au fond sans limites. Nous nous sommes affrontés, chassés et entre-tués pour rien : nous n'avons jamais habité dans ce pays, c'est lui qui nous habite comme une démangeaison fantôme. Notre peau saigne d'être grattée vainement.

Un jour, Michael et moi avons regardé une série de science-fiction où des monstres de l'espace kidnappent un garçon et l'emmènent dans leur monde obscur et désespéré. À la fin, le garçon est sauvé, il rentre chez lui et retrouve sa mère. Mais, au dernier épisode, quand il va à la salle de bains pour se laver les mains, il a soudain la nausée et se met à vomir dans le lavabo les restes des parasites qui l'ont kidnappé. Il n'y a plus de pureté pour lui. En voyant sur le grand écran de Michael ce garçon effrayé, je me suis dit que ce qu'il ressentait m'était familier. Mais je me suis tue. Michael n'aurait pas compris de toute façon.

On s'est arrêtées à une station-service pour prendre de l'essence et aller aux toilettes. Quand je suis retournée à la voiture, j'ai trouvé un petit Rom en train de nettoyer notre pare-brise. "Ce n'est pas nécessaire", ai-je protesté, sans succès. Avec des gestes rapides de peintre expérimenté, il faisait passer son éponge et sa petite bouteille de produit nettoyant d'une main à l'autre. Quand j'ai compris qu'il ne comptait pas s'arrêter, je suis remontée dans la voiture et j'ai attendu le retour de Lejla. Elle est apparue peu après avec un grand paquet de chips et une tablette de chocolat.

"Tu exploites la main-d'œuvre infantile bon marché, a-t-elle dit en entrant dans la voiture.

— Je lui ai dit d'arrêter, mais il n'a rien voulu entendre."

Après le pare-brise, le garçon est passé aux vitres malgré mes protestations. J'étais mal à l'aise. Je voulais être une personne mature, éduquée, dotée d'une conscience sociale, quelqu'un qui ne soutient ni ne permet la tyrannie capitaliste. Mais le garçon avait l'air si content que quelqu'un le laisse enfin faire son travail que je n'ai pas eu le courage de le blesser avec mon arrogant *sentiment de justice*. Pour finir, j'ai baissé la vitre et glissé quelques euros dans sa main rêche. Avant de s'éloigner, il s'est arrêté devant notre voiture pour s'incliner bien bas, le visage empreint d'une expression cérémonieuse.

"Comme devant le roi et la reine…

— Alors, c'est moi la reine, a aussitôt ajouté Lejla.

— Quelle chance on a…", ai-je répondu, et j'ai tourné la clé. La propreté immaculée des vitres me faisait honte.

Depuis quand la Slovénie était-elle devenue l'Autriche ? Je ne sais pas. On aurait dit que notre trajectoire en ce mois de mai s'allongeait et ondulait selon ses propres lois, inconnues de la cartographie. Comme si on avait posé une lourde plaque de verre sur une carte qui n'était pas à nous : les toponymes, les États et les frontières apparaissaient sous la plaque, bien visibles, mais nous, nous nous déplacions sur une autre surface, glissante et uniforme. Aux confins de cette plaque de verre se tenait Armin dans son manteau noir, même s'il n'était sans doute plus à sa taille depuis longtemps. Maintenant qu'on était en Autriche, j'attendais que Lejla dise son nom, mais elle se contentait de s'empiffrer de chips en fredonnant des mélodies simplistes comme si on était en voyage scolaire. J'ai décidé d'interpréter ça comme un mécanisme de défense. Je n'avais pas le droit de faire allusion à lui en premier, c'était à elle de le faire. Chaque fois que j'avais envie de prononcer son prénom, je sentais sur mes pieds l'eau glaciale de l'Adriatique et la gifle de Lejla brûlant mon visage. Alors je parlais d'autre chose : du temps, de la nourriture, des gens du lycée dont on ne savait pas ce qu'ils étaient devenus. Elle m'a dit que c'était Dino qui lui avait offert cette raquette de tennis, et ça m'a fait éclater de rire. Lejla, du moins celle que je connaissais autrefois, pouvait résoudre un problème d'échecs ou une équation mathématique plus vite que n'importe qui, mais elle n'avait jamais été douée en sport. Un jour, le prof d'éducation physique l'avait renvoyée du gymnase parce qu'elle avait arrêté un match de basket pour lire ce qui était écrit sur le ballon. Offrir un équipement de sport à quelqu'un comme ça, c'était complètement à côté de la plaque, ou alors vraiment sarcastique.

"Toi et le tennis… Pauvre Dino, a été mon commentaire.

— Parce que toi et ton avocatier, c'est mieux ?

— Non, c'est vrai. Mais, franchement, Lejla. Une raquette de tennis ? Est-ce que tu t'en es déjà servie *une seule fois* ?

— Figure-toi que oui. Dino était mon prof. C'est comme ça qu'on s'est rencontrés.

— Prof ? Prof de tennis ? Ça veut dire que tu as *fait* du tennis ?

— Pendant un mois. Après, j'en ai eu marre. Courir après une balle, comme un chien…, a-t-elle dit en regardant par la fenêtre la surface plastifiée de l'Autriche. Le pauvre, il croit encore que je vais revenir."

Impossible de savoir si elle pensait au tennis ou à son mariage en général, mais elle a poursuivi avant que je n'aie le courage de poser la question.

"C'est quoi, ce truc là-bas ? a-t-elle demandé en montrant du doigt une surface d'eau immobile dans la verdure lissée.

— Aucune idée. Un lac, j'imagine…

— Viens, on y va !

— Mais enfin… On est presque à Vienne.

— Je veux voir ce lac", a-t-elle dit tranquillement, comme si c'était un fait scientifique auquel aucun argument ne pouvait s'opposer. Je me suis rappelé comment elle avait failli nous tuer dans le champ de maïs, et j'ai décidé qu'il était plus simple de s'arrêter une demi-heure pour qu'elle voie cette stupide flaque d'eau plutôt que de risquer un autre accident.

C'était un lac artificiel, aussi artificiel que le parking, l'herbe et les ongles de la serveuse qui nous a apporté nos cafés en priant gentiment Lejla de retirer ses pieds de la chaise. On aurait dit que quelqu'un avait mis la surface de l'eau sous plastique, de peur qu'une petite pierre vienne soudain déchirer cette mise en scène comme on déchire une photo. Tous les brins d'herbe avaient la même taille, à croire que l'entretien était assuré par des esthéticiennes plutôt que par des jardiniers. Et quel que soit l'angle de vue, cette couleur verte, si différente de la nôtre, n'avait qu'une seule nuance, qu'il s'agisse des arbres, des buissons ou du gazon. J'ai pensé au petit pot de peinture Microsoft sur lequel on clique pour remplir une surface de la même couleur. Les oiseaux, que je ne pouvais pas voir, se fondaient aussi dans l'harmonie environnante, gazouillant leurs tierces et leurs quintes immaculées avec la précision d'un chronomètre, au point que je me demandais si on n'était pas en train d'écouter un CD plutôt que des volatiles réels. Je me suis rappelé qu'autrefois, j'appréciais ces choses-là – les rues sans déchets, le gazon fraîchement coupé dans les cours particulières, les bancs propres, l'ordre qui régnait partout *à l'étranger*. À présent, ça me tapait sur le système. Pas parce que la Bosnie, avec son insouciance généralisée et sa fainéantise, valait mieux. Je n'étais pas de ceux qui voient dans les signes de leur propre décadence la preuve qu'*ici*, on a plus de cœur que les gens de *là-bas* ; je ne croyais pas que, *chez nous*, les gens étaient plus *spontanés et sincères* parce qu'on abandonnait nos déchets sur les trottoirs et qu'on criait sur nos enfants. J'ai toujours trouvé ces idées ridicules. Mais là, avec le regard déçu de Lejla devant ce lac strictement carré et son "Putain !" en voyant l'addition pour nos deux cafés, j'en ai eu plein le dos de l'Autriche. Comparée à son gazon parfait, je me sentais déformée, avec des contours irréguliers, la peau marbrée ; les couleurs de mes pensées dépassaient sur les bords. C'est là que j'ai compris pourquoi je n'aimais pas les *paysages fabriqués* : ils me faisaient ressentir ma propre condition humaine comme une faute, un défaut profondément personnel. Soudain, j'ai eu une énorme envie de pisser dans ce lac. Je me suis dit que c'était la présence de Lejla – si elle n'avait pas été à mes côtés, j'aurais très probablement joué mon rôle d'Européenne civilisée et j'en aurais tiré un plaisir considérable. Sauf que Lejla me rappelait toujours quelque chose d'essentiel en moi, un noyau impossible à réduire à quatre angles droits. Elle me rappelait que le désordre était l'état naturel du monde et que nos vies, organisées autour d'efforts pour introduire l'ordre dans le chaos, n'étaient rien d'autre que le reflet d'une arrogance insondable.

Lejla a levé son visage vers le soleil et fermé les yeux. On voyait la racine de ses cheveux, aussi noire qu'une éclipse de lumière autrichienne. Comme si une pincée d'obscurité s'était logée dans ses cheveux avant qu'on ne quitte Banja Luka. Bêtement, j'étais heureuse de voir la vraie couleur de ses cheveux, j'avais l'impression d'avoir eu le dernier mot dans une discussion jamais menée depuis Mostar. Ces racines me disaient que je n'avais pas tout inventé, que quelque part à l'intérieur de cette femme se cachait la véritable Lejla, qui tôt ou tard surgirait à la surface. Devant nous, dans l'herbe impeccable, deux petites filles tournaient sur elles-mêmes et se laissaient tomber par terre dans des éclats de rire sincères, juvéniles. La plus grande des deux avait la peau si blanche et les cheveux tellement blonds qu'on craignait de la voir disparaître si elle passait dans la partie ensoleillée du jardin. Elle portait une salopette courte et un t-shirt qui, sur sa peau, semblait plus jaune que blanc. L'autre avait un lourd chignon roux et, quand elle tournait sur elle-même, les bras écartés et les yeux fermés, sa robe en tulle vert tournait avec elle comme une douce hélice prête à la projeter très haut, de l'autre côté du lac. Assises à quelques tables de nous, leurs mères roucoulaient dans leur allemand parfait sans quitter le gazon des yeux. De temps à autre, l'une des fillettes s'approchait dangereusement du rivage, emportée par sa danse comme une Pythie de Delphes, et sa mère terrestre lui criait alors quelque chose, rompant la magie. Telle une laisse, la phrase reliait la mère et la fille et entraînait la fillette désobéissante loin de l'eau.

"Je ne t'ai jamais dit d'aller te faire foutre, a soudain déclaré Lejla, les yeux toujours fermés.

— De quoi tu parles ? ai-je demandé en observant les deux petites filles, jalouse de leur insouciance naturelle et de la liberté qu'elles avaient de s'ébattre sur le gazon sans qu'on les prenne pour des folles.

— La dernière fois qu'on s'est vues, quand on a enterré Lapereau.

— Tu as ouvert la porte et tu m'as dit d'aller me faire foutre, ai-je répondu. Je m'en souviens très bien."

Elle a ouvert grands les yeux et s'est redressée sur sa chaise.

"C'est dingue ce que tu aimes inventer des trucs…

— Je n'invente rien du tout", ai-je dit calmement. Je me souvenais d'une émission sur des policiers qui avaient suivi un stage pour apprendre à communiquer avec les psychopathes. *À aucun moment on ne doit perdre son sang-froid, c'est un signe de faiblesse.*

"Sara, tu blagues, pas vrai ?

— Mon Dieu, Lejla, qu'est-ce que ça peut faire ? C'était il y a cent ans. Et puis, je ne suis plus fâchée.

— Ben voyons, *je ne suis plus fâchée.* Madame crée la scène de toutes pièces et, après, elle se félicite de ne plus être fâchée.

— Je préférerais qu'on arrête de parler de ça maintenant."

Une des deux fillettes, celle à la peau plus claire, a cessé de tourner. Quelque chose a retenu son attention, quelque chose dans l'air. Debout au milieu du gazon, elle regardait devant elle, le visage vide de toute expression, tandis que sa copine rousse continuait à tourner les yeux fermés.

"Écoute, a dit Lejla, décidée à ne pas changer de sujet, c'est moi qui t'ai demandé : « Où tu vas ? »

— Lejla, ça n'a plus aucune importance, vraiment..."

Quelque chose dans l'air – la fillette à la peau pâle avait vu quelque chose. Comme un papillon invisible, dont elle suivait la danse endiablée.

"Et c'est toi qui m'as dit, *à moi*, je cite : « Je vais aller me faire foutre. » Alors j'ai ouvert la porte et tu es sortie. Point barre.

— Lejla, la petite fille...

— Quelle petite fille ?

— La blonde, en salopette, ai-je dit en montrant le gazon devant nous. Il y a quelque chose."

C'est là que ça a commencé – le petit coude a eu un sursaut étrange, comme si une institutrice invisible l'avait saisi et tiré à elle. La fillette blonde s'est effondrée dans l'herbe en se contorsionnant, saisie de spasmes violents. L'autre a couvert son visage avec ses mains et reculé de quelques pas – loin de son amie qui n'était plus elle-même. Le petit corps se convulsionnait farouchement comme pour s'arracher à la terre, mû par un défaut neuronal indétectable, nous rappelant à tous que nous n'étions qu'une pauvre poignée de cellules faillibles. Les mères ont couru vers leurs filles, leurs talons creusant des trous profonds dans l'herbe lisse. Tout le monde s'est levé pour regarder cette jeune vie aux prises avec des tremblements incontrôlés : les serveurs ont cessé leur va-et-vient, cherchant apparemment à se rappeler si ce type de situations figurait dans le descriptif de leur poste ; les clients se lançaient des regards inquiets, guettant un commentaire intelligent, quelqu'un qui saurait quoi faire. Mais la mère était à la hauteur de la tâche – dans son affreuse robe à paillettes, la petite femme aux bras minces, les cheveux ridiculement crêpés, était la seule experte de la situation, la plus terrifiée et la mieux préparée aux convulsions de sa fille.

Après un moment, les symptômes se sont calmés, et la fillette est simplement restée allongée dans l'herbe, comme si elle se reposait après une longue journée à jouer. Quand l'ambulance est arrivée, le pire était déjà passé. La mère a expliqué quelque chose aux deux infirmières, qui hochaient patiemment la tête. Un à un, les serveurs et les serveuses se sont remis au travail, les clients sont lentement revenus à leurs places, le regard soucieux, comme il se doit. Les oiseaux, qui semblaient s'être tus pendant la scène d'effroi, ont repris leur chant bien ordonné. Lejla et moi, encore debout devant notre table, on regardait le petit groupe devant le lac. Je me suis rappelé nos vacances sur l'île et j'ai compris que Lejla avait peut-être raison. J'étais *mal préparée*. Non seulement à la mort, mais à tout le reste, tout ce qui s'écartait de la normalité. Les situations comme celle-ci, ces scènes terrifiantes où se montre notre véritable nature, me laissaient tout bonnement paralysée. Comparée à cette mère, si habile, si loin de toute hystérie, j'étais parfaitement inutile. Dans ce moment d'horreur, j'ai compris que je ne sauverais jamais personne, que je ne courrais jamais à travers champ pour aller sauver quelqu'un, ne sortirais jamais le comprimé décisif de mon sac, ne serais jamais celle qui pratiquerait la manœuvre de Heimlich sur un pauvre individu en train de s'étrangler. Je resterais seulement là, bêtement immobile, et je regarderais la mort s'installer autour de moi.

"Pauvre petite, a dit Lejla.

— Oui, elle aurait vraiment pu se blesser, ai-je dit, encore sous le choc. Imagine si elle était tombée dans le lac.

— Non, pas celle-là", a-t-elle répondu. Je l'ai regardée sans comprendre. Ses yeux humides ont achevé de me troubler. J'ai suivi son regard, et j'ai compris qu'elle pensait à l'autre enfant, celle en robe verte. À quelques mètres des infirmières, des mères et de son amie épuisée, la fillette aux cheveux roux, comme clouée sur place, pleurait tout son soûl, son visage caché dans ses petites mains couvertes de taches de rousseur.

[Mes mains sont fatiguées, en proie à une douleur lancinante qu'aucun médecin de Dublin – en tout cas parmi ceux qui étaient dans mes prix – n'a su expliquer. Parfois, j'ai l'impression de taper sur un clavier depuis une décennie. De connaître le destin de Sisyphe. De temps en temps, je dois m'arrêter et frotter les paumes de mes mains – la douleur est tantôt sourde et remonte jusqu'aux poignets, tantôt aiguë, pulsant à l'extrémité de mes doigts. Dans ces moments-là, je suspends mes doigts au-dessus du clavier et j'attends que la douleur passe. Recroquevillées, paumes fermées, avec de la peau rouge qui pèle autour des poignets, mes mains me font penser aux pinces d'un homard. Tu me dirais d'arrêter de me plaindre, qu'en comparaison avec ceux des autres, mes problèmes n'ont pas l'air sérieux. Alors je ne m'accorde que dix secondes pour me masser les mains avant de reprendre le travail.

J'ai l'impression que tout ce que j'ai écrit est faux. Les caractères sont là, une simple pression sur une touche suffit à faire défiler le document en arrière, à revenir au début et à changer tout ce qui s'est passé – te vêtir d'un meilleur jean, poser sur tes pupilles des lentilles de couleur verte, ressusciter Lapin. Mais je ne peux pas. Je veux arriver à la fin, fermer l'ordinateur, masser mes mains endolories et sortir d'ici. Et puis, changer de direction me fait peur. Revenir en arrière, ce serait faire demi-tour en voiture et regagner la Bosnie. Ça tuerait mon histoire. Alors… en avant. Ah, ces maudites mains, deux araignées immobiles qui dévorent les chairs à moitié mortes. Et j'étais supposée t'écrire une simple scène, faire briller un seul souvenir. Le situer là où tes cheveux ne sont pas blond platine et où les algues de cette île de malheur ne puent pas. Une seule journée heureuse. C'est ça, ce que tu voulais ?

D'accord. Je ne peux pas revenir en arrière, mais ça ne fait rien. Oublie simplement tout ce qui a été écrit jusqu'à présent, OK ? Reprenons du début :

"Je vais, m'as-tu dit, acheter un lapin blanc."

Une craquelure est apparue quelque part dans l'obscurité, laissant passer un rayon de soleil minuscule, mais indéniable. Notre ville dormait, inconsciente de la lumière qui la révélait. Je ne savais pas ce que signifiait notre excitation, ni d'où elle venait. À présent, il me semble que ce matin-là, après le fameux bal de fin d'année, nous avons ressenti le pouvoir d'être les protagonistes de notre histoire – nous avons accédé à notre rôle de héros puisque les autres dormaient encore. Je dis bien *héros*, car les *héroïnes* n'existaient pas alors, on les cachait comme des secrets honteux, on les reléguait en marge des mauvais livres avec leurs jupes retroussées, ou on les oubliait dans des tombes délaissées, comme la pauvre Safikada. Mais ce jour-là, lorsqu'un mince rayon de soleil a décidé d'épargner notre ville le temps d'une matinée, nous avons endossé le rôle des protagonistes. Je l'ai ressenti sans savoir de quoi il s'agissait – ce pouvoir de faire tout ce qu'on veut. Tout existait pour nous et grâce à nous : les feuillages d'où jaillissaient les oiseaux, la muraille décrépie de la forteresse Kastel, les branches arrachées qu'emportait la rivière rapide, les odeurs échappées des boulangeries à peine réveillées, les rues vides aux trottoirs mutilés – tout ça était à nous.

Tu courais sur le pont, ta petite veste en jean voltigeant derrière toi, ta queue de cheval comme une aile d'oiseau noir affolé, et je courais derrière toi, au ralenti, le visage rougi, l'entrejambe endolori, contente malgré tout. J'avais l'impression qu'il n'y avait que nous deux dans toute la ville : le pont était vide, les cafés étaient fermés, les stores, baissés. Deux morveuses libérées de leur virginité, dix marks coincés dans l'élastique de leurs leggings et une seule journée ensoleillée. Que fallait-il de plus ?

Même quand on est arrivées au marché, tous les gens – les femmes aux joues roses qui disposaient de tristes tomates et des poivrons sur leurs cagettes en bois, les hommes qui pliaient des sous-vêtements et des bas de femme sur leurs étals branlants – donnaient l'impression d'être là pour nous, de simples figurants dans *notre* histoire.

“Où est-ce que ça s'achète, les lapins ?

— Je connais quelqu'un”, as-tu répondu comme si on voulait se procurer de la cocaïne. On a acheté des bonbons gélifiés et un yo-yo en plastique à l'effigie d'un footballeur. Ma virginité perdue était une langue étrangère que je venais d'apprendre. Soudain, tout le monde autour de moi, les vendeurs et les vendeuses, les vagabonds et les mendiants, les boulangers et les fleuristes – tout le monde *le faisait*. Y avait-il quelque chose qui me trahissait ? Dans ma façon de marcher, de rire ou de faire aller et venir au bout de son fil la tête du pauvre footballeur entre la terre sale et ma main brûlante ? Une partie de moi voulait qu'on découvre mon secret, qu'on me regarde et qu'on voie mon expérience, comme si je n'avais pas écarté les jambes devant un blanc-bec, mais défendu une thèse de doctorat.

Tu avais ton air habituel, et l'histoire du lapin t'excitait davantage que ton premier rapport sexuel. Il y avait autour de toi cette aura d'insouciance que, des années plus tard, j'essaierais d'imiter devant les jeunes Dublinois pour me faire remarquer. Tu donnais l'impression d'avoir toujours une mission – trouver des préservatifs, acheter un lapin, occuper les sièges du fond dans un car –, qui réduisait à néant les objectifs des autres. Tu abordais ces tâches avec le sérieux d'un analyste de marché, montrant bien que tu trouvais ça ennuyeux, que c'était juste un boulot qui devait être fait. Quatre ans plus tard, le lapin serait mort, toi, tu aurais les cheveux blonds, et moi, une pelle dans les mains. Mais à ce moment-là on ne le sait pas, à ce moment-là les lapins ne meurent pas. On ne sait pas non plus qu'il ne reste qu'une année à notre amitié, qu'une île nous attend comme la maison de la sorcière au milieu de la forêt.

Tout au fond du marché, assis sur des caisses de bière, M. Kraljević ajuste son béret sur son crâne chauve. Deux taches sombres sous ses aisselles déshonorent sa chemise ornée d'oiseaux minuscules, impeccablement repassée. Il trône au milieu d'un amas de cages, grandes et petites, en bois, en plastique ou en métal, tel le dieu tyrannique d'un minuscule royaume animalier. Il a les mains sur les genoux, les jambes écartées pour faire de la place à son gros ventre. Il regarde les autres vendeurs d'un air grognon, comme un arbitre mécontent. Il me fait penser aux gens que tout dérange, pour qui le monde est odieusement petit, et qui ont une telle conscience d'eux-mêmes et de leur présence que c'en est insupportable pour eux. Il ne semble pourtant pas dérangé par le vacarme autour de lui – raffut des vieilles roues sous les pattes hystériques des cochons d'Inde, becs qui réclament leur pitance, un partenaire sexuel ou bien les deux, petites dents qui rongent des feuilles de salade verte. Seules les tortues ne font pas de bruit. Elles me rappellent mon secret enterré au pied du chêne devant la maison.

"C'est toi la petite qui a appelé pour un lapin ? te demande-t-il en te toisant d'un œil suspicieux, comme si c'était lui l'acheteur.

— Oui. Un blanc.

— Il faut qu'il soit blanc ? J'en ai un avec des taches, il me semble parfait pour toi."

À sa façon de le dire, on comprend aussitôt qu'un lapin taché est la pire des options. C'est sans doute un lapin syphilitique ou avec un trouble du comportement.

"Il faut qu'il soit blanc", tu réponds. Dressée comme le cheval de Troie, tu regardes le vendeur en sueur droit dans les yeux, sans ciller. Sous ton regard, M. Kraljević n'est plus qu'un cochon d'Inde parmi d'autres.

"Tout le monde veut un blanc, je me demande ce qui vous prend. Allez, jette un coup d'œil sur l'autre, il est vraiment mignon."

Tu tournes alors les talons et commences à t'éloigner. Perplexe, je le regarde, puis je te regarde, avant de t'emboîter aussitôt le pas tel un page obéissant derrière sa reine insolente après qu'elle a insulté tous les convives.

"Hé, attends. Mais attends..., crie M. Kraljević, et tu t'arrêtes. Pas la peine de s'emballer comme ça.

— Monsieur Kraljević, je n'ai pas toute la matinée", lui dis-tu. Peut-être parce que tu lui as donné du monsieur, ou bien parce que d'autres vendeurs nous observent depuis leurs étals, il finit par se lever et nous fait signe d'attendre. Il nous tourne le dos et se glisse entre deux toiles cirées suspendues pour accéder à la jungle des coulisses. Surprise, je te regarde – je ne m'attendais pas à ce que cette histoire fasse un tel drame. Toi, tu fermes simplement les yeux, tel un leader spirituel, et tu hoches lentement la tête – tu gères la situation.

Il revient avec une grosse cage en bois pleine de lapins.

"C'est bien de les garder tous... dans une seule cage ? je demande, et M. Kraljević me jette un regard offusqué.

— Si dix personnes peuvent vivre sous le même toit, alors pourquoi pas les lapins, pardi..."

Les lapins. Petites boules apeurées. La puanteur est insupportable. J'imagine les gens entassés dans un seul appartement, l'odeur des corps à l'étroit et les enfants sales aux couches pleines. J'ai mal au cœur.

Il y a dans la cage trois lapins noirs, plusieurs tachés et deux lapins blancs. M. Kraljević en sort un qu'il te tend. Tu l'accueilles délicatement au creux de tes mains fines, comme s'il s'agissait d'un cœur humain qui bat encore. Je crois voir la peur dans tes yeux.

“Donc, commence M. Kraljević, du foin, c’est le plus important : du foin et toujours de l’eau fraîche, et au bout de quelques mois, on peut commencer avec des légumes verts.

— C’est un mâle ou une femelle ? je demande.

— Qu’est-ce que ça peut faire ? tu dis.

— C’est une fille, répond fièrement M. Kraljević, comme s’il venait d’accoucher quelqu’un. L’autre, c’est un garçon.

— On va t’appeler…, dis-tu au petit lapin effrayé puis, soudain étonnée, tu te tournes vers moi : Sara, comment on va l’appeler ?”

Jamais de ma vie je n’ai donné de nom à quoi que ce soit. C’est maman qui a baptisé mes tortues ; Cassandra, Esmeralda et Marisol – des prénoms chics sortis des séries mexicaines. Si je choisis un mauvais nom, je vais dévoiler mon indécrottable médiocrité. Mais si je refuse de baptiser ce lapin, c’est que je ne suis pas à la hauteur de la tâche. À ce moment-là, l’étal du serrurier chétif se met à tinter, détournant notre attention. Quelques pommes tombent et roulent sur elles-mêmes.

“Qu’est-ce qui se passe ?” demandes-tu, sans t’adresser à personne en particulier.

Je sens le sol trembler légèrement sous mes pieds. Je suis sauvée. Je me souviens des mots de mon père : N’aie pas peur, ma fille. C’est Banja Luka qui éternue.

“Un tremblement de terre, dis-je doucement, et le sourire de M. Kraljević se fige dans l’effroi.

— Bon Dieu, pas encore”, dit-il, quasiment à l’agonie.

Comme pour donner corps à son angoisse, les animaux se mettent à piailler et s’agiter : des oiseaux chétifs battent des ailes à l’intérieur des cages rouillées, les cochons d’Inde se hissent sur leurs pattes arrière à la recherche d’une réponse et les tortues rentrent opportunément leur tête dans leur carapace. Toi et moi, accroupies, on s’observe tranquillement comme si notre regard suffisait à dominer la plaque tectonique. Dans le foin puant, les lapins en profitent : comme la cage est restée ouverte, ils décampent, effarouchés, et s'éparpillent dans tous les sens. La lapine blanche qui n'a pas encore de nom s'est échappée de tes mains – l'as-tu laissée tomber de peur ? Je ne te l'ai jamais demandé.

Contrairement aux autres lapins qui se cachent derrière les cagettes alentour, dévalent la pente vers le ruisseau ou bien disparaissent derrière le rideau improvisé en toile cirée, la lapine blanche détale tout droit sur la bande d'asphalte qui sépare deux rangées de stands. Elle a disparu juste avant qu'on puisse la baptiser. Sans hésiter, M. Kraljević s'élance pour la rattraper, clopinant dangereusement dans ses sandales abîmées. Son gros ventre bondit devant lui comme s'il voulait fuir son propriétaire.

La terre cesse bientôt de trembler, et les vendeurs et vendeuses apeurés, du moins ceux et celles qui sont suffisamment âgés pour se rappeler le grand tremblement de terre de 1969, respirent de nouveau. Ils redressent leurs articles sens dessus dessous, raccrochent les sachets de chaussettes et de caleçons aux clous plantés à cet effet, rattrapent les pommes égarées et lancent déjà quelques mauvaises blagues pour cacher leur gêne d'avoir montré leur effroi.

Dans la cage, il ne reste qu'un seul lapin – le *garçon* blanc. Tu le regardes d'un œil sévère : pourquoi ne s'est-il pas enfui comme les autres ? Il pourrait être libre à présent, au lieu de rester comme ça, accroupi dans la cage ouverte, à attendre le retour de son gros tyran. Ensuite, tu me regardes. Un regard bref, sans un mot, mais je comprends. M. Kraljević court encore après les lapins en fuite, mais il peut revenir à tout moment. Pas le temps de réfléchir – je saisis le petit lapin des deux mains et le glisse dans mon grand sac en toile. Je zippe la fermeture éclair – il peut respirer à travers le motif brodé – et je mets le cap sur la sortie du marché. Mon calme m'étonne, je marche d'un pas assuré, comme si c'était la centième fois que je volais un animal. Il est tranquille, je sens son corps chaud respirer contre ma cuisse. Je sais que tu me suis, mais je ne veux pas me retourner. J'ai peur de voir M. Kraljević courir après nous, rouge de colère, son gros ventre mou débordant comme une épaisse langue de lave.

Tant qu'on n'a pas passé le grand portail en bois de la forteresse Kastel pour monter ensuite sur une muraille, on garde le silence absolu. On s'accroupit derrière une tour de guet, et j'imagine un Ottoman habile qui, depuis ce même endroit peut-être, observait autrefois les arrogants soldats autrichiens encercler la forteresse. À présent, deux bachelières et leur gueule de bois se terrent là, par peur non de la garde royale, mais d'un vendeur obèse d'animaux de compagnie. Lentement, tu te lèves et te hisses sur la pointe des pieds pour mieux observer le marché. Tu me parais gigantesque, ainsi dressée entre deux barreaux de la guérite, décidée à écraser toute la monarchie austro-hongroise d'un seul regard.

J'étais prête à passer toute la journée au sommet de la forteresse, à rester assise dans l'herbe avec un petit lapin dans mon sac, appuyée contre les pierres chaudes, tandis que tu montais la garde contre toutes les forces adverses du monde extérieur. Je t'avais prouvé quelque chose ce jour-là, c'est du moins ce que je me plaisais à croire. J'avais commis un crime pour toi, sans aucune hésitation. Et je n'avais pas volé des bijoux, ni un stupide t-shirt branché, ni de l'argent dans la poche d'un imbécile distrait. Non, j'avais volé un être vivant. Tu saurais désormais que j'étais cool, que je pouvais tout faire, que – comme toi – *je ne connaissais pas de limites*.

“Tu le vois ? t'ai-je demandé. Il nous suit ?

— Tu parles. Il doit toujours courir après les autres bestioles. Il ne s'en est même pas rendu compte.

— Pauvre homme, ai-je dit. Le voilà sans ses lapins.

— Pourquoi « pauvre » ? Ce ne sont pas *ses* lapins.

— À qui ils sont sinon ?

— À personne, as-tu répondu. À eux-mêmes.

— Et tu crois qu'ils pourront survivre comme ça… tout seuls en ville ?

— Avec un peu de chance, ils iront plus loin, as-tu dit avec un sourire. Ils sont rapides."

Des nuages silencieux se sont mis à grignoter le ciel. La ville s'est réveillée. L'obscurité s'est rassise silencieusement dans son fauteuil. Ce petit bout de soleil qui ne s'était montré que pour nous et notre aventure criminelle se retirait maintenant, comme ravalé par cette craquelure dans le ciel, et nous laissait dans la pénombre. J'ai vu de petites silhouettes se hâter dans les ruelles sinueuses. J'ai vu les stores se lever, telles des paupières, sur les façades grises des immeubles. J'ai vu des voitures se garer les unes après les autres là où se trouvait autrefois la mosquée de Ferhadija. "Une fusée, m'avais-tu dit il y a longtemps, en deuxième ou troisième année de primaire, alors qu'on passait à côté de la mosquée. Mon papa m'a dit une fois que c'était une fusée. Sauf que c'est pas vrai, il blaguait, ça s'appelle un minaret." J'ai pensé à ça ce jour-là, à la forteresse Kastel. Et je me suis aussi rappelé mon treizième anniversaire, la fête à laquelle tu n'avais pas pu assister. J'étais dans ma chambre avec plusieurs copines de classe à passer en revue les ragots de l'école qui nous faisaient éclater de rire, tandis que maman, plus joyeuse que d'habitude, prenait des photos avec son petit appareil. Plus tard, j'ai jeté ces clichés, de peur que tu puisses les voir un jour et apprendre que je m'étais bien amusée en ton absence. Quelques jours après mon anniversaire, la mosquée de Ferhadija a été détruite. Les fusées, propulsées vers le ciel, laissaient le champ libre à des places de parking anonymes.

"Il est vivant ?" m'as-tu demandé en t'asseyant à côté de moi sur l'herbe brûlée. J'ai entrouvert la fermeture éclair et j'ai regardé dans le sac. Dedans, la boule vaporeuse toute blanche respirait toujours.

“En pleine forme, ai-je répondu. Comment tu vas l’appeler ? ai-je demandé aussitôt, de peur que tu me forces encore une fois à le baptiser.

— Je ne vais pas l’appeler du tout, as-tu dit. Il s’en tirera mieux sans nom.”]

12

Vienne est *gonflée comme une charogne*. Cette histoire aurait sans doute été meilleure si j'avais mémorisé ses bâtiments, ses parcs, ses ponts. Sauf qu'à ce moment-là, Vienne n'était pas une ville, mais un labyrinthe sans relief. Armin s'y trouvait, quelque part. Tout le reste – les vitrines scintillantes des boutiques de mode, les voitures bien propres garées au pied d'immeubles encore plus propres, les statues pompeuses que des garçons en uniforme débarrassaient des fientes de pigeons –, tout ça n'avait pas d'importance. D'ailleurs, il y avait quelque chose de factice dans cette beauté bienséante. Comme si on avait construit la ville en une nuit, disséminé dedans quelques personnes et leurs vies, éparpillé de petites églises, juste pour qu'elle nous accueille ainsi – insondable et chargée d'histoire – et nous empêche de son mieux de retrouver Armin. Je m'attendais à un ennui logistique à chaque coin de rue, à un détail qui me prouverait que cette ville n'était pas réelle. Il me suffisait d'entrer dans la première boutique venue et de poser une simple question pour que tout s'écroule. Je me méfiais de cette Vienne-là. Comme si c'était *elle* qui avait empoisonné les chiens et jeté le corps d'Ozren Habdić dans la rivière glaciale. Comme si c'était *elle* qui avait aspiré la lumière de ma ville. C'était plus simple de penser ainsi : j'avais un merveilleux coupable à portée de main.

“Où…, ai-je demandé quand on est arrivées au centre-ville.

— Trouve juste une place pour te garer. On va chercher un hôtel.

— Mais on ne va pas…
— Quoi ?
— J'ai cru qu'on allait…
— Demain. Aujourd'hui, on va dîner et dormir. On l'a bien mérité."

J'ai été soulagée qu'elle dise ça. Je n'étais pas préparée pour Armin. Pas après la scène du lac.

L'hôtel Fröhlicher Jäger était petit et plein d'animaux empaillés. Des tubes allemands et de la variété française passaient en boucle dans le hall. À la réception, la photo d'un gros bonhomme roux portant à bout de bras un gigantesque poisson-chat était pendue au mur, derrière le comptoir. J'en ai déduit que c'était le propriétaire, et peut-être aussi celui qui avait tué toutes ces têtes à cornes ornant les murs.

Lejla a insisté pour payer la chambre malgré mes protestations. On a pris la clé accrochée à un porte-clés en bois – une tête d'ours avec le numéro 42 gravé sur le revers –, et on est montées par l'escalier jusqu'à la petite chambre. À l'intérieur, tout était en faux chêne : le lit, la commode, la table, le cadre du miroir. Même le minuscule téléviseur était encastré dans le même matériau. Au-dessus du lit pendait une tapisserie ovale – une bergère lascive aux gros seins. Elle avait un défaut sur l'oreille gauche : on avait utilisé le mauvais fil.

"Tout ce machin brûlerait en deux secondes s'il y avait un incendie, a dit Lejla en regardant autour d'elle.
— Ils sont obligés de tout protéger… avec un produit spécial, c'est la loi.
— Et alors, ça ne brûle plus ?
— Si, mais ça ne flambe pas comme du bois sec."

Lejla a ouvert son sac, sorti son briquet rouge et l'a allumé. Une longue flamme s'est mise à danser dans la pénombre de la chambre.

"On essaie ?
— Lejla, c'est pas drôle. Éteins ça."

Elle a souri et remis le briquet dans son sac. Elle n'était quand même pas folle. Pas *à ce point*. Ensuite, elle a retiré ses baskets et s'est jetée sur le grand lit qui a grincé tristement.

“D'où tu le sors, ce briquet, d'ailleurs ? Tu ne t'es quand même pas remise à fumer ?

— Non. J'ai un briquet, c'est tout. Ça fait partie des outils de base.

— Les outils de base ?

— Oui. Pour survivre”, a-t-elle répondu.

Je me suis assise à côté d'elle et j'ai ramassé son sac par terre. Je l'ai retourné, déversant son contenu sur les draps. Lejla n'a pas protesté. Elle s'est allongée sur le ventre pour mieux voir ce que je faisais.

“Ça aussi, c'est des *outils de base* ? ai-je demandé. Des mouchoirs, des tampons, un rouge à lèvres… Un couteau. Bon Dieu, mais c'est pour quoi faire, le couteau ?

— Pour ouvrir des choses. Ou pour gratter. Ou pour tuer.

— Quatre, cinq… Six boîtes de préservatifs. Six. Une, ça suffit pas ? Tu envisages de baiser la moitié de Vienne ou quoi ?”

Elle s'est remise sur le dos et elle a fermé les yeux.

“On ne sait jamais, a-t-elle dit. En tout cas, je ne compte pas mourir de la syphilis.

— On ne meurt plus de la syphilis de nos jours.

— Qu'est-ce que t'en sais…”

Lejla s'est levée pour ouvrir sa valise. D'un tas de vêtements froissés, elle a sorti une robe noire et l'a plaquée sur son corps en se regardant dans le miroir.

“Une boussole. T'as une boussole”, lui ai-je dit en observant le petit objet métallique posé au creux de ma paume. L'aiguille tremblotait comme la main d'un ivrogne.

“Mon Dieu, on dirait un procès… C'est quoi maintenant le problème, avec cette boussole ?

— Je me demande dans quelle époque tu vis. La syphilis, la boussole… Il ne te manque plus qu'un de ces vibromasseurs en métal du début du XXe siècle.

— Je n'ai pas besoin de vibromasseur, a-t-elle dit dans le miroir avant de faire onduler ses longs doigts au-dessus de sa tête : Je les ai, eux.

— C'est pour quoi, la robe ? ai-je demandé.

— Le dîner est compris. Dans le prix de la chambre, je veux dire.

— On ne va quand même pas se mettre en robes pour descendre dîner ? T'as vu l'endroit ?

— OK, alors on va vivre en survêtement, on va pas se doucher, on va se laisser pousser les poils sur les jambes et, tant qu'on y est, on peut se terrer dans la cave et crever de toute notre *naturalité*, puisque *l'endroit* te déplaît."

Une heure plus tard, je suis descendue au restaurant dans une robe grise en coton. C'était la seule que j'avais. Lejla était la star de la soirée dans cet endroit sinistre. Sa robe était délibérément trop grande, dévoilant une épaule et dansant entre ses maigres genoux. Elle n'était destinée qu'à suggérer le corps qu'elle cachait, et laissait suffisamment d'espace aux regards de convoitise pour imaginer ce qui n'était pas clairement défini. Sa longue tresse blond platine, d'où s'échappaient quelques mèches sciemment libérées, brillait sur le noir synthétique. Mais le restaurant était presque vide – on était descendues dîner trop tard. Dans un coin, un vieil homme terminait sa soupe d'une main tremblante. À part lui, il n'y avait dans la salle qu'une famille qui parlait bas. La mère avait déjà terminé : elle fixait son assiette comme quelqu'un qui vient de tout perdre au poker. Le père arrachait d'une main rageuse des bouts de pain qu'il trempait dans sa soupe innocente. Le garçon assis avec eux gardait le silence et jouait avec la glace fondue dans sa coupelle. Se disputaient-ils à cause de lui ? Un garçon-éponge. Un jour, quelqu'un ferait pression dessus, et tout ce poison jaillirait alors, éclaboussant probablement un autre enfant assis devant sa glace fondue.

Une main grassouillette a rapidement nettoyé notre table. La lumière du néon se reflétait sur ses ongles violets, tandis que Lejla et moi commentions les tableaux pendus aux murs. La serveuse a souri et dit : “Ça alors, ça va que vous êtes de chez moi, sinon j’aurais pas servi. La cuisine a fermé y a trois minutes. Mais on va trouver, pas de souci.”

Avant qu’on ait pu répondre, surprises d’entendre notre langue dans un hôtel viennois, la serveuse a sorti des ciseaux de la poche de son tablier et s’est tournée vers Lejla : “T’as l’étiquette qui pend dans ton dos. On peut pas sortir faire la fête comme ça.”

Sans attendre l’autorisation, elle a coupé d’un geste vif le petit fil de l’étiquette tendu entre ses ongles violets et la robe de Lejla. Puis elle a froissé l’étiquette et l’a glissée dans sa poche avec les ciseaux. On aurait dit qu’elle se sentait responsable du look de toutes *nos compatriotes* à Vienne : dans la magnifique métropole, il était hors de question de lui faire honte avec des étiquettes de Bosnie.

“Voilà, a-t-elle dit en lissant la robe sur le dos de Lejla, c’est mieux.” Et elle a poussé un soupir de soulagement, comme si elle venait de dompter un fauve. Puis, redevenant sans transition la serveuse accomplie, elle a pris notre commande et aussitôt disparu derrière la porte de la cuisine. J’ai éclaté de rire.

“C’était quoi, ce plan ? ai-je demandé à Lejla.

— Ce plan, c’est que, maintenant, je ne peux plus rendre la robe et récupérer mon fric”, a-t-elle répondu.

Quand *notre compatriote* est revenue avec deux grands hamburgers et un bol de frites sur un plateau en plastique, on est restées de marbre. Elle nous a dit *Bon appétit* en allemand, peut-être pour nous montrer sa connaissance de la langue ou pour nous punir de ne pas avoir entamé une conversation nostalgique sur *notre pays*.

On n’a pas parlé de ce qui nous attendait le lendemain. Une partie de moi voulait qu’on aille se coucher le plus vite possible. Je réfléchissais à ce que j’allais mettre, à ce que je ferais avec mes cheveux, et comment rappeler à Armin la fillette d'autrefois sans pourtant écarter complètement une maturité qu'il saurait détecter et apprécier. En même temps, une autre partie de moi espérait que la nuit se prolonge. Le lendemain, on serait *tous les trois*, comme ce jour-là dans leur cour. Pour l'instant, on n'était que *nous deux*, en robes simples, dans un petit hôtel de Vienne. C'est probablement pour ça qu'après le dîner, j'ai dit oui quand Lejla a proposé de passer au bar. Je voulais que ça dure encore un peu.

"Tu sais, a-t-elle dit après son deuxième verre de vin, tu es la seule personne au monde qui m'appelle encore *Lejla*." Au plafond, les breloques d'un lustre en cristal projetaient des éclats de couleurs sur son épaule nue. Les enceintes diffusaient toujours les mêmes tubes allemands, en parfait désaccord avec l'obscurité, le comptoir, l'alcool.

"Tu plaisantes ?

— Je ne plaisante pas. Ça fait déjà vingt ans que je m'appelle Lela. Même plus. À croire que tu n'as pas remarqué.

— Tu ne vas pas me dire que ta mère t'appelle Lela.

— Non, elle m'appelle *Leia*. Quand j'étais petite, je ne savais pas prononcer mon prénom. Je disais *Leia. Leia veut boire. Leia veut faire pipi*... Alors pour elle, je suis restée Leia.

— Ça te gêne que je t'appelle Lejla ?" lui ai-je demandé. Je n'y avais jamais pensé avant. J'étais fière de l'appeler ainsi, comme si j'étais la seule à avoir accès au grand secret de sa *nature*, de son *essence*. Et là, assise au comptoir, une bière noire à la main, je me suis rendu compte qu'elle n'avait que onze ans au moment où on lui avait attribué son nouveau prénom. J'ai essayé d'imaginer un enfant de cet âge-là. Sans y parvenir. Je commençais à comprendre que cette lettre *j* que j'ajoutais sans arrêt à son prénom était seulement là pour que, *moi*, je me sente exceptionnelle et différente. Soudain, je voyais ma propre vanité.

"Au fond, tu peux m'appeler comme tu veux, a-t-elle dit en levant son verre.

— Je n'arrive pas à t'appeler *Lela*, je trouve ça bizarre.

— Pendant que tu hésites, Lela et Lejla vont faire pipi", a-t-elle répondu avec un clin d'œil. Elle s'est dirigée vers les toilettes, au fond du bar, tandis que les regards curieux des hommes d'affaires et des couples tristes assis là se tournaient vers elle. Les toilettes étaient occupées, et elle s'est adossée au mur à côté de la porte en m'adressant un petit signe de la main.

Au-dessus du réfrigérateur, la grosse enceinte diffusait les premières mesures d'une chanson. J'ai reconnu la mélodie, j'avais toujours aimé ce titre : *Kad tebe ljubio sam zadnji put / tad trešnje cvale baš su sve*, d'Ivo Robić. D'où avait-on sorti cet album, en plein Vienne ? Mais ensuite, la mélodie bien connue s'est comme déboîtée dans mes oreilles : c'étaient d'autres paroles qui me parvenaient, dans une langue étrangère, révélant la vraie nature de mon souvenir. Jusqu'alors, j'avais cru que cette chanson était *à nous*. Honteuse de mon ignorance, j'ai regardé autour de moi comme si quelqu'un pouvait deviner mes pensées. Bien sûr que cette chanson n'était pas à nous. À mesure que les paroles s'enchaînaient, l'évidence s'imposait qu'elles ne nous avaient jamais appartenu. Ce n'était plus : *Al život druga je stvar / i katkad prestaje čar*. Non. La langue française allait comme un gant à cette chanson, comme si une femme dix fois plus séduisante que moi s'était glissée dans ma robe préférée, révélant ainsi tous mes défauts. Je savais qu'on traduisait plein de chansons dans notre langue et qu'on les enregistrait avec d'autres arrangements, mais l'idée que je ne connaissais qu'une version parmi d'autres de la fameuse chanson *Cerisier rose et pommier blanc* ne m'avait jamais traversé l'esprit. Comment avais-je pu être si bête ? J'ai regardé Lejla qui attendait son tour devant les toilettes. Elle aussi écoutait la chanson mais, apparemment, ça ne lui posait aucun problème qu'elle soit en français. De toute façon, elle ne s'intéressait jamais vraiment aux paroles.

La tête inclinée, elle avait le regard perdu dans le vide, un sourire à peine visible aux lèvres, comme si elle venait de retrouver un jouet perdu depuis longtemps. *La branche d'un cerisier / de son jardin caressait*, braillait l'enceinte. Elle était ailleurs. Pas à Vienne, pas devant la porte des toilettes. Entre elle et la mélodie sirupeuse, il y avait un bout d'histoire auquel je n'avais pas accès. L'espace d'un instant, ce n'était plus Lejla, mais juste une fille qui se remémorait un souvenir précieux. J'aurais voulu entrer dans sa tête et être témoin de chaque image. Plus encore : j'aurais voulu *vivre* cette musique exactement comme elle, *devenir* Lejla, comme à l'époque où j'écrivais ses devoirs avec mon crayon. Ce n'était peut-être que l'alcool qui me montait à la tête, comment savoir. Je regardais mes mains sur la table, et j'avais envie de voir ses doigts, de voir mes jambes s'allonger jusqu'à devenir les siennes, de voir mes cheveux pousser et se décolorer, d'avoir ses seins et ses côtes en dessous, et d'écouter alors – alors seulement – cette chanson. J'ai pris le verre de Lejla et j'ai bu une gorgée de son vin. L'acidité m'a mordu la gorge. C'est moi qui étais factice. Absolument pas à la hauteur, quel que soit notre marché. Armin allait s'en rendre compte. La Vénus de sa cour était devenue la banale petite Miss May d'un calendrier bon marché qu'on trouve dans une station-service.

Entre-temps, Lejla était entrée dans les toilettes en refermant la porte derrière elle, ignorante de mes ruminations pathétiques. Comme c'est facile d'être elle, me suis-je dit, d'être si légère et spontanée. Il y a des gens qui *sont*, tout simplement, sans drame autour. Lejla, ou Lela, ou Esmeralda, peu importait. Et moi ? Un simple rocher qui se prenait pour un volcan. J'avais encore dans la bouche le goût aigre de son verre. Je n'ai jamais aimé le vin, il était temps de l'admettre. Assise dans le bar de nuit d'un hôtel de Vienne, je regardais mes mains. C'étaient les mains les plus ordinaires que j'aie jamais vues. Je les voyais pour la première fois de ma vie. *J'ai cru mourir d'amour pour elle*, clamait le chanteur français. Quand elle est sortie des toilettes, un grand type en costume haut de gamme lui a barré le chemin. Il avait une coupe de cheveux savamment rebelle qui avait dû coûter la moitié de mon salaire. Je ne pouvais pas entendre ce qu'ils se disaient. J'essayais de faire passer le goût du vin avec ma bière. Les mains dans les poches, le type lui disait quelque chose. Les épaules de Lejla frétillaient de rire. Je voulais disparaître. Leia. Lejla. Lela. Laquelle était-elle pour lui ? La chanson continuait, et le français impeccable de ses paroles me faisait honte.

Lejla a tapoté sur l'épaule de son gentleman bronzé et elle est revenue au comptoir.

"Il veut qu'on fasse un tour, a-t-elle dit.

— Qui veut faire un tour ?

— Franz Joseph.

— Franz Joseph veut faire un tour. C'est qui Franz Joseph ?"

Du menton, elle a montré la table où il était assis, et il a levé vers elle son verre décoré d'un petit parasol froissé.

"T'es sérieuse, là ?

— C'est quoi le problème ? Je vais faire un tour avec Franz Joseph. Tu peux en profiter pour dormir tout ton soûl, tu conduis depuis trois jours.

— Lejla, tu peux pas partir comme ça avec un étranger. Tu sais même pas qui c'est. Si ça se trouve, il a une cave pleine d'esclaves blanches. Ça t'est passé par la tête au moins ?

— Sara, m'a-t-elle dit sévèrement, va dormir."

Je voulais répliquer, mais elle avait déjà attrapé son sac sur la chaise et rejoignait Franz qui l'attendait à la sortie.

"Ton't vorry. I'll brrink herr back !" m'a crié ce clown, comme si je venais de lui prêter un cahier.

J'ai fini le vin et la bière. Quand j'ai voulu régler, le barman m'a dit que *l'ami de mon amie s'en était déjà chargé.* J'ai eu envie de vomir. Je lui ai laissé un pourboire démesuré pour lui faire comprendre que je renonçais officiellement à la bonne action de Franz Fucking Joseph. J'ai pris mon sac et je suis montée à la chambre 42. Une fois à l'intérieur, j'ai enlevé mes chaussures et je me suis allongée sur le grand lit. Sous mon léger tournis, le coussin était juste froid comme il fallait. "*Ich bin* Lela, ai-je murmuré dans l'espace vide. *Ich bin* Leia. *Ich bin* Lili." Je me suis tournée sur le côté et j'ai replié mes genoux contre ma poitrine. J'ai vu une tache de vin sur ma robe. Comme si j'avais tué quelqu'un. "*Ich bin* Loulou. *Ich bin* Lala." À côté de moi, la petite boussole était posée sur le drap tout propre. "*Ich bin* Lo." Son aiguille fuyait mon corps comme si j'étais toxique. Elle tremblait de peur, pointée vers le Nord glacial.

Le soleil du matin se réverbérait sur les surfaces en faux chêne sans oser s'imposer, tel un étranger qui s'excuserait d'être entré par mégarde dans notre chambre. En me réveillant, j'ai vu une masse de cheveux décolorés à côté de moi. Lejla était revenue. Je me suis levée sans faire de bruit pour aller à la salle de bains. Sur la petite table de chevet, il y avait son Motorola, son rouge à lèvres et trois cents euros.

"Ça aurait pu être cinq cents si tu nous avais rejoints", a-t-elle murmuré dans mon dos avec un long bâillement. Je me suis retournée et je l'ai regardée. Elle a pris la place au milieu du lit, bras et jambes écartés. Comme ce jour-là au bord de la rivière. *Gaudeamus igitur*. Des taches de mascara et de fond de teint avaient transformé son beau visage en clown triste.

"Je ne comprends pas. Pourquoi cinq cents ?

— Ah, si tu l'avais vu, Sara… Il s'est mis à quatre pattes, et il voulait que je le frappe et que je lui crie dessus. *Bat boy ! Ferry bat boy !* Après, il m'a léchée pendant une demi-heure."

Elle s'est retournée mollement sur le ventre et a tendu la main pour attraper le paquet de chewing-gums sur la table de chevet. Je gardais les yeux rivés sur l'argent comme sur un insecte habilement camouflé, prêt à bondir et à m'injecter son poison si je le touchais. Franz avait-il cru coucher avec une professionnelle, lui laissant de l'argent sur le lit avant d'aller prendre une douche ? Ou bien avait-il vraiment engagé une prostituée ce soir-là, et j'étais la seule à ne pas le comprendre ? Je ne pouvais pas lui poser la question et je ne voulais pas la poser. Elle m'avait laissée au bar pour partir avec un étranger. Elle m'avait enlevé quelque chose, elle avait enlevé quelque chose à cette journée pendant laquelle je devais voir Armin. Elle l'avait fait exprès. J'avais imaginé ça autrement. Je voulais du soleil, un petit-déjeuner, une Lejla sans maquillage. Une conversation innocente sur *le temps passé*. Mais le jour était couvert, comme avant la pluie, et ces trois cents euros salissaient sa raison d'être.

"J'ai fait un rêve complètement fou cette nuit, a-t-elle lancé, sautant joyeusement du coq à l'âne, comme si elle venait de m'expliquer la recette des beignets et pas qu'elle avait frappé Franz Joseph pour trois cents euros. J'ai rêvé que je tombais dans les toilettes et que je dégringolais le long de la canalisation.

— Hm…", ai-je fait. Je fixais toujours les billets de banque.

"Et là, il y avait des gens. Dans la canalisation, je veux dire. Un tas de gens. Ils s'amusaient comme des fous, on aurait dit une fête… Tous habillés impec, sur leur trente et un, tu vois le genre ? Et tout autour de nous, il y avait de la merde qui flottait, mais personne ne s'en souciait.

— Je vais prendre une douche. On n'a plus qu'une demi-heure pour le petit-déjeuner", ai-je dit en filant dans la salle de bains. J'ai fermé à clé et je me suis assise sur les carreaux froids, fixant la porte éraflée. Étaient-ils restés dans cet hôtel ou bien allés dans un autre ? Avait-elle pris du plaisir ? C'était la première fois qu'on s'était séparées depuis nos retrouvailles à Mostar. Ce que j'ignorais de sa nuit me pesait davantage que la jalousie ou un quelconque sens moral. Je ne savais pas ce qui avait eu lieu. Je ne savais pas non plus qui était cette femme allongée sur le lit. Je ne l'avais peut-être jamais su. J'aurais voulu retourner à la fête de son septième anniversaire, quand elle invoquait les esprits, et lui dire que ce monstre, Lela Barun, allait changer ses cheveux, ses yeux, son être tout entier. J'aurais voulu retourner au bord de la rivière, là où ma meilleure copine criait, allongée sous un gamin maladroit. J'aurais voulu lui dire : T'en fais pas, un jour, tu les frapperas, et ils te paieront pour ça. Je voulais retourner au commencement, parcourir tout le chemin jusqu'aux bonshommes en papier, et m'asseoir à côté de quelqu'un d'autre. Pas parce que je la haïssais ni parce que je la blâmais, mais parce que je me sentais coupable. Cette fillette à côté de moi, regardant le trou dans la neige et le moineau écrasé, était devenue quelqu'un que je ne connaissais pas. Et j'avais laissé faire ça.

J'ai essayé de me lever, mais j'avais oublié comment me servir de mon propre corps. Je me suis rappelé où je me trouvais et pourquoi. La salle de bains est dans l'hôtel, et l'hôtel est à Vienne. Lui aussi est à Vienne. Le dernier chapitre serait bientôt terminé. J'oublierais tous les prénoms qu'elle avait. J'achèterais un chargeur et j'appellerais Michael. Je lui demanderais s'il avait trouvé les rideaux. Ce que tramait notre voisin à poil. S'il était arrivé au bout de sa dernière programmation. Je lui demanderais même pour l'avocatier. Parce que c'était ça l'important. Je lui dirais que Vienne est simplement parfaite, gonflée comme un pain rond. Je prendrais un avion pour retrouver son lit. Le matin, je sentirais l'odeur du thé noir, avec quelques gouttes de lait entier. Personne n'évoquerait Tito le jour de mon anniversaire. Michael me dirait, syntaxe de Yoda à l'appui : *que la Force soit avec toi.* On commanderait des nouilles chinoises, on s'installerait sur le parquet abîmé et on regarderait des séries. Le sexe sur la table du salon. La dispute au supermarché. Sa langue. Sa guitare. Ses vinyles. Je me reposerais de toi et de moi.

Un long moment est passé. Je n'arrivais pas à me lever et à ouvrir le robinet pour donner au moins l'illusion que je prenais une douche. Ce que Lejla pouvait penser m'était égal. Je l'entendais dans la chambre fouiller dans ses affaires et s'asperger les cheveux de laque. Elle ne les avait même pas cachés, ces trois cents euros. Elle les avait laissés sur la table de chevet comme si elle en était fière, comme si elle les avait gagnés à la fête foraine en tirant sur des animaux en peluche. Peut-être que c'était juste un malentendu, peut-être que j'exagérais. Franz Joseph était un abruti, il avait payé pour quelque chose qui était gratuit. Il avait l'air de quelqu'un qui aime payer pour tout, même quand ce n'est pas nécessaire, pour donner aux gens et aux choses une plus grande valeur marchande. Lejla s'était fait de l'argent aux dépens d'un idiot plein aux as. En plus, elle avait joui.

"Sara, tout va bien ? a-t-elle crié de l'autre côté de la porte.

— Oui, oui…

— T'es pas tombée dans les toilettes quand même ?

— Ça va, j'ai juste mal au cœur. C'est rien.

— Merde, on a raté le petit-déj', a-t-elle dit, mais tant pis, on peut manger en ville. Maintenant, on a de quoi se faire un resto chic."

Je me suis levée et j'ai ouvert la porte. Elle était de nouveau en jean et en t-shirt, avec un gros chignon de cheveux décolorés au sommet de la tête, une seule chaussette aux pieds. Elle sentait la pomme. Une petite fille. Les adultes la paient pour qu'elle les punisse. Avec moi, elle peut le faire gratuitement, au nom du *bon vieux temps*.

"Il est hors de question d'aller au restaurant, ai-je dit.

— Mmm, bon, OK… Tu veux qu'on s'achète des sandwiches quelque part ?

— Je veux pas non plus de sandwiches. Je veux juste qu'on…" Dans ma tête, les mots étaient des pierres chauffées à blanc. Je craignais qu'ils ne puissent me brûler la gorge si je les faisais sortir.

"OK, a-t-elle dit.

— Je veux dire, on est quand même venues ici pour…

— Je sais.

— Je veux dire, la logique, dans tout ce voyage, c'était…

— J'ai compris, Sara. OK.

— OK ? OK quoi ?" ai-je demandé. Je fixais le sol, sa chaussette, le vernis écaillé sur ses orteils.

"Habille-toi, a-t-elle dit, on y va."

Je mentirais si je disais que je n'ai pas eu plaisir à me promener à ses côtés. Nous étions entourées de mots en langue étrangère, une cathédrale étrangère secouait ses cloches au loin, et des touristes croisaient fréquemment notre route. À un moment, quand elle a couru devant moi pour traverser la rue, c'était la Lejla aux cheveux noirs qui courait sur le pont ce matin-là, après le bal de fin d'année. Je me suis rappelé qu'on mangeait la neige amassée contre les grilles de l'école et qu'on dessinait des marelles avec des craies multicolores sur le trottoir devant sa maison. Pendant ce temps, le professeur de biologie répandait de la mort-aux-rats dans sa cour et passait régulièrement la tête par la fenêtre pour nous regarder sautiller sur les cases et les numéros au tracé irrégulier. Lejla marchait souvent sur la ligne ; ce n'était pas permis, mais elle continuait comme si de rien n'était. Moi, je ne disais rien, fière de ma supériorité morale. Je me suis rappelé cette chorégraphie qu'on avait un jour inventée dans sa chambre sur une chanson de Janet Jackson. On faisait irruption sur *la scène* – le modeste tapis multicolore posé sur le parquet – et on comptait soigneusement nos pas en surveillant l'autre, comme si notre avenir dépendait de cette danse. Plus tard, adolescentes, on a fait comme si ça n'avait jamais eu lieu. En pensant à ces souvenirs, minuscules et insignifiants, j'ai compris qu'il ne resterait bientôt plus qu'un fil ténu pour nous unir – son frère. À aucun moment de notre voyage, je ne m'étais demandé ce qui arriverait ensuite, trop occupée à imaginer cette scène, à imaginer Armin adulte et à m'imaginer dans ses yeux. Mais je comprenais à présent que cela passerait aussi, et qu'une fois qu'on aurait constaté qu'il était bien vivant – mais ça, nous le savions depuis le début –, il n'y aurait plus aucune raison pour nous de rester en contact. Notre histoire s'était terminée sur cette île, je le savais très bien. Les deux tâches que Lejla m'avait confiées par la suite – enterrer Lapereau et la conduire jusqu'à Armin – n'étaient qu'un signe de respect envers un passé commun, et non la preuve de notre amitié.

Je regardais cette femme mince aux cheveux décolorés et je me demandais si c'était réellement notre dernier jour ensemble, s'il pouvait exister quelque chose de cet ordre. Après ça, il n'y aurait plus aucun frère disparu, plus aucun lapin mort pour nous donner un sens. Nous allions finalement nous séparer, comme deux lourdes plaques tectoniques qui, tout ce temps, dérivaient chacune vers différentes parties de la planète sans en avoir conscience. Pendant plusieurs millénaires, elles avaient porté le nom d'un seul et même continent. *Lejla et moi.*

Je lui ai demandé s'il fallait appeler un taxi. Elle a fait non de la tête : “C'est pas loin, on peut marcher. Une demi-heure maximum.”

Lejla s'est soudain arrêtée, et elle s'est approchée de moi pour retirer une feuille de mes cheveux. Elle s'était tellement emmêlée dans ma chevelure que Lejla a dû séparer mes mèches une à une pour l'extraire de ce nœud tenace. Ensuite, elle a arrangé mes cheveux de ses doigts habiles.

“Tu es belle, a-t-elle dit.

— N'importe quoi”, ai-je répondu, et elle a levé les yeux au ciel. Elle a écrasé la feuille et éparpillé les miettes sur le trottoir.

On marchait plus lentement à présent, la cathédrale Saint-Étienne derrière nous. Lejla empruntait de petites rues, le regard collé aux pavés. Je la laissais me guider. S'il y avait quelqu'un capable de me conduire à Armin dans cette ville, c'était bien elle. Je n'ai donc pas protesté, même s'il me semblait que toutes ces ruelles n'étaient qu'un détour inutile autour d'une trajectoire plus simple.

“Je peux te poser une question ? a-t-elle dit en s'arrêtant de nouveau.

— On ferait mieux de ne pas arriver en retard, il ne faudrait pas qu'il nous attende.

— On ne va pas arriver en retard, on a tout le temps.

— D'accord… vas-y, dis.

— Pourquoi tu as volé Lapereau ce matin-là ?"

Un groupe de touristes scandinaves sont passés à côté de nous avec leurs gros portables fixés à de longues perches. J'ai dû me baisser pour éviter d'être décapitée. Après avoir photographié toutes les portes et fenêtres à disposition, ainsi que leurs propres reflets dans celles-ci, ils ont disparu au coin de la rue en nous laissant enfin seules.

"Comment ça, *pourquoi* ? ai-je demandé. C'est toi qui m'as dit de le faire.

— *Moi*, je t'ai dit de le faire ?

— Bon, d'accord, tu l'as pas *dit*. Mais tu m'as fait un signe.

— Un signe ? a-t-elle demandé, l'air perplexe.

— Tu sais bien. Ce type… C'était quoi son nom ? Kraljević, voilà. Il s'est mis à courir après ses lapins, et nous, on est restées avec la cagette. Tu te souviens… Tu m'as regardée, je sais pas… Tu m'as donné un signal.

— Sara, je ne vois pas du tout de quoi tu parles. Tu débloques." Voilà qu'elle recommençait. Elle mutilait mes souvenirs. On était tout près de la fin, encore un peu et on en aurait terminé. Elle aurait quand même pu me laisser au moins ce souvenir-là. Franz Fucking Bad Boy Joseph était plus généreux qu'elle. Mais je ne voulais pas discuter. J'ai continué à avancer dans la rue pavée.

"Et cette nouvelle que tu as publiée dans *Le Messager littéraire… La Voix littéraire…*

— Dans *Le Courrier littéraire*, ai-je dit. Je croyais que tu ne lisais pas mes nouvelles.

— Celle-là, je l'ai lue. Sur cet homme aux cheveux noirs avec une cicatrice au visage. Celui qui marchait tout le temps en rond.

— Et alors ?" ai-je demandé, feignant l'indifférence. Le sang battait à mes tempes comme si elles allaient exploser et éclabousser les façades immaculées. Elle ne pouvait donc pas la fermer et simplement nous amener au lieu de rendez-vous ?

“C’est Armin, n’est-ce pas ? Cet homme. La nouvelle parle de lui ?

— C’est un personnage de fiction. Tu devrais connaître la différence, tu as fait des études de littérature, ai-je dit, plus sèchement que prévu.

— Donc tu peux écrire une nouvelle sur mon frère, mais sur moi, c’est pas possible. Un tel sacrilège littéraire et artistique, que Dieu nous en préserve !

— Comme si tu tenais vraiment à ce que j’écrive quelque chose sur toi.”

Elle a juste accéléré le pas, les yeux rivés sur la chaussée, et tourné dans la rue principale. On est passées près d’une église orange devant laquelle elle a craché son chewing-gum. Après plusieurs minutes à marcher d’un bon pas, on s’est retrouvées devant un grand bâtiment au pied duquel se dressait la statue verte d’un chevalier. La couleur de la façade hésitait entre le beige et le rose clair. J’ai plissé les yeux pour lire l’inscription : *Albertina*.

“On y est, a-t-elle dit.

— C’est ici ? Au musée ?

— Tu viens ou pas ?” a-t-elle demandé froidement en montant les premières marches de l’escalier. Je l’ai suivie en silence. En réalité, ce n’était pas si étrange : Armin se trouvait dans ce musée. Depuis toujours, il aimait dessiner. Sans doute est-il assis quelque part, peut-être dans un bureau, attendant qu’on apparaisse. Il porte son costume préféré. Il tient son stylo-plume préféré. Sa barbe cache sa cicatrice, mais pas entièrement.

Je l’ai suivie sans rien demander, tandis qu’elle avançait d’un pas assuré dans le labyrinthe compliqué du musée. À un moment, elle m’a dit d’attendre, elle a gravi un large escalier couvert d’un tapis rouge et elle est allée voir un employé pour lui demander quelque chose. En revenant, elle m’a dit qu’on était dans le mauvais bâtiment, qu’il fallait passer dans l’autre. J’ai hoché la tête sans rien dire ; il était facile de se perdre avec toutes ces traversées, tous ces changements de direction.

On s'est bientôt retrouvées devant la porte d'une salle d'exposition assez modeste. Lejla s'est arrêtée avant d'y entrer et m'a jeté un regard inquiet.

"Je sais, ai-je dit, moi aussi j'ai peur." Elle m'a juste effleuré l'épaule, comme si elle voulait s'assurer qu'un être vivant l'accompagnait, et elle est entrée dans la pièce.

À l'intérieur, il faisait sombre. Les murs étaient tapissés d'un papier vert foncé uni sur lequel était écrit le nom d'Albrecht Dürer. Il n'y avait que trois tableaux dans la salle, mais plusieurs personnes étaient en train de les étudier attentivement, tandis qu'une gardienne replète se tortillait sur sa chaise dans un coin. J'ai tout de suite vu qu'il n'était pas parmi ces gens-là.

Lejla n'a rien dit. Elle attendait que le petit groupe se déplace vers la pièce suivante pour s'approcher des tableaux accrochés au mur. Contempler des œuvres d'art auxquelles je ne connaissais rien était la dernière chose dont j'avais envie à ce moment-là. Je surveillais les portes, frémissant chaque fois qu'un homme entrait dans la salle. À un moment, j'ai vraiment cru que c'était lui, mais c'était impossible – c'était un adolescent que je regardais, vêtu d'un manteau noir léger, l'air renfrogné. Je me suis dit qu'il fallait que je me calme ou au moins que j'essaie d'avoir l'air normal. Si Armin entrait et nous voyait devant ces tableaux, je ne voulais pas qu'il pense que j'étais stupide ou ennuyée. Je voulais qu'il me croie experte en art.

C'étaient de petits tableaux, assez ordinaires au premier abord. L'un représentait l'aile d'un oiseau aux plumes bleu-vert, le deuxième était l'esquisse de mains adultes en prière. Le troisième a attiré mon attention. On y voyait un lièvre et, au-dessous, les initiales de l'artiste et l'année, 1502. L'animal avait l'air triste, son regard semblait avoir renoncé à toute plainte et s'était résigné. *D'accord, vas-y, dessine si tu veux dessiner.* Le peintre avait tracé un à un ses poils ocre qui partaient dans tous les sens. L'espace d'un instant, j'ai eu l'impression que la fourrure du lièvre avait insensiblement bougé pour qu'il puisse respirer. Un lièvre vivant, épuisé, recréé à l'aquarelle. Notre langue nous induit en erreur, elle ne fait pas toujours la distinction entre le lièvre et le lapin. Lejla n'avait jamais eu de *lièvre*. Elle avait eu un lapin blanc, une poignée de vie. Devant moi, c'était un lièvre véritable, un fier représentant de son espèce. Mais il y avait quelque chose qui clochait dans ce tableau, quelque chose qui n'avait pas de sens. J'avais beau chercher, je n'arrivais pas à trouver quoi.

J'ai senti la respiration de Lejla à côté de moi. Son regard s'était perdu dans la fourrure du lièvre, comme si elle voyait derrière les couleurs aquarellées, bien au-delà, à travers le mur où le tableau était accroché.

"Tu sais, a-t-elle dit, je n'aurais pas dû te gifler. Là-bas, sur l'île. Je ne sais pas pourquoi j'ai fait ça, vraiment.

— Arrête, Lejla, qu'est-ce que ça peut faire maintenant ?"

J'ai de nouveau regardé autour de nous, mais les visiteurs étaient toujours les mêmes. Étions-nous arrivées trop tôt ou était-ce lui qui était en retard ? Étions-nous dans la bonne salle ? Lejla donnait en tout cas l'impression de savoir ce qu'elle faisait, de ne pas être pressée, sereine devant *Le Jeune Lièvre*.

"Je t'ai déjà raconté qu'une fois, il a carrément touché un Dürer ? a-t-elle demandé.

— Oui. Mais je ne comprends pas où il…

— J'étais trop petite à l'époque, a-t-elle continué sans me prêter attention, mais mes parents m'ont raconté cette histoire un million de fois."

J'ai senti mes mains se glacer. Les gens autour de nous se sont changés en statues.

"Lejla, ai-je dit.

— Armin s'est hissé sur la pointe des pieds et il a touché le tableau. Je veux dire vraiment – il a mis son doigt sur la toile. Et ça a alors déclenché tout un cirque…

— Lejla, l'ai-je coupée. Il est où ?"

Avant que j'aie pu comprendre ce qui se passait, elle a levé son index et touché le verre sous lequel était tapi le lièvre de Dürer. Aucune alarme ne s'est déclenchée, mais l'un des visiteurs lui a lancé un "hé !" sévère, et la gardienne a alors bondi de sa chaise, presque contente de retrouver sa raison d'être. Lejla avait l'air troublée, elle ne s'attendait pas à toucher du verre. Elle voulait toucher les couleurs, entendre l'alarme. Et puis elle a vu le visage cramoisi de la gardienne furieuse à qui l'un des visiteurs avait visiblement expliqué ce qui s'était passé. "Mademoiselle, je vais vous demander de vous éloigner du tableau", a-t-elle lancé en anglais, maîtrisant son irritation, et elle s'est avancée vers nous. Un instant, Lejla a posé sur moi ses yeux fatigués, comme pour dire : "Oublie, je te raconterai une autre fois", puis elle a quitté la salle en courant et disparu par l'escalier. Personne n'a essayé de la rattraper. C'était perdu d'avance de toute façon. Elle n'était peut-être pas douée en sport, mais elle courait vite. Personne n'a jamais couru comme Lejla Begić. Je me suis dit qu'elle devait déjà être dehors, loin du musée. Elle savait que je n'essaierais pas de la rattraper. Ce n'était pas nécessaire. Le fil venait, enfin, de se rompre.

Je suis restée sur place, devant le lièvre, incapable de bouger. L'homme qui avait crié "hé !" tenait un discours à toutes les personnes présentes sur le vandalisme, la terreur de notre époque et les nouvelles générations qui n'avaient aucun respect pour l'héritage universel. La pauvre gardienne regardait autour d'elle d'un œil perdu, sans savoir que faire. Je lui ai menti, afin qu'elle puisse se tranquilliser : "J'étais là, elle ne l'a pas vraiment touché." Elle s'est contentée de lever les yeux au ciel, elle s'est essuyé le front et elle est retournée vers son siège en hochant la tête.

La pièce a retrouvé son calme, et un nouveau groupe de visiteurs l'a remplie. Les gens me poussaient doucement pour voir le tableau, murmurant que c'était bien malpoli de bloquer le passage aux autres, mais je demeurais là comme si le lièvre et moi étions seuls dans le musée, seuls dans Vienne. Mon corps pesait soudain très lourd. Mes articulations me faisaient mal. Je ne ressentais pas de colère. Je ne ressentais rien. Si je m'étais trouvée ailleurs, n'importe où, je me serais probablement mise à pleurer. Depuis toujours, c'était pour moi la façon la plus facile de gagner du temps. Mais cette fois-ci, je ne pouvais pas, le lièvre ne me le permettait pas. J'observais l'aquarelle du XVIe siècle en songeant qu'au moment d'en détacher le regard, je me répandrais à terre en un million de molécules. Et tout le monde pourrait voir de quoi j'étais faite.

Une femme est apparue dans mon champ de vision et a dit en anglais : "Fascinant, n'est-ce pas ?"

J'ai approuvé de la tête. Je ne voyais pas du tout de quoi elle parlait. Mon éducation de seconde zone ne m'avait jamais sensibilisée aux arts plastiques. Si je regardais cette aquarelle, c'était à cause d'un autre lièvre. Qui d'ailleurs n'en était pas un.

"Il me semble, a-t-elle continué, qu'on ne l'expose que tous les dix ans tant il est fragile et précieux." Je n'arrivais pas à localiser son accent. Par moments, il était impeccable et, à d'autres, parfaitement faux.

"Et le reste du temps, il est où ?" ai-je demandé. Ma propre voix m'a surprise. Elle sortait de moi, usée et rauque.

"Dans l'obscurité absolue, a-t-elle répondu, pour qu'il puisse *cicatriser*."

Elle prononçait un *t* dur typiquement slave.

"*Cicatriser ?*

— Se remettre de la lumière, de l'humidité…", a-t-elle expliqué.

Je n'ai rien dit, mon regard fixé sur le tableau. Quelque chose continuait de me déranger, quelque chose dans ce tableau, *à l'intérieur* de lui, échappait à mon entendement, sans que je sache exactement quoi. La femme à côté de moi a alors dit : "Personne ne sait comment il a fait. S'il avait un lièvre mort comme modèle, ou s'il a d'abord fait le croquis d'un animal vivant dans la forêt, pour le parfaire ensuite dans son atelier en s'aidant d'un lièvre empaillé.

— Il n'a pas l'air mort, ai-je répondu.

— Pas du tout, non. Il est on ne peut plus vivant.

— C'est impossible qu'un lièvre se tienne tranquille pendant qu'un artiste le dessine.

— Parfaitement d'accord, a-t-elle dit.

— Et puis, il n'y a pas de forêt, ai-je murmuré. Pas de végétation. Juste un espace vide. Non, en réalité, il n'y a même pas d'espace. Il l'a extrait de tout et il l'a simplement... peint. Il a peint *le lièvre*.

— Vous êtes sûre de ça ?" m'a-t-elle demandé. Elle commençait à me taper sur les nerfs.

"Vous voyez bien qu'il n'y a rien autour de lui, ai-je dit. Juste une toile vide."

Elle a sorti de son sac une petite loupe carrée et me l'a tendue. Le morceau de verre tremblait dans sa main ridée. C'est alors que je l'ai regardée. Son visage m'a surprise. Il était bien plus âgé que sa voix ample, et ses yeux bleu pâle étaient auréolés de fines ridules. De vilaines mèches de cheveux gris et poisseux couvraient son large front. Elle me faisait penser à quelqu'un mais je n'arrivais pas à me rappeler qui.

"Regardez d'un peu plus près, m'a-t-elle dit, regardez dans son œil."

J'ai pris la loupe de ses doigts osseux. Je me suis approchée du tableau et j'ai regardé à travers le verre grossissant. Dans l'œil vitreux, noir, brillait une petite fenêtre. Dürer a délibérément révélé sa présence. Avait-il vraiment eu cet animal dans son atelier ? Ce reflet était-il celui d'une fenêtre réelle ou bien était-il aussi le fruit de son imagination ? Peut-être était-ce la fenêtre qui était authentique, alors que le lièvre tout autour n'était qu'un souvenir habilement représenté. À moins que ce ne soit qu'une simple technique pour rendre le regard plus vif ? Mais là n'était pas la question, me suis-je dit. Peu importait la nature de l'espace où se trouvait ou ne se trouvait pas un lièvre de 1502. L'espace était *à l'intérieur* de lui, à l'intérieur de *ce lièvre* devant moi, pour toujours. Seuls les lièvres peints avaient un *pour toujours*. Les animaux vivants, en chair et en os, ne se tiennent pas tranquilles.

La femme à côté de moi ne me pressait pas, elle m'a laissée regarder le tableau longtemps. J'avais l'impression de m'enfoncer dans le petit œil du lièvre. Plus rien n'existait autour de moi, juste cette obscurité et, en elle, le reflet d'une minuscule fenêtre. Au bout d'un certain temps, j'ai eu la certitude d'y voir Lejla. Elle était debout, de l'autre côté de la vitre, en train de me dire quelque chose. Non, en réalité, ce n'était pas *Lejla*. Ce n'était pas non plus *Lela* ni *Leia*. C'était toi. C'est *toi* que je voyais à cette fenêtre. Tu voulais me dire quelque chose, dans le silence des couleurs aquarellées. Ta bouche remuait. Je n'entendais pas, mais je pouvais lire sur tes lèvres. Elles me disaient : je voulais juste

OUVRAGE RÉALISÉ
PAR L'ATELIER GRAPHIQUE ACTES SUD
REPRODUIT ET ACHEVÉ D'IMPRIMER
EN JUILLET 2022
PAR NORMANDIE ROTO IMPRESSION S.A.S.
À LONRAI
POUR LE COMPTE DES ÉDITIONS
ACTES SUD
LE MÉJAN
PLACE NINA-BERBEROVA
13200 ARLES

DÉPÔT LÉGAL
1re ÉDITION : SEPTEMBRE 2022

N° impr. : 2203330

(Imprimé en France)